**Beth Kendrick** a grandi en Nouvelle-Angleterre mais vit désormais sous le soleil de l'Arizona, où elle rêve à présent de Noëls enneigés et de paysages automnaux.

Elle lit tout ce qui lui tombe entre les mains, de la littérature classique aux comics, à l'exception des romans d'horreur, qui l'obligeraient à dormir la lumière allumée. C'est en assistant au mariage d'une auteure de romance à succès qu'elle a su se faire repérer par des éditeurs, en s'incrustant au bar pour accabler de questions les collègues de la mariée.

www.milady.fr

# Beth Kendrick

# Avant
# le grand jour

Traduit de l'anglais (États-Unis) par Lauriane Crettenand

Milady Romance

Milady est un label des éditions Bragelonne

Titre original : *The Week Before the Wedding*
Copyright © Beth Lavin, 2013

© Bragelonne 2014, pour la présente traduction

ISBN : 978-2-8112-1210-0

Bragelonne – Milady
60-62, rue d'Hauteville – 75010 Paris

E-mail : info@milady.fr
Site Internet : www.milady.fr

# Chapitre premier

— Je m'appelle Emily et, ce soir, je vais vous conter mon histoire, dont la morale pourrait bien vous servir.

Emily McKellips prit la pose, les bras tendus derrière la tête, balançant ses hanches de gauche à droite dans un jean taille basse très moulant, qui couvrait à peine ses fesses. Il était évident que cette chambre d'étudiant bondée enfreignait le code de prévention des incendies du campus : tous dansaient, riaient et se pressaient autour du fût de bière installé dans un coin. Les basses de la chaîne hi-fi étaient si puissantes qu'Emily sentait le rythme de la musique vibrer en elle, et ses poumons s'emplissaient des odeurs typiques du vendredi soir : fumée, sueur et bière éventée.

— C'est vendredi !

Summer accourut, lui mit un verre en plastique rouge entre les mains et l'entraîna vers une autre pièce.

— On t'attendait. Tu dois absolument voir ça.

— Voir quoi ? (Emily remonta en chignon ses cheveux auburn.) J'ai vu tout ce qu'il y a à voir ici.

Summer, Catherine et Jess étaient rassemblées près des lits superposés et se donnaient des coups de coude en pouffant. Emily se fraya un passage au sein du trio de petites blondes et grimaça en buvant sa première gorgée tiède de bière bon marché.

Elle tenta de suivre leur regard, mais la pièce était trop sombre, et la lumière stroboscopique ne lui permettait pas de distinguer quoi que ce soit.

— Donnez-moi un indice. Qu'est-ce qu'on regarde ?

Jess pointa quelque chose du doigt.

— Lui.

Emily plissa les yeux dans la semi-obscurité.

— Qui ça ?

— Le nouveau très sexy, l'informa Summer.

— Il est dans mon cours d'études cinéma-tographiques. Je n'ai pas entendu un mot de ce qu'a dit le prof, renchérit Catherine en souriant. Il n'est pas impossible que j'aie bavé tellement je le trouve canon.

— Tout ça pour un mec ? (Emily toussa alors qu'un nuage aux senteurs de marijuana arrivait dans sa direction.) Non, merci.

— Il s'appelle Ryan, ajouta Jess. Et, si tu n'avais pas perdu les pédales et changé de majeure au printemps dernier, tu l'aurais certainement déjà rencontré. Tu vois ? C'est ce qui arrive quand on suit des cours de compta chiants comme la mort avec des gens d'un ennui mortel. Tu loupes tous les beaux mecs.

— Oui, mais imagine à quel point les cours de compta seraient assommants sans moi, fit remarquer Emily. Je rends service, je t'assure.

— Ouais, si tu veux. Je ne comprendrai jamais comment tu fais pour rester là à étudier des chiffres et des graphiques avec tous ces futurs vendus qui sont prêts à trahir leurs valeurs pour servir leur entreprise. Je te croyais allergique à la conformité et à la responsabilité.

—À la conformité, oui. Mais pas au profit.

—L'idée de porter un tailleur et de travailler dans un espace à demi cloisonné au milieu d'un open space ne te donne pas de l'urticaire ? Je ne t'imagine pas avec des collants.

—Jamais, jura Emily. Plutôt mourir que de porter des collants. Ce qui me rappelle que j'ai commandé une nouvelle minijupe en cuir aujourd'hui. Une fois que j'aurai mis la main sur le chanteur de Wake Up Will, ce sera la tenue parfaite : on m'arrêtera alors que je suis en train de mettre à sac une chambre d'hôtel avec lui et j'apparaîtrai sur des blogs consacrés aux célébrités.

—Tu ne l'as pas déjà fait l'été dernier ? demanda Catherine.

—Ce n'était pas Wake Up Will, dit Emily. C'était Ice Weasels. Et on s'est fait arrêter seulement parce que Summer n'arrêtait pas d'exhiber ses nichons aux gens depuis le balcon.

—On était à La Nouvelle-Orléans, intervint Summer en haussant les épaules. C'est comme ça qu'on dit bonjour là-bas. Je ne faisais que m'immerger dans la culture locale, ajouta-t-elle, les yeux brillants. Bon sang, j'adore les hôtels. Le service d'étage, les petites bouteilles de shampooing… Je ne sais pas du tout ce que je vais faire une fois que j'aurai mon diplôme, mais grâce à mon futur métier je passerai des tas de nuits dans des hôtels. Croyez-moi.

— Et mon futur métier ira de pair avec des minijupes en cuir et le chanteur de Wake Up Will.

Jess éclata de rire.

— Et en quoi as-tu besoin d'un diplôme de compta pour ça ?

— Tu comprendrais si tu avais grandi avec sa mère, dit Summer. On se concentre maintenant. On surveille le nouveau, vous vous rappelez ?

— Je ne suis pas intéressée, dit Emily. Je me suis interdit de fréquenter qui que ce soit jusqu'à la remise de diplôme. À quoi pensai-je quand je me suis inscrite dans cette minuscule fac au beau milieu du Minnesota ? Dix mille lacs et pas un seul mec potable.

— Comment peux-tu dire ça ? s'écria Catherine.

— Tu ne leur laisses aucune chance ! dit Jess. Tu les rencontres, et c'est fini.

— C'est leur faute si ça finit si vite. Soit ils vomissent dans ma voiture ou m'embrassent comme s'ils faisaient un massage à mes amygdales, soit ils utilisent l'expression « ipso facto » lorsqu'ils me demandent de sortir avec eux, expliqua Emily en frissonnant à cette seule pensée. J'adorerais trouver l'âme sœur, mais j'abandonne. Il y a six cents mecs sur ce campus, et je les ai tous passés au crible.

Summer la regarda.

— Ne baisse pas les bras tout de suite.

— Trop tard. Je suis hors concours pour le reste de l'année.

— Tu ne l'as même pas rencontré.

—D'accord, acquiesça-t-elle en engloutissant ce qui lui restait de bière. Cinq cent quatre-vingt-dix-neuf de faits. Plus qu'un.

—Un seul suffit, dit Jess. Celui-là est peut-être le bon.

Catherine hocha la tête.

—Il ne semble pas être du genre à vomir dans ta voiture.

—Waouh! Ça pourrait bien être ton âme sœur, s'exclama Summer en battant des cils.

Emily faillit s'étouffer.

—Ça n'existe pas, les âmes sœurs. Et, si c'était le cas, ce ne serait certainement pas un étudiant en cinéma.

Summer attrapa Emily par le menton et lui fit tourner le visage pour lui montrer ledit garçon de dos. Un jeune homme aux épaules larges, aux épais cheveux noirs, et qui portait une chemise en flanelle.

—Regarde. Le voilà.

Emily fit mine de s'éventer les joues avec sa main.

—Eh bien, ma foi…, j'avoue qu'il est doté d'un très beau crâne.

Puis il se retourna.

Il croisa son regard, et Emily se figea sur place. Elle entrouvrit les lèvres et écarquilla les yeux.

—Psst! Remets ta langue dans ta bouche, murmura Catherine. Ne fais pas comme moi.

Mais Emily ne l'écoutait pas. Elle ne sentait rien d'autre que le rythme régulier et puissant des basses qui tambourinaient en elle.

Il la regardait fixement.

Elle le regardait fixement.

Et les lumières se rallumèrent.

— Sécurité ! lança une voix masculine autoritaire. On se disperse !

La lumière crue des néons aveugla temporairement Emily, mais elle cligna à peine des yeux. Elle ne voulait pas détourner le regard.

Elle ne voulait pas rompre le lien.

Autour d'elle, les étudiants se dépêchaient d'éteindre leurs cigarettes et fuyaient par la porte avant d'être arrêtés pour consommation d'alcool avant l'âge légal.

— Viens, cria Jess en la tirant par la main.

— J'arrive dans une minute.

Emily ne bougea pas et attendit.

Comme elle l'avait pressenti, il avança vers elle.

Elle baissa la tête pour dissimuler son sourire tandis qu'il approchait. Les hommes… Si prévisibles.

Il s'arrêta juste devant elle et attendit qu'elle lève les yeux.

— Nous devrions y aller.

Puis il lui offrit sa main, comme s'il ne doutait pas une seule seconde qu'elle la prendrait.

Et c'est ce qu'elle fit. Elle se laissa guider hors du dortoir, dans le couloir, et dans la nuit fraîche et claire. Lorsqu'ils arrivèrent dehors, elle prit une profonde inspiration. L'air frais de la nuit se mêlait au parfum de Ryan : savon, crème après-rasage et un soupçon d'eau de Cologne poivrée.

D'ordinaire, Emily avait horreur de l'eau de Cologne ; elle trouvait ça ringard, artificiel, et un peu désespéré.

Mais quelque chose dans ce parfum-là sur cet homme-là lui donnait envie de faire des folies.

Ils traversèrent une étendue d'herbe, et il resserra son étreinte sur sa main.

— Où allons-nous ? demanda-t-elle, même si elle connaissait déjà la réponse – son dortoir, son appartement hors du campus ou sa voiture.

Il la surprit de nouveau en lui demandant :

— Tu veux voir un secret ?

— Ça dépend. Est-ce le genre de secret qui me condamne à terminer en morceaux sous ton plancher ?

Parce qu'il était toujours devant elle, l'entraînant toujours plus dans l'obscurité, elle ne comprit pas les mots qu'il prononça ensuite, mais l'un d'eux ressemblait à « tunnels ».

— Quoi ? demanda-t-elle. Tu as parlé de tunnels ?

— Oui. Il y a un système de tunnels sous le campus.

— Non, il n'y en a pas.

— Si, il y en a un.

Elle rit et serra sa main.

— Écoute, je sais que tu es nouveau ici, mais cette histoire de tunnels souterrains, c'est une légende urbaine. Comme les crocodiles dans les égouts.

— Tu es sûre ?

— Absolument. Je sais tout sur tout à propos de cette école. Pourquoi n'irions-nous pas dans ta chambre ?

Il bifurqua soudain, et ils gravirent l'escalier d'une résidence. Elle en conclut qu'il allait la faire monter dans sa chambre. Pourtant, une fois à l'intérieur, ils

11

descendirent trois volées de marches jusqu'au sous-sol, où la lueur bleutée d'un distributeur automatique éclairait la buanderie déserte.

—Par ici.

Il tourna brusquement et désigna une porte en métal sur laquelle figurait la mention « Danger ! Défense d'entrer ! » rehaussée d'un signe triangulaire encadrant un éclair.

Exaspérée, Emily retira vivement sa main de la sienne et croisa les bras.

—Ce n'est pas un tunnel secret. C'est un tas de disjoncteurs.

Pourquoi les mecs mignons étaient-ils toujours dérangés ?

Il fouilla le dépotoir de ses poches – briquet, pastilles à la menthe, tickets déchirés, monnaie – avant d'en sortir une clé en laiton, qu'il introduisit dans la serrure.

—Où est-ce que tu as eu ça ? demanda-t-elle.

Une bouffée d'air chaud et rance s'échappa lorsqu'il ouvrit la porte, révélant un couloir étroit dont on ne voyait pas le bout.

—Les tunnels, s'émerveilla-t-elle en avançant la tête dans la pénombre. Ils existent. Ça alors ! Comment les as-tu découverts ?

—J'aime savoir des choses que personne d'autre ne sait.

Il riva ses yeux noisette sur les siens et esquissa lentement un sourire subversif.

—Quand ils ont construit ces résidences dans les années 1970, ils ont creusé des tunnels entre certains bâtiments pour que les étudiants puissent aller en cours sans se les geler en hiver. Mais il y a eu des problèmes d'amiante, et ils ont condamné tout le réseau.

Emily passa le seuil et entra dans la pénombre.

—Alors nous ne sommes pas censés y aller.

—Expulsion immédiate si on est pris en flag.

Un frisson lui parcourut l'échine. Les règles ? Faites pour être transgressées. Les limites ? Instaurées pour être dépassées.

—Alors nous ferions mieux de ne pas nous faire prendre.

Elle avança davantage dans le noir, passant sa main sur le mur de stuc granuleux ; il la rejoignit et ferma la porte derrière eux.

Pendant quelques secondes, elle fut privée de tous ses sens : elle n'entendait plus rien, ne voyait plus rien, ne sentait rien d'autre que le mur au contact dur et froid. Puis, lentement, elle prit conscience de son cœur qui tambourinait dans sa poitrine ainsi que de la respiration régulière et rauque de Ryan. Elle sentit son eau de Cologne alors qu'il s'approchait d'elle, et en eut le souffle coupé.

Il y eut un léger « clic » métallique, puis une lumière vacillante jeta un halo doré autour d'eux alors qu'il levait son briquet.

—Au fait, je m'appelle Ryan. Ryan Lassiter, précisa-t-il sans la quitter du regard. Mais tu le savais déjà.

Il attendit qu'elle se présente, mais, comme elle ne le faisait pas, il se redressa et illumina le chemin devant eux.

Emily se frotta le nez. L'air humide et rance revenait.

—On aurait pu penser qu'il ferait froid ici, mais il fait bon.

Il hocha la tête, puis ôta sa chemise de flanelle, révélant un tee-shirt usé. Dans la faible lumière, Emily discerna le logo de son groupe favori. Il commença à avancer dans le tunnel, mais elle l'arrêta en posant ses paumes sur son torse.

—Où as-tu eu ce tee-shirt?

Il baissa les yeux vers le texte imprimé qui disait « Wake Up Will ».

—Je les ai vus dans une boîte de Minneapolis il y a deux ans. Juste avant qu'ils se séparent.

—Quelle chance !

Emily suivit le « W » du bout des doigts, à la fois envieuse et désireuse d'en savoir plus.

—Je tuerais pour les voir en concert… et pour avoir ce tee-shirt.

Le tunnel redevint noir ; il avait relâché le briquet. Dans la pénombre, Emily entendit le doux bruissement du tissu et sentit la chaleur de sa peau s'éloigner d'elle.

Puis sa voix, douce et chaude dans son oreille.

—Lève les bras.

Elle n'hésita pas un seul instant. Elle ne savait pas ce qu'il allait lui faire, et elle s'en fichait. Elle savait seulement qu'elle le voulait, quoi que ce fût.

Elle sentit ses mains sur ses épaules, puis elle retint son souffle en sentant l'air humide sur son ventre. Il lui retira son haut, puis fit passer ses mains le long de ses côtes en lui enfilant son propre tee-shirt.

Elle tourna la tête et sentit le col du vêtement. Il était imprégné de son odeur, chaude et poivrée.

— Tu m'as donné le tee-shirt que tu portais ?

— Que veux-tu ? Je suis un mec comme ça, moi.

Elle tendit la main à tâtons jusqu'à sentir de nouveau son torse sous sa paume. Il venait de lui tenir la main pendant cinq minutes, mais ce contact peau à peau était totalement différent.

— Comme quoi ?

Elle sentait son sourire dans sa voix.

— Disons que je suis un littéraliste.

— J'aime ça.

Il effleura sa joue du bout des lèvres pour lui demander :

— Comment t'appelles-tu ?

— Emily.

— Ravi de te rencontrer, Emily.

Elle répondit par un baiser si ardent qu'il garantirait l'expulsion immédiate, tunnels ou pas. La fine couche de coton entre eux ne faisait qu'intensifier le mouvement lent de son corps contre le sien.

Lorsqu'ils s'écartèrent enfin l'un de l'autre, ils étaient essoufflés et riaient.

— Emily ? dit Ryan.

Elle caressa ses lèvres du bout de la langue.

— Mmm ?

— Tu es incroyablement sexy dans mon tee-shirt.

— Je suis une fille comme ça, moi.

Elle l'enlaça et murmura à son oreille, sensuelle et éhontée :

— Je suis une tentatrice en tee-shirt.

Ils glissèrent lentement au sol, toujours en riant.

Et, comme ça, au milieu du tunnel, au milieu de la nuit, ils tombèrent amoureux.

# Chapitre 2

*Dix ans plus tard*

L'homme parfait avait une main sur le volant et l'autre sur la cuisse d'Emily.

Elle s'installa confortablement dans le siège en cuir beige de l'Audi et sourit à son fiancé.

— Je suis contente que tu aies pu faire le trajet avec moi.

— Et à l'heure.

Grant détourna le regard de la route un instant pour regarder sa montre Swiss et se corrigea :

— D'accord, presque à l'heure. Je t'avais dit que je serais sorti du bloc avant l'heure de pointe.

— Oui, en effet.

— Et j'y suis arrivé. Malgré une rupture d'anévrisme, ajouta-t-il en la regardant avec une innocence feinte. Je ne sais pas pourquoi tu doutais de ma parole. Je suis l'incarnation de la ponctualité.

Elle posa sa main sur son genou.

— Oui, oui. Je connais ce petit discours. Tu veux juste me mettre dans ton lit.

— Je veux te retrouver à l'autel, corrigea-t-il. Cela dit, le lit me semble être une bonne idée, lança-t-il en serrant doucement sa main. Nous pouvons nous rattraper un peu avant que tous les invités arrivent demain. Ma mère sera à l'aéroport vers 10 heures. À quelle heure as-tu dit que ta mère devait arriver ?

—Qui sait ?

Emily soupira. Elle ne voulait pas gâcher la douce lueur rose du coucher de soleil en pensant aux drames familiaux désormais imminents.

—Elle fonctionne sur son propre fuseau horaire. Et elle est à la recherche d'un nouveau « galant », alors tu ferais mieux de cacher tous les hommes de ta famille.

Grant se mit à rire.

—Je doute que Georgia veuille de mon grand-oncle Harry.

—S'il a un joli portefeuille d'actions, elle l'acceptera avec plaisir.

Emily avait abandonné depuis longtemps l'idée de changer, ou même de comprendre, sa mère, cupide et croqueuse d'hommes.

—Ne la sous-estime pas. C'est comme ça qu'elle te dupe.

Grant lui adressa un sourire indulgent, chaleureux.

—Ne sois pas trop dure avec elle, mon ange. Elle n'est pas aussi intelligente ou responsable que toi, mais elle a élevé une fille formidable.

Emily se mordit la langue et changea de sujet. Les hommes, quels que soient leur âge ou leur statut marital, étaient incapables de voir Georgia telle qu'elle était. Voilà pourquoi Georgia, dragueuse toujours aussi incorrigible malgré ses cinquante ans, préférait la compagnie des hommes à celle des femmes. « Les femmes sont si méchantes et hypocrites ! disait-elle souvent en se faisant les ongles ou en essayant une paire de boucles d'oreilles que l'un de ses prétendants lui avait offerte. On ne peut pas compter sur elles. Mais les hommes ! Ils sont si charmants, si agréables… »

Georgia manipulait les hommes pour s'enrichir et s'élever socialement. Emily s'était rebellée durant son adolescence en choisissant des petits amis qui lui procuraient des frissons, de l'aventure et une alchimie physique explosive : en somme, quelque chose d'« amusant ». Elle considérait l'amour comme un double défi, une corde raide sans filet. Mais, tandis que Georgia cherchait des hommes pour la protéger, Emily apprenait à ne compter que sur elle-même. Elle avait passé ces dix dernières années à cumuler une maîtrise de gestion, une armoire remplie de tailleurs sombres et un compte d'épargne prudent et équilibré. Et, malgré ce qu'elle avait juré à ses amies de l'université dix ans auparavant, elle avait porté des collants le matin même.

Emily ne relevait plus les doubles défis. Elle préférait jouer la sécurité.

— Tu es bien silencieuse ce soir, fit remarquer Grant. Tout va bien ?

— Absolument, lui assura-t-elle. Je passe juste en revue la liste de ce que j'ai à faire.

— Et il y a combien de choses sur cette liste ?

Elle pencha la tête pour réfléchir.

— Dix-sept… Non, dix-huit mille.

— Passons un marché : tu oublies cette liste pour quelques heures, et demain je prends en charge au moins dix mille de ces choses que tu as à faire.

— Marché conclu.

Elle tendit la main et toucha un bouton sur le tableau de bord. Les accents doux et apaisants d'un concerto pour violon se répandirent dans l'habitacle tandis que la voiture descendait et montait la route sinueuse au cœur des montagnes Vertes.

— Nous y sommes, annonça Grant alors qu'ils passaient un panneau en bois peint les accueillant dans la ville de Valentin, dans le Vermont.

Emily observa par la fenêtre l'abondance de feuilles vertes et de fleurs estivales.

— C'est magnifique ! s'émerveilla-t-elle dans un souffle. Je ne savais pas que de tels endroits existaient ailleurs que dans les dessins animés.

Ils quittèrent la nationale pour s'engager sur une grand-rue bordée de boutiques. Emily vit des enfants jouer dans le bac à sable d'un parc très vert et des couples marchant main dans la main jusqu'à un petit magasin promouvant son caramel mou fait maison et ses bonbons au sirop d'érable. Des familles portant des serviettes de bain et des glacières revenaient tranquillement du bord du lac. Un pick-up d'où dépassait la tête d'un chien de chasse grondait de l'autre côté de la rue. C'était comme une carte postale publicitaire vivante.

Et l'air ambiant ! Emily baissa sa vitre pour respirer la brise fraîche de la montagne. Si cet air-là ne pouvait pas lui éclaircir les idées et purifier son âme, alors c'était sans espoir.

Planifier un mariage dans le Vermont alors qu'ils déménageaient du Minnesota dans le Massachusetts en raison de la mutation de Grant avait été un cauchemar logistiquement parlant, mais Emily savait que ce dur labeur en vaudrait la peine.

— Tu avais raison à propos de cet endroit, dit-elle. C'est le rêve américain ; il y a même des maisons entourées de piquets blancs.

— Et dix mille choses à faire, ajouta Grant en pressant de nouveau sa main dans la sienne. Peu de gens seraient capables d'organiser un mariage en deux mois et demi. Quand j'ai dit à ma famille que nous allions nous marier le 4 juillet, ils ne pensaient pas que nous nous en sortirions, mais tu y es arrivée.

— Pas tout à fait, dit-elle avec prudence. Il nous reste encore une semaine.

— Oui, mais le plus dur est fait, non ? Nous n'avons plus qu'à nous occuper des détails de dernière minute, déclara-t-il en la regardant avec fierté et admiration. Tu es extraordinaire.

Elle rit, soulagée qu'aucun de ces détails de dernière minute ne soit susceptible de faire une rupture d'anévrisme et de se vider de son sang sur la table d'opération. Organiser un mariage à la campagne pour cent cinquante invités en onze semaines, tout en coordonnant un déménagement à travers le pays, des entretiens pour un nouveau poste dans le secteur financier et la recherche d'une maison typique du cap Cod à proximité de bonnes écoles, avait requis une stratégie, une discipline et une ruse dignes d'une mission militaire top secrète. Mais Emily avait toujours été opiniâtre, et ses années d'expérience dans le monde des affaires lui avaient appris à établir des priorités et à garder les yeux sur ses objectifs sans regarder derrière elle. «Résous le problème ou oublie-le» avait été la maxime de l'un de ses professeurs de l'école de commerce.

Et elle avait résolu le problème.

Dans un monde parfait, elle aurait eu un an pour tester les traiteurs, réfléchir à la chanson de la première danse, étudier les revues spécialisées afin de trouver des idées pour ses arrangements floraux et son bouquet. Mais, le soir où Grant lui avait fait sa demande, il lui avait dit qu'il voulait célébrer le mariage dans un hôtel appelé *Le Pavillon de Valentin*, dans le Vermont, où s'étaient mariés ses parents et ses grands-parents. *Le Pavillon* était unique pour sa famille, et Emily voulait absolument prendre part à cette histoire, à cette tradition.

Cependant, lorsqu'ils avaient appelé l'hôtel pour s'enquérir des dates disponibles, on leur avait appris que *Le Pavillon* avait récemment fait l'objet d'un reportage à la télévision nationale, où on le présentait comme «l'endroit idéal pour se marier». En conséquence, tous les week-ends des seize mois suivants étaient réservés.

Cela n'avait pas découragé Grant. Comme la plupart des chirurgiens, il était connu pour ne pas accepter qu'on lui dise non. Il avait demandé à s'entretenir avec le directeur de l'hôtel, avait bavardé avec lui pendant une minute ou deux, lui avait rappelé tous les étés que sa famille avait passés dans son hôtel, avant de dire : «Vous savez que ma mère veut que je me marie au *Pavillon*. Nous pouvons certainement trouver un arrangement. »

Il avait écouté la réponse en silence et hoché la tête, puis il avait raccroché, l'air triomphant.

— Bonne nouvelle, lui avait-il dit. Un anniversaire de cinquante ans de mariage était prévu pour le 4 juillet, mais le mari vient de mourir.

— Bingo !

Ils s'étaient tapé dans la main, puis elle avait dit :

— Nous irons en enfer.

— Pourquoi ? Ce n'est pas comme si nous l'avions tué. Enfin, le directeur dit que nous pouvons nous marier ce week-end-là si nous réservons aujourd'hui.

Emily avait vérifié mentalement le calendrier.

— Le 4 juillet ? Mais c'est dans deux mois à peine !

— Ça ne doit pas être bien compliqué de préparer un mariage, si ? avait demandé Grant en haussant les épaules. C'est juste de la nourriture, des fleurs et des invitations.

— Oh, tu es mignon ! avait-elle dit en lui assenant une petite tape sur la tête.

— Quoi ? Ce n'est pas ça ?

Elle avait essayé de lui expliquer.

— C'est plutôt comme planifier une invasion de la Russie. Avec des soldats au sol. En plein hiver.

Il y avait réfléchi un instant.

— Alors on oublie. Tu as assez de choses à faire comme ça, et je serai trop pris par mon nouveau job pour t'apporter mon aide. Si c'est impossible, nous trouverons un autre endroit, et ma mère devra s'y faire.

—Non, non, non. Attends. Je n'ai pas dit que c'était impossible.

—Tu as parlé de Russie avec des soldats au sol en hiver.

—Oui, et Saint-Pétersbourg va tomber.

Elle avait tambouriné des doigts sur le comptoir de la cuisine en pensant à la prochaine étape.

—Les traditions familiales sont très importantes. C'est du moins ce qu'elle avait entendu dire.

—Pas plus importantes que ta santé mentale.

Emily avait remis le téléphone entre ses mains.

—Rappelle-les et dis-leur qu'on prend le 4 juillet.

—Tu es sûre ?

—Tout à fait. Je vais y arriver.

Et elle l'avait fait.

En contemplant ce village idyllique, elle ressentit une pointe de douleur ; cela lui faisait penser au genre d'enfance dont elle aurait rêvé mais qu'elle n'avait pas eu.

—Ça a dû être formidable de grandir ici.

—Oui, papa et maman prenaient une location pour tout le mois d'août, tous les ans. Il n'y avait pas de télé, pas de jeux vidéo. Ma sœur et moi les rendions fous, à nous plaindre de nous ennuyer.

—Mais vous avez survécu.

—À huit ans, un bâton suffit pour t'amuser pendant des heures. Et, quand j'avais dix ans, ils m'ont envoyé en colonie de vacances sur l'île au milieu du lac.

—Ce ne serait pas Alcatraz, par hasard ?

—J'adorais ça. Quand j'étais à l'université, je suis revenu en tant que moniteur.

—Je ne savais pas que tu avais été moniteur de colo, dit-elle. Mais tu sais, je t'imagine bien. Je parie que tu étais craquant avec tes chaussures de marche et ton short kaki.

—J'étais chargé des sports nautiques. Planche à voile, canoë, ski nautique.

Elle lissa le tissu froissé de sa jupe blanche en lin.

—Tu mens. Tu inventes, tu as vu ça dans un catalogue style «Sports et Nature».

—Je ne te parlerai même pas du tir à l'arc et des tournois de capture de drapeau, ajouta-t-il dans un sourire. Tu n'es jamais allée en colonie de vacances?

—C'est ça. Tu crois vraiment que ma mère m'aurait envoyée dans les bois avec un arc et des flèches? Nous avons perfectionné nos compétences de survie dans les ventes privées des grands magasins. Elle est prête à tout pour avoir la dernière paire de Louboutin à sa pointure. (Emily rit en se souvenant de cette anecdote.) Elle n'a jamais compris l'attrait du grand air.

—La colonie existe encore, me semble-t-il, dit Grant. Nous y enverrons peut-être nos enfants un jour.

Il quitta la route pour s'engager sur un chemin de gravier qui serpentait à travers des pins imposants, jusqu'à ce que la forêt s'ouvre sur une vaste pelouse, digne du green d'un golf, agrémentée de fauteuils Adirondack, d'un charmant belvédère et d'un véritable jeu de croquet.

Elle écarquilla les yeux en voyant l'hôtel.

— Cela vaut chaque seconde de folie que m'a value la préparation du mariage.

*Le Pavillon* semblait sortir tout droit d'un plateau hollywoodien, avec ses chambres de luxe contrebalancées par cet extérieur brut et rustique. Le bâtiment principal était long et assez bas, avec des balustrades et des encadrements de fenêtres inspirés par Frank Lloyd Wright et un toit que le site Internet de la propriété disait être « bardé d'ardoises venant d'une carrière proche ». Toutes les suites des invités étaient équipées de linge de grande qualité et d'une immense baignoire à jets, et un grand nombre possédaient également une cheminée et un patio couvert. Tous les soirs, le personnel de maison distribuait des truffes confectionnées par un chocolatier local. Au-delà du porche de l'hôtel, Emily aperçut le littoral brillant du lac, où l'on distinguait la chaise haute du maître-nageur, une enfilade de bouées blanches et un long ponton en bois.

— Jamais on ne partira, dit-elle à Grant. Je suis sérieuse. On s'installe ici.

Il rit en détachant sa ceinture, puis il sortit de la voiture et vint lui ouvrir la portière, avant de décharger du coffre de l'Audi les deux valises et une housse à vêtements. La brise qui soufflait depuis le lac était emplie d'humidité et de moustiques.

— Oh, je prends ça !

Elle attrapa la housse et la porta en levant sa main très haut au-dessus de sa tête pour que le sac ne se plie pas ni ne touche le sol.

— C'est la robe.

Grant la regarda, les sourcils froncés, l'air faussement inquiet.

—C'est du tissu, n'est-ce pas ? Ce n'est pas du plutonium ?

—C'est de la dentelle vieille de soixante ans et du tulle. J'ai peur de l'abîmer rien qu'en la regardant.

Ils montèrent ensemble les marches menant à l'entrée.

—Planquons ça dans un placard et voyons si nous pouvons passer un bon moment avant que quiconque se rende compte que nous sommes ici.

Emily joua sensuellement avec ses cheveux.

—Et par « un bon moment », tu veux dire… ?

—C'est presque le 4, non ? On peut lancer les feux d'artifice un peu en avance.

Elle se tapota le front de sa main libre.

—Ça tombe bien, j'ai déjà chaud…

Il accéléra et s'approcha du bureau d'accueil avec une vive efficacité.

—Bonjour. Grant Cardin. Nous avons besoin d'une chambre et d'une porte avec un verrou, immédiatement.

Mais le réceptionniste, visiblement employé de l'hôtel depuis longtemps, reconnut Grant et entama la conversation pour prendre de ses nouvelles. Bientôt, une foule de membres du personnel se pressait autour d'eux pour leur serrer la main et les féliciter.

—Vous êtes encore plus beau que la dernière fois que je vous ai vu.

— J'ai entendu dire que vous étiez un grand chirurgien maintenant. Vous avez toujours été un gamin intelligent.

— Ce doit être votre magnifique fiancée.

— Nous avons réservé à votre mère sa chambre préférée. Amène-t-elle ses fameux macarons ?

Manifestement, Grant était une rock star pour les locaux, et Emily était sortie avec suffisamment de musiciens dans sa jeunesse pour savoir qu'elle devait se faire toute petite et le laisser sous le feu des projecteurs. Toujours soucieuse de préserver sa délicate robe de mariée, elle s'extirpa de la foule et attendit sous le chandelier en fer forgé de l'entrée que les groupies se dispersent.

Quelques minutes plus tard, Grant parvint à se libérer, et ils remontèrent ensemble le couloir de l'hôtel, en direction des chambres.

— Où en étions-nous ? Je crois que tu avais chaud ?

Lorsqu'ils atteignirent leur suite, il posa leurs sacs et se tapa le front.

— J'ai laissé mon ordinateur sur la banquette arrière de la voiture.

Elle déverrouilla la porte et le poussa à l'intérieur de la chambre.

— Je reviens, précisa-t-elle.

— Ne t'inquiète pas, j'y vais.

— Chéri, tu en as assez fait. (Elle plongea sa main dans la poche de son pantalon et en sortit les clés de la voiture.) Rentre et prépare-toi à être séduit. Oh, mais pends d'abord la robe, s'il te plaît ! Et ne la regarde pas, ne la touche pas, ne respire pas dessus.

— On ne regarde pas, on ne touche pas, on ne respire pas. Compris.

Emily parvint à récupérer l'ordinateur en trois minutes pile. Passer le défi de la réception se révéla être un peu plus chronophage. Durant quinze minutes, elle répondit à des questions sur la pièce montée et les hors-d'œuvre, les harpistes et les coiffures. Elle écouta les employés de l'hôtel s'épancher sur la famille Cardin en général et sur Grant en particulier, et, lorsqu'elle retourna enfin à la chambre, elle ne pensait plus à une partie de jambes en l'air sexy mais aux bouquets et aux boutonnières.

Lorsqu'elle ouvrit la porte de leur suite, elle trouva Grant affalé en travers du lit, ronflant, un bras en travers des yeux.

La porte du placard était ouverte : avant de tomber, il avait bien rangé la housse et sa robe.

Le pauvre ! Il avait travaillé quarante-huit heures d'affilée avant d'entamer le trajet de quatre heures en voiture. Dans son sommeil, son visage s'était détendu, relâché. Après des années d'opérations longues et harassantes, il était devenu expert dans l'art de cacher sa fatigue ; mais, malgré sa façade forte et endurante, il n'était qu'un homme, et, en le regardant ainsi, elle se sentit à la fois protectrice et vulnérable.

C'était son futur mari, son partenaire, pour le meilleur et pour le pire, le genre d'homme dont elle avait toujours rêvé sans oser l'espérer.

Elle ne voulait pas le réveiller. Elle rejoignit la porte-fenêtre sur la pointe des pieds pour sortir sur le patio et regarder le ciel qui s'assombrissait.

Une série de feux d'artifice anticipés explosaient au-dessus du lac. Elle regarda le déploiement éblouissant de lumières et de couleurs à travers la vitre impeccable, et tendit la main pour effleurer d'un doigt sa surface lisse et dure.

# Chapitre 3

Leurs mères arrivèrent tôt le lendemain matin. Au début, Beverly avait insisté pour prendre une navette de l'aéroport jusqu'à l'hôtel. « Je ne veux pas que vous vous donniez du mal, les enfants, avait-elle dit au téléphone. Dieu sait que vous avez déjà assez de choses à faire. » Elle et Stephen, le père de Grant, avaient l'habitude de monter au lac de Valentin dans leur break bois, mais depuis la mort de Stephen, deux ans auparavant, Beverly rechignait à faire le trajet toute seule.

Après une salve de supplications de dix minutes pour que l'autre ne s'embête pas, Grant l'avait emporté sur l'insistance de sa mère en utilisant son atout « C'est ce que papa aurait voulu » ; il avait donc prévu de la retrouver au retrait des bagages à l'aéroport de Burlington. Emily l'accompagna, un peu nerveuse.

Elle n'avait rencontré Bev qu'une seule fois, lors des fêtes de fin d'année chez les Cardin, et elle était désireuse d'obtenir l'approbation de sa belle-mère.

Emily ne s'était pas rendu compte à quel point la belle-famille pouvait être un obstacle jusqu'à ce qu'elle annonce ses fiançailles à ses amies. La première réaction était toujours la même : d'abord, son amie lançait des «ooh!» et «aah!» en voyant la bague, mais, ensuite, elle tirait Emily à l'écart, comme un drogué en manque essayant de se procurer de l'héroïne au marché noir, pour lui demander : «Alors? Comment ça se passe avec la belle-mère?» Emily avait ri les premières fois, puis elle avait commencé à paniquer sérieusement. Cependant, elle n'aurait pas pu rêver d'une meilleure belle-famille. À en croire Grant, sa famille était étrangère à toute rivalité ou querelle. Emily en avait douté, jusqu'à ce qu'elle s'installe à table avec tous les cousins et tantes ainsi que les grands-parents, pour Noël. Personne ne se chamaillait. Personne ne criait, ne buvait trop, ni ne se disputait à propos de politique.

Au contraire, tous prenaient des nouvelles les uns des autres avec un intérêt sincère et aidaient à mettre la table – avec la porcelaine décorée sur le thème de Noël de Bev. Après le dîner, les convives se réunirent autour du piano quart de queue pour chanter tandis que la sœur de Grant, Melanie, jouait des mélodies de Noël. Bev et ses sœurs, Rose et Darlene, s'échangèrent des cadeaux attentionnés, comme des pulls tricotés main et des photos de famille encadrées. À la fin de la soirée, on renvoya Emily et Grant chez eux après une salve de câlins et de baisers, et avec une boîte remplie de restes et des bougies à la rose que tante Darlene avait confectionnées avec amour.

—Oh, mon Dieu! dit Emily alors qu'ils quittaient l'allée pour rentrer chez eux. Norman Rockwell est bel et bien vivant, et il se cache chez ta mère.

— Tu vas adorer être mon épouse, lui promit Grant. Cette tarte à la citrouille est encore meilleure le lendemain.

Ce soir-là, Emily avait appelé sa propre mère sur son téléphone portable. Georgia avait répondu depuis une plage à Hawaï où elle était partie avec son « galant » du moment. « Je ne peux pas parler, nous allons faire de la plongée. Mais joyeux Noël, ma puce. Je boirai un cocktail en ton honneur ce soir. Santé ! »

À l'aéroport, Bev fut l'une des dernières à descendre de l'avion, mais elle ne semblait pas impatiente ni contrariée. Avec ses chaussures plates, ses jolies boucles d'oreilles en perle et sa chevelure grise impeccablement coiffée, elle semblait toujours parfaitement sereine. Elle salua Grant et Emily en les serrant fort dans ses bras, puis elle ouvrit le sac fourre-tout au motif floral qui pendait à son épaule.

— J'ai fait tes préférés, dit-elle en tendant à Grant un sachet rempli de gâteaux. Des macarons à la noix de coco.

Puis elle tendit une petite boîte à Emily.

— Je n'étais pas sûre que vous aimiez la noix de coco, ma chère, alors j'ai également fait du brownie au caramel.

— J'adore la noix de coco, lui assura Emily. Le brownie aussi. Mais je suis au régime jusqu'au mariage. Je dois rentrer dans ma robe.

— Bien sûr que vous rentrerez dans cette robe, dit Bev. J'ai hâte de rencontrer votre famille. Votre mère est-elle déjà arrivée ?

— Je n'en ai aucune idée. Je sais seulement qu'elle doit arriver dans la journée. Je l'ai suppliée de me donner l'horaire de son vol, mais elle n'arrêtait pas de me dire qu'elle n'avait pas encore tout décidé.

À ces mots, une petite ride apparut sur le visage calme de Bev. Les Cardin faisaient de leur organisation et de leur ponctualité une fierté, et ils n'imaginaient pas que l'on puisse être incapable de décider d'un itinéraire pour le mariage de sa propre fille ou même montrer la moindre hésitation.

Emily regarda Grant pour qu'il l'aide à disperser cette source potentielle de tension familiale. Il passa un bras autour des épaules de sa mère et la guida vers le retrait des bagages.

— Georgia sera bientôt là, maman. Tu vas l'adorer. Elle est l'incarnation de la fête.

Bev, dont la conception de la fête se résumait à une partie de bridge et à un demi-verre de vin blanc avant une extinction des feux à 22 heures, parut encore plus atterrée.

— Elle voudra tout savoir sur votre tricot, dit Emily en ignorant l'air perplexe de Grant. Elle adore les arts manuels.

Le visage de Bev s'illumina à la mention du tricot.

— J'ai dû mettre mon sac de laine dans la soute. Les aimables jeunes hommes de la sécurité m'ont dit que je ne pouvais pas emporter mes aiguilles à tricoter dans l'avion.

La bouche de Grant était trop pleine de macarons pour qu'il puisse répondre, et Emily se montra compatissante alors qu'ils attendaient que les bagages de Bev apparaissent sur le tapis roulant.

—J'ai eu du mal à choisir ce que j'allais mettre pour le mariage, avoua Bev tandis qu'elle montrait une énorme valise sur le tapis, puis une autre. Alors j'ai apporté un peu de tout.

Emily sourit. Il y avait peut-être une chance pour que Georgia et Bev s'entendent bien après tout.

De retour à l'hôtel, tandis que le réceptionniste donnait sa clé à Bev et que Grant aidait le porteur à charger une flottille de bagages en cuir brun sur un chariot, Emily entendit soudain une voix familière qui entonnait une chanson avec l'enthousiasme et le volume vocal d'un artiste de Broadway :

—*Now I've… had… the time of my liiiiiiife…*

Un tonnerre d'applaudissements retentit à l'autre bout du vestibule.

—Mon Dieu ! (Bev paraissait médusée.) Mais qu'est-ce que c'est que ça ?

Emily afficha un sourire figé et se prépara mentalement.

—Ça, c'est ma mère.

Sur ce, Georgia apparut dans un tourbillon théâtral, les deux mains faisant bruisser sa jupe en rythme sur sa performance a cappella. Elle avait été la reine du bal dans sa jeunesse et avait refusé de céder à l'âge mûr, se débattant à cor et à cri. Conformément à sa devise personnelle *Glamour, toujours*, elle portait un haut léopard et une longue jupe noire, ainsi que des boucles d'oreilles, un collier, des bagues et des bracelets, tous aussi scintillants. Comme toujours, ses épais cheveux roux étaient impeccablement coiffés. Georgia était un mélange de voyante de carnaval et de mondaine adepte des grandes enseignes.

Se délectant de toute cette attention, la mère d'Emily traversa le vestibule d'un pas léger avec dans son sillage un groupe d'employés et de clients de l'hôtel, personnification parfaite du joueur de flûte – dans des sandales dorées inhumainement hautes.

— Vous voilà ! Les jeunes amoureux !

Elle embrassa Grant et Emily, laissant sur leurs joues des traces de rouge à lèvres rose.

— Bonjour, bonjour, je suis arrivée !

— Je vois ça. (Emily fit un pas de côté pour lui présenter Bev.) Maman, voici…

— J'adore cet hôtel, dit Georgia en ouvrant grands les bras, faisant tinter ses bracelets. Cela me rappelle tellement *Dirty Dancing* ! (Elle daigna enfin admettre la présence de Bev avec un petit sourire pincé.) Vous ne trouvez pas ?

Bev se mit à parler, mais ses lèvres semblaient incapables d'articuler le mot « *dirty* ». Après un instant, elle s'éclaircit la voix et répondit :

— J'ai bien peur de ne pas savoir de quoi il s'agit.

Emily se hâta de l'expliquer.

— C'est un film. Qui se passe dans les Catskills dans les années 1960.

Georgia rit à gorge déployée.

— Je m'attends à ce que Patrick Swayze apparaisse à tout moment.

Bev s'agrippa au bras de Grant comme pour trouver un peu de soutien. Cependant, elle ne détala pas et semblait plus déterminée que jamais à faire bonne impression.

— Désirez-vous un macaron à la noix de coco ?

— Merci. Comme c'est aimable !

Georgia croqua dans le gâteau que Bev lui offrait avant d'emballer le reste dans un mouchoir.

— Vous avez fait un long vol, madame Cardin ?

— Je vous en prie, appelez-moi Bev.

Georgia fit signe à Bev de s'approcher pour qu'elles puissent parler entre filles.

— Franchement, mon chou, vous avez l'air épuisée. Voulez-vous emprunter mon rouge à lèvres ? J'ai un joli prune qui ferait le plus grand bien à votre teint.

— Maman, siffla Emily.

— Quoi ? Je parle en toute franchise.

Bev tapota le coin de sa bouche d'un doigt et tenta de conserver son sourire.

— Vous savez, je crois que je vais aller me rafraîchir dans ma chambre.

— Il n'y a rien de plus rafraîchissant qu'un cocktail.

Georgia tapa dans ses mains. Le porteur abandonna la tour de bagages de Bev et se redressa, attentif.

— Deux bloody mary, s'il vous plaît.

— Oh, je ne bois pas ! dit Bev.

Georgia tendit le cou en avant comme si elle n'avait pas bien entendu.

— Du tout ?

— Oh, je bois parfois un verre de vin au dîner, dit Bev. Ou pour des occasions spéciales. Mais certainement pas d'alcool fort de bon matin.

— Fascinant.

Georgia regarda Grant comme si cette révélation faisait peser sur sa famille de graves soupçons.

Bev tenta de se cacher derrière Grant, mais chaque fois Georgia l'en empêchait. Elle finit par essayer de s'échapper et se retrouva, de nouveau, nez à nez avec Georgia.

— Emily m'a dit que vous aimiez tricoter ?

Avant qu'Emily meure lentement de honte et d'humiliation, un employé de l'hôtel au corps d'athlète et au visage digne d'un chanteur de boys band sortit du bureau de la réception.

Georgia pointa un doigt manucuré vers lui.

— Et voici Patrick Swayze !

Le jeune homme regarda derrière lui, visiblement perplexe. Comme Georgia continuait à roucouler en le regardant, il balbutia :

— Je… euh… je suis Brad, le concierge.

— Encore mieux ! (Elle le tira de derrière le comptoir et passa son bras sous le sien.) Je viens d'arriver et je meurs de soif. Montrez donc à une jeune fille où se trouve le bar, voulez-vous ?

Brad regarda son supérieur, qui hocha la tête.

— Avec plaisir, m'dame.

— Mon chou, des hommes avec des muscles comme les vôtres (Elle tâta légèrement ses biceps.) m'appellent Georgia. Et je suis sûre que vous êtes trop bien élevé pour laisser une dame boire seule. (Elle se tourna tout sourires vers Grant.) Voulez-vous vous joindre à nous ?

Grant avança d'un pas vers elle avant de remarquer l'expression de sa mère. Il baissa la tête.

— Je ferais mieux d'aider ma mère à s'installer. (Il poussa le chariot de bagages.) On se retrouve plus tard. Nous pouvons tous déjeuner ensemble.

— Comme vous voulez, docteur. (Georgia se tourna vers sa fille.) Emily… (Ce n'était pas une requête.) Tu viens avec moi.

Alors que Bev et Grant se dirigeaient vers l'ascenseur, Emily entendit Bev dire à son fils, l'air désespéré :

— Mais pour qui se prend-elle ?

— Je suis une femme qui sait comment utiliser la mode, les colorations capillaires et le maquillage à son avantage, déclara Georgia en rejetant sa crinière auburn avec un geste dédaigneux de la main. Et je ne peux pas en dire autant de cette petite créature effacée.

Elle se retourna, les yeux rivés sur Brad le concierge avec un sourire sournois aux lèvres.

— Quel âge me donnez-vous ?

Le teint de Brad passa du rose au rouge, puis à un blanc pâle.

— Eh bien… euh…

— Ne soyez pas timide, ronronna Georgia. Je vous donne un indice : j'ai eu ma fille alors que j'étais pratiquement une enfant moi-même.

Brad ajusta le col de sa veste d'uniforme marron.

— Dites simplement qu'on la prendrait pour ma sœur, lui souffla Emily. Ma sœur cadette. C'est la seule réponse qu'elle acceptera.

Georgia donna une petite tape à Emily avec son sac en paille tressée.

— Ma chérie, ne sois pas rabat-joie. Ne fais pas comme Bev, cette vieille dame terne. (Elle ne put réprimer une grimace de dégoût.) Bev…, quel nom ! Si provincial, si vieux jeu !

— Sois gentille avec elle, la prévint Emily. Toute la famille de Grant sera là cette semaine, et je veux que nous fassions bonne impression toutes les deux.

À ces mots, Georgia s'arrêta brusquement et planta les talons de ses stilettos dans la moquette.

— Ne me parle pas de faire bonne impression. C'est Madame Sainte-Nitouche qui devrait se soucier de faire bonne impression sur moi. Je suis la mère de la mariée. Je suis l'hôtesse de ce mariage.

En réalité, Emily et Grant avaient payé la plupart des frais du mariage, mais Emily savait que sa mère n'était pas d'humeur à ce qu'on l'embête avec des faits si insignifiants. Elle était sur sa lancée.

— Traditionnellement, le mariage doit se dérouler dans la ville de la mariée, fit remarquer Georgia. Mais ai-je protesté quand les Cardin ont insisté pour que tous les invités viennent jusqu'ici, au milieu de nulle part ? Non, je n'ai rien dit. Et quand cette femme…

— Beverly, interrompit Emily.

— Quand cette femme t'a forcée à porter ce vieux tas de guenilles des années 1950…

— C'est une ravissante robe vintage. Attends de la voir. Et personne ne m'y a forcée ; c'est la robe que je veux porter.

— … est-ce que j'ai protesté ? Là encore, non. Tu es ma fille unique, et je suis censée organiser ton mariage. D'autant que je n'ai pas été invitée à ton premier mariage.

Emily pointa le doigt sur elle d'un air sérieux.

—Maman, nous ne parlons pas du premier mariage. Jamais.

Georgia l'ignora.

—Et cette femme qui se prend pour la parfaite petite maîtresse de maison insiste pour tout faire à sa façon, alors qu'elle a déjà eu sa chance quand sa propre fille s'est mariée. Mais me suis-je plainte ?

—Euh…

—Non !

—Eh bien, je suis ravie d'apprendre que tu le prends aussi bien. Mais écoute, maman, je ne plaisante pas. Je ne veux pas que tu parles de mon premier…

—Tu sais que je mets un point d'honneur à être digne dans des circonstances compliquées, mais franchement… Les femmes comme Bev nuisent à la réputation du beau sexe.

—Oui, oui.

—Je n'aime pas votre ton, jeune fille.

—Désolée, dit Emily. C'est juste que, parfois, je trouve que ce que tu attends des autres femmes n'est pas réaliste.

Georgia se redressa et avança en direction du bar.

—Je ne vois pas de quoi tu parles.

—Sois honnête, maman. Ce n'est pas comme si tu avais beaucoup de femmes parmi tes amis.

—J'ai beaucoup d'amies. Comme Summer. J'adore Summer.

—Summer ne compte pas. C'est ta belle-fille.

—Ex-belle-fille, corrigea Georgia. Et le fait que je l'aime encore, malgré son horrible père et le fait qu'elle ose être plus jeune et plus jolie que moi, montre à quel point je suis clémente et facile à vivre.

Emily comprit ce que sa mère attendait d'elle et dit, entre rire et soupir :

—Personne n'est plus jolie que toi.

—Personne, ajouta Brad.

Georgia fit un grand sourire.

—Vous irez loin avec la flatterie.

Elle battit des cils à l'intention de Brad, mais Emily ramena la conversation sur le point qui comptait le plus à ses yeux.

—En parlant de Summer... Je vous connais toutes les deux et je vous préviens : interdiction de terroriser les invités.

Le sourire séducteur de Georgia devint diabolique.

—Ne te mets pas en travers de notre route, et on ne fera de mal à personne.

—Maman, je t'en supplie, juste pour cette semaine, ne peux-tu pas essayer de...

—Oh, Emmy, ne sois pas si négative. Essaie de t'amuser un peu.

L'air charmeur, Georgia adressa un signe de la main à deux gentilshommes plus âgés assis au bar.

—Georgia ! s'exclamèrent-ils tout en s'empressant de lui tirer une chaise. Vous êtes superbe ! Que prendrez-vous ?

—Deux bloody mary pour ma magnifique fille et moi, répondit-elle en riant. Mais ne vous emballez pas, les amis. Elle est prise !

—Je ne prendrai que de l'eau, dit Emily. Pas d'alcool, ni de glucides, ni de sucres avant le mariage.

Brad s'éclipsa, marmonnant des excuses comme quoi il devait travailler, mais Emily remarqua que le concierge se retourna sur sa mère en regagnant l'entrée.

—Viens, socialisons un peu.

Georgia prit Emily par le coude et la poussa en direction des deux hommes qui les attendaient.

—Attends. Qui sont ces hommes ?

—Des banquiers de New York. Je les ai rencontrés en arrivant, vers les terrains de tennis. Ne sont-ils pas fringants ?

—Comment fais-tu ? se demanda pour la millième fois Emily à voix haute. Tu es une sorte d'hypnotiseuse.

Georgia lui décocha un clin d'œil.

—Oh, tu sais ce que c'est, ma puce. Je fais une petite danse, je chante une petite chanson… Les gens adorent !

Cette déclaration aurait pu sembler arrogante, mais c'était la stricte vérité. Peut-être était-ce sa chevelure rousse, son rire chantant, ou sa capacité à s'amuser en toutes circonstances, mais les hommes de tous âges avaient toujours été disposés à arrêter ce qu'ils étaient en train de faire pour aider Georgia à obtenir ce qu'elle voulait.

Pour autant, cela ne voulait pas dire qu'elle avait eu une vie facile. Georgia avait tendance à aller vers les extrêmes : les sommets les plus hauts, les bas-fonds les plus vertigineux, l'opulence ou la pauvreté. À ses yeux, la modération s'apparentait à la lâcheté, et l'obligation morale était une forme d'esclavage de l'âme.

Grandir avec Georgia pour mère avait été une expérience aussi exaltante qu'épuisante.

Aujourd'hui encore, chaque fois qu'Emily attachait sa ceinture quand elle montait aux côtés de Grant dans sa voiture, elle ne pouvait s'empêcher de penser au contraste entre sa vie adulte, si lisse et structurée, et son enfance tumultueuse. Grant avait acheté l'Audi à la fin de son internat en chirurgie, pour fêter sa promotion comme chirurgien en transplantation dans un centre hospitalier universitaire à Boston. Toujours aussi pragmatique, il avait préféré une berline raffinée à une Porsche tape-à-l'œil ou à une Mercedes décapotable. Georgia, au contraire, avait toujours choisi de faire passer un message grâce à ses véhicules. Elle avait laissé toutes les amies de sa fille s'y entasser – au diable les ceintures de sécurité ! Le modèle et la marque avaient changé au fil des années, d'une petite Mustang rouge à une Cadillac austère en passant par une énorme Range Rover, mais certains facteurs demeuraient constants. Les vide-poches étaient toujours remplis de lunettes de soleil, de rouges à lèvres et de tickets de services de voiturier. La musique était toujours à plein volume, et il était obligatoire de chanter, pour tous les passagers : à quatre ans, Emily connaissait toutes les paroles de toutes les chansons de l'album *True Blue* de Madonna. Et, lorsque Georgia se faisait arrêter pour excès de vitesse ou stop non respecté, Emily et ses amies devaient se faire toutes petites tandis que Georgia minaudait et faisait la moue jusqu'à ce que le policier la laisse partir avec un simple avertissement.

Les ères de la Mustang rouge et de la Range Rover marquaient des périodes de prospérité, correspondant à des mariages ou à des divorces récents. Mais, quand elle était célibataire, les choses étaient différentes. Elles habitaient des appartements minuscules aux murs fins au lieu de spacieuses maisons de banlieue ; elles attendaient le bus sous la neige au lieu de se balader dans de clinquantes voitures neuves ; les banques les appelaient jour et nuit.

— Tu dois trouver du travail, dit un jour Emily à sa mère du haut de ses huit ans, après avoir ouvert une lettre de la compagnie d'électricité menaçant de couper le courant. Un vrai travail.

— Je vais faire mieux que ça pour toi, bébé, répondit Georgia. Je vais trouver un nouveau mari.

Même si elle n'était qu'en CE2, Emily savait que ce n'était pas ainsi que se comportaient les adultes responsables. Elle regarda sa mère d'un air grave, et Georgia se contenta de lui rendre son regard.

— Que suis-je censée faire ? dit-elle. Je ne sais pas taper à la machine. Je ne sais pas enseigner. Voilà mes compétences. Je ne sais rien faire d'autre.

Et Emily n'avait jamais été capable de le discuter. Sa mère avait été élevée dans le faste matériel. Elle était la jolie benjamine d'une famille aisée. Ses parents l'adoraient et accédaient à tous ses souhaits, ils l'avaient envoyée trouver un mari convenable dans une université huppée réservée aux filles. Georgia avait dix-neuf ans et était en deuxième année de licence lorsqu'elle avait rencontré Cal, le charpentier venu réparer un volet cassé dans la sororité de Georgia.

Deux mois plus tard, Georgia était enceinte, Cal la demandait en mariage, et les parents de Georgia la menaçaient de la déshériter si elle épousait « ce bon à rien ».

Georgia l'épousa malgré tout, parce qu'elle était folle amoureuse de lui. Cal n'était pas un bon à rien. Il était drôle, travailleur, et accessoirement il était fou d'elle. Emily avait peu de souvenirs de son père, mais elle savait que leur petite famille avait formé une vraie équipe. Grâce à lui, elles avaient été à l'abri, et il leur avait donné confiance en elles.

Elle ressentait la même chose à l'égard de Grant.

La mort de Cal avait été pour Georgia un désastre émotionnel et financier. Même si elle était parvenue à vivre raisonnablement avec lui, sans lui elle se mit à dépenser de façon compulsive. Elle n'avait rien contre le fait d'être pauvre à condition d'être bien accompagnée, mais, à présent qu'il était parti pour toujours, elle ne supportait pas d'avoir à la fois les mains vides et le cœur brisé.

— Jamais je ne cesserai d'aimer ton père, expliqua-t-elle à Emily. Mais je ne cesserai jamais de t'aimer non plus. Il voulait ce qu'il y a de mieux pour toi, ce qu'il y a de mieux pour nous deux.

Après son premier mariage, Georgia visa haut et ne perdit jamais de vue son objectif. Elle portait les dernières tendances, vivait dans les quartiers les plus huppés et prenait ses vacances dans les hôtels les plus luxueux. Elle pouvait se le permettre, car elle savait naturellement comment faire pour qu'un homme tombe amoureux d'elle. Toutefois, Georgia n'était jamais assez stupide pour livrer totalement son cœur de nouveau.

Quand Emily était encore en primaire, sa mère épousa Peter, un entrepreneur motivé qui avait monté sa propre entreprise de télécommunication. Quand Emily était au collège, sa mère divorça de Peter pour épouser Jules, un poète lunatique issu d'une famille très riche. Jules avait une fille, Summer, qui avait l'âge d'Emily, et, même si Emily et Summer devinrent tout de suite amies, Jules et Georgia atteignirent à peine leur premier anniversaire de mariage avant de se séparer et d'entamer une bataille de deux ans devant les tribunaux. Après ce divorce, elles connurent une longue période de privations, période terrifiante durant laquelle Emily dut trouver des moyens de se faire de l'argent : garder des enfants, promener des chiens, servir à la petite pizzeria en bas de la rue, qui appartenait à un ami de la famille.

Elle avait quatorze ans. Elle pouvait faire en sorte de repousser les appels d'agences de recouvrement et les avis menaçants de leurs divers fournisseurs.

Malgré tout, elle ne comprenait pas pourquoi sa mère refusait d'en faire autant.

— Trouve du travail ! cria-t-elle un jour à sa mère en trouvant une lettre d'expulsion sur la porte de l'appartement en rentrant de l'école. Je ne veux rien savoir de tes « compétences » ou quoi que ce soit ! Va travailler dans un bar en vue, un endroit où tu te ferais des bons pourboires.

Georgia, pour une fois, avait écouté la voix de la raison.

— Tu sais, Emmy, tu es peut-être sur une piste.

Elle avait enfilé une robe fourreau noire très chic et avait postulé pour une place d'hôtesse dans le country club où Jules et elle allaient autrefois jouer au golf et se détendre au bord de la piscine.

Cela ne dérangeait pas Georgia que ses anciens amis regardent de haut son statut modeste de serveuse. Elle était trop occupée à attirer l'œil des hommes d'affaires venus boire un verre après une longue journée au bureau.

Exactement cinq jours après avoir commencé son travail d'hôtesse, Georgia accueillit le docteur Walt Bachmeier, un spécialiste des oreilles, du nez et de la gorge, à la retraite. Ils se marièrent six mois plus tard. Emily, en pleine crise d'adolescence, refusa d'être demoiselle d'honneur et d'assister à la cérémonie.

— Hors de question que je prenne part à cette mascarade, déclara-t-elle à sa mère avec un air de supériorité morale possible seulement au lycée. Tu ne le connais même pas. Tu l'épouses seulement pour son argent.

Georgia, vêtue d'une robe de chambre en soie, posa son mascara et croisa les bras.

— C'est faux. Walt est un homme charmant.

— Il est vieux, maman.

— Il est établi, rectifia Georgia. L'âge n'est qu'un nombre ; tu le comprendras par toi-même quand tu seras plus grande. Le plus important, c'est qu'il aime toujours danser, sortir et découvrir le monde. Il m'aime, il t'aime. C'est tout ce qui importe.

— Tout ce qui importe, c'est son compte en banque, répliqua Emily. Tu ne l'aimes pas.

Elle recula légèrement, s'attendant à moitié à ce que Georgia la gifle pour sa témérité, mais sa mère la surprit : elle avait l'air prévenante et réfléchissait à sa réponse.

— Tu as tort, chérie. Je l'adore. Je ne l'aime pas comme j'aimais ton père, c'est vrai…, mais nous avons un lien plus mature. Nous ne sommes pas des âmes sœurs mais des compagnons. Il est intelligent, drôle, et c'est un vrai gentleman. (Georgia ajusta les fleurs fraîches dans ses cheveux.) Et puis tu entres à l'université dans quelques années. L'inscription ne va pas se payer toute seule.

Emily, enragée qu'on lui rappelle que ce mariage était aussi dans son intérêt, lui rétorqua :

— Ah ! Alors c'est ma faute si tu dois te marier avec un sénior qui porte des pantalons à carreaux ?

Georgia éclata de rire.

— C'est une tenue de golf, chérie. Calme-toi. Je pense que tu pourrais vraiment apprécier Walt si tu lui laissais une chance.

Emily protesta, mais elle savait que sa mère avait raison. Walt n'était pas rigide et autoritaire comme Peter, ou lunatique et exigeant comme Jules. Il avait de doux yeux bleus, il écoutait Emily quand elle parlait, et il aimait Georgia plus qu'elle ne le méritait.

Sa mère possédait une certaine magie, et elle l'utilisait pour charmer les autres afin qu'ils s'occupent d'elle. Et, lorsque Emily partit à l'université avec un chèque couvrant les frais de scolarité signé par son beau-père, elle se jura d'apprendre à s'occuper d'elle-même. Elle deviendrait comptable ou actuaire plutôt que poète ou reine de beauté. Elle n'avait pas besoin de magie et ne tomberait sous le charme de personne.

Mais elle avait eu tort. Tomber amoureuse de Ryan avait été facile – cela avait pris dix minutes –, et la magie l'avait littéralement aveuglée.

Même aujourd'hui, dix ans plus tard, elle se demandait encore…

— Souris, chérie, tu te maries !

Emily revint brutalement dans le présent ; sa mère fourrait un verre de vodka et de jus de tomate dans sa main. Elle se mit à protester, avant de se rendre compte qu'il était inutile de résister, et elle s'adressa directement au barman.

— Puis-je avoir de l'eau glacée, s'il vous plaît ?

Le magnétisme de Georgia attira la foule, et bientôt Emily était entourée d'étrangers, masculins pour la plupart, la félicitant et lui demandant où elle allait pour sa lune de miel. Emily sirota son eau glacée et essaya de réprimer les élans de panique dans sa poitrine. Elle devait prendre de profondes respirations. Elle n'avait jamais été du genre à paniquer.

*Je peux le faire.* Pendant une semaine, elle allait être la reine, au centre de l'attention, et elle allait y arriver. Elle pourrait tout faire pendant ces sept jours.

Une petite voix taquine murmura à son oreille :

— On dirait que tu as besoin de quelqu'un pour te sortir de là.

Elle se retourna. Grant se tenait à ses côtés.

— Que fais-tu là ?

— J'ai accompagné ma mère à sa chambre et j'ai promis d'aller chercher ma sœur et mes tantes à l'aéroport ce soir, ce qui nous laisse cinq heures, dit-il après avoir consulté sa montre. Tu veux partir d'ici ?

Elle bondit de son tabouret et attrapa une anse de son sac à main.

— Oui. Je suis toute à toi.

Georgia saisit l'autre anse de son sac.

— Eh ! Où est-ce que tu vas comme ça, mademoiselle ?

Emily montra Grant du doigt et le laissa répondre.

— Je dois voler la future mariée un moment, expliqua-t-il en adressant son sourire le plus charmeur à Georgia. Des affaires urgentes à propos du mariage.

— Vous ne pouvez pas partir, protesta Georgia. C'est la fête ! Joignez-vous à nous !

Grant secoua la tête, puis il sortit son portefeuille et commanda une tournée générale.

— Je la ramène avant la tombée de la nuit.

Grant prit Emily par la main et la guida jusqu'au parking.

— Où allons-nous ? demanda-t-elle alors qu'il ouvrait la porte passager pour elle.

Il fit le tour de la voiture et s'assit.

— C'est une surprise. Je me suis dit que tu aurais bien besoin d'un petit plaisir.

— Mais je ne peux pas céder à quoi que ce soit, dit-elle alors qu'ils avançaient sur le chemin cahoteux menant à la ville. Pas d'alcool, pas de sucre, pas de beurre…

—Tu peux quand même prendre un peu de bon temps, lui assura-t-il.

—Je ne peux céder à rien jusqu'à dimanche prochain, à moins que cela n'implique de l'eau et de la laitue, dit-elle en ramenant un genou contre sa poitrine. Tu ferais mieux de te préparer, mon pote, parce que notre lune de miel ne va être faite que d'assouvissement. Je prendrai des milkshakes à la fraise le matin. Pas des smoothies : des milkshakes.

—Je suis impatient.

—Bora Bora.

Le seul fait de prononcer ces mots la faisait frissonner de plaisir.

—J'ai tellement hâte !

—Ça va être fantastique. Pas de téléphones, pas de mails, pas d'urgences à l'hôpital. Juste toi et moi, et un bungalow pour deux.

—« Bungalow », répéta-t-elle dans un sourire. Un mot qui sonne encore plus doux à mes oreilles que « Bora Bora ».

—Dix jours, dit-il. Je ne me souviens pas de la dernière fois que j'ai pris dix jours de congé.

—C'est parce que tu n'as jamais pris dix jours de congé. Tu n'en as jamais pris cinq. As-tu seulement déjà pris tout un week-end ? demanda-t-elle après une brève hésitation.

—J'ai pris trois jours quand ma sœur s'est mariée.

—C'était il y a combien d'années ?

—Euh… six, dit-il en toussotant.

Emily rit.

— Mais tu n'as pas de problème. Tu peux arrêter de travailler quand tu veux.

— En réalité, cela fait longtemps que je n'ai pas pris de vraies vacances. Nous devrions emporter des tonnes de crème solaire, parce que, sous le soleil, ma peau risque d'être littéralement carbonisée après toutes ces années passées à l'hôpital.

— Je sais que c'est dur pour toi de partir aussi longtemps. Alors je ferai en sorte que tu en profites au maximum…, dit Emily qui se pencha pour l'embrasser sur la joue.

Elle avait utilisé des mots au sens un peu osé, mais sur un ton très doux. Après des années passées à jouer les tentatrices et à quitter les hommes avant qu'ils la quittent, elle s'était autorisée à être douce et vulnérable avec Grant.

Du moins, elle essayait. Elle devait encore travailler sur ce concept de vulnérabilité. Elle lui faisait pleinement confiance ; elle mettrait sa vie entre ses mains. Mais elle ne se faisait pas toujours confiance quand il s'agissait d'être la femme qu'il méritait. Elle voulait être parfaite pour lui, et elle avait beau regretter ses erreurs passées, elle ne pourrait jamais revenir en arrière.

Elle serait toujours trahie par son passé en dents de scie dans le tableau idyllique à la Norman Rockwell.

Grant lui rendit son baiser lorsqu'il s'arrêta au seul feu rouge de la ville, puis il continua dans une rue étroite avant de s'arrêter devant un bâtiment, sur lequel brillait un panneau aux lettres tourbillonnantes : « Spa de Valentin ».

— J'ai entendu dire que même l'eau est meilleure quand on se fait masser.

— Je t'aime, déclara Emily en se jetant à son cou. Veux-tu m'épouser ?

— Dans six jours, murmura-t-il dans ses cheveux. Que tu sois prête ou non.

# Chapitre 4

—Alors, qu'est-ce que ce sera? demanda Bonnie, la manucure du spa, en lui proposant trois nuances de vernis à ongles. Rose, rose ou rose?

Emily réfléchit un instant avant de choisir le vernis le plus pâle.

—Soyons fous! Va pour du rose.

—Alors, comme ça vous vous mariez? demanda Bonnie en ouvrant le petit flacon pour se mettre au travail. C'est quand, le grand jour?

—Samedi prochain. Ce mariage est aussi l'occasion d'une réunion de famille pour mon fiancé.

—C'est votre fiancé qui vous a déposée? Il a l'air gentil. Et très mignon.

—C'est le meilleur.

Grant l'avait laissée à la réception du spa en demandant à ce qu'on lui fasse une manucure et une pédicure avant qu'il la rejoigne pour un massage en couple.

—J'ai vraiment de la chance.

—C'est la meilleure des attitudes pour entamer son mariage, dit la manucure en massant la main gauche d'Emily. Détendez-vous. Essayez de vous débarrasser de toute cette tension dans vos bras et vos épaules.

— Désolée, répondit-elle en s'efforçant de se calmer. Il y a tellement de détails de dernière minute à régler.

Bonnie mit une musique douce en fond et massa sa main du pouce vers l'auriculaire. Elle s'arrêta en arrivant à son annulaire.

— Ryan, hein ? C'est bien le nom de votre fiancé ?

Emily retira vivement sa main et la glissa sous sa cuisse.

— Non. C'est Grant. Mon fiancé s'appelle Grant.

— Pardon, je suis désolée, dit Bonnie, l'air accablé. Je ne voulais pas… J'ai vu le tatouage sur votre doigt et j'ai pensé…

— Bien sûr, intervint Emily en remettant sa main sur le comptoir. C'était une supposition sensée. Mais je ne pensais pas que c'était encore si… euh… voyant.

Elle avait payé une coquette somme pour effacer le nom de Ryan de son corps. Cette opération avait été plus chère et plus douloureuse qu'elle ne l'avait imaginé.

Prendre rendez-vous pour se faire enlever son tatouage s'était révélé être un plus grand engagement que de signer un certificat de mariage. Après avoir comparé les prix dans les cliniques qui offraient cette prestation au laser, Emily avait attendu son premier bonus salarial pour se permettre cette dépense.

Puis elle avait parlé au personnel médical et pris rendez-vous pour plusieurs séances.

— C'est un petit tatouage, et assez récent, lui avait dit la pétillante infirmière blonde. Vous avez de la chance ; vous n'aurez certainement besoin que de deux ou trois séances. Et l'encre noire est la plus facile à enlever. Si vous aviez écrit « Ryan » en rouge ou en violet, vous auriez eu à subir un traitement plus lourd.

—Ça va faire mal ? avait demandé Emily.

L'infirmière avait haussé les épaules.

—Tout le monde est différent. Certains ont un seuil de douleur très élevé, d'autres pleurent. Beaucoup de patients disent qu'ils ont l'impression qu'on fait claquer encore et encore un élastique tendu contre leur peau.

—Je ne pleurerai pas, avait-elle dit fermement.

Et elle n'avait pas pleuré. Mais la douleur avait été insupportable, comme si on lui enfonçait des punaises dans le doigt. Elle s'était forcée à garder une expression neutre et une respiration régulière durant les séances.

Mais l'infirmière avait deviné sa douleur et l'avait gentiment réconfortée.

—Si vous voulez, nous pouvons vous donner de la crème anesthésiante.

—Non, ça va, avait insisté Emily. Je vais bien.

Et c'était le cas – la plupart du temps. Elle devenait une autre femme, une femme plus mature. Le genre de femme qui ne ferait jamais quelque chose d'aussi impulsif et têtu que se faire tatouer. Ou s'enfuir avec un beau mec qu'elle connaissait à peine.

—Vous faites ça souvent ? avait-elle demandé au médecin alors qu'il lui faisait un pansement. Effacer les alliances de personnes qui pensaient passer le reste de leur vie ensemble ?

Le médecin lui avait tendu un papier sur les soins post-traitement à appliquer.

— Tous les jours.

Emily s'autorisa enfin une grimace de douleur après être sortie du parking de la clinique. Elle sentait sous son bandage que son doigt, enflé et moite, avait déjà commencé à cloquer.

Après la troisième séance, le médecin avait déclaré que c'était terminé.

— Mais il se voit encore, avait-elle protesté en baissant les yeux sur le tracé blanc du nom de Ryan sur son doigt.

— C'est l'hypopigmentation, un simple éclaircissement de la peau. C'est assez fréquent. Avec un peu de chance, cela disparaîtra avec le temps.

— « Avec un peu de chance » ?

— Chaque corps réagit différemment.

L'infirmière lui donna une petite tape pour la réconforter.

— C'est variable.

Les cicatrices ne disparurent jamais. Elle distinguait toujours le nom de Ryan en relief, chaque fois qu'elle tapait sur son ordinateur, coupait des légumes ou frottait la baignoire.

Grant n'avait jamais rien dit sur la cicatrice. Même si elle voulait se convaincre qu'il ne l'avait jamais remarquée, elle savait qu'il n'en était rien. Il la voyait, mais il comprenait qu'elle ne voudrait pas en parler, et jamais il ne la força. Et aucun ne força l'autre à reconnaître la présence du tatouage effacé ou la raison de sa présence.

—J'ai choisi une alliance large, dit Emily à la manucure. Elle couvrira complètement la cicatrice.

—Comme si rien de tout cela ne s'était passé, dit Bonnie. Et, très franchement, on le voit à peine. J'ai deviné un « R » et un « Y », et dit ça un peu au hasard.

—Je vois.

Bonnie leva la tête, les yeux pétillants.

—Lui aussi s'est fait un tatouage à l'annulaire ?

—Ryan ? Oui.

—Il l'a toujours ?

—Je ne l'ai pas revu depuis le jour où nous nous sommes séparés, dit Emily. Mais je suis sûre qu'il s'en est débarrassé. Et il ne s'est certainement pas embarrassé à aller dans une clinique. Le connaissant, il a dû se couper un morceau de doigt avec un canif.

Bonnie semblait se demander si elle pouvait en rire.

—Il avait vingt-deux ans à l'époque, expliqua Emily. Et il était accro aux films d'horreur.

Bonnie secoua la tête.

—Ah, les mecs qu'on fréquente quand on a vingt-deux ans…

—Exactement.

—Alors, il a fini par faire quoi de sa vie ? demanda Bonnie. À part se couper le doigt ?

—Je ne sais pas, dit Emily avec défi et fierté. Et je m'en fiche.

—Vous ne l'avez jamais cherché sur Internet ? Sur Facebook ? Rien ?

—Non.

—Waouh ! Vous devez avoir beaucoup de sang-froid.

— Pas vraiment, dit Emily. C'est juste que je préfère regarder devant moi plutôt que derrière.

— Eh bien, avec un second mari comme le vôtre, je dois dire que je ne peux pas vous le reprocher, dit Bonnie en étalant de la cire chaude sur la cicatrice portant le nom de Ryan. (Puis elle leva les yeux.) Comment s'appelle-t-il, déjà ?

— Grant.

— Vous avez l'air vraiment heureux ensemble.

— Nous le sommes.

— Et un bel anneau bat de loin ce tatouage. On va vous faire des jolies mains pour le mettre en valeur.


— Tu as la peau si douce, dit Grant deux heures plus tard, alors qu'Emily et lui étaient allongés côte à côte sur des tables de massage.

— J'ai tout fait : cire, pierre ponce, crème hydratante, huit huiles différentes, souffla-t-elle, les yeux à demi fermés dans la salle sombre, incapable de retenir un bâillement. Désolée si je m'endors. On m'a déjà massé les mains et les pieds, et je suis presque sûre qu'ils diffusent du sédatif par les bouches d'aération.

La salle de massage était calme et feutrée, avec lumière tamisée et douce mélodie de flûte. Des arômes de menthe et de lavande emplissaient l'air.

— Tu sens ça ? demanda Grant. C'est l'odeur du zen.

Ils étaient étendus, épaule contre épaule, dans un confortable cocon d'intimité. Lorsque les masseuses entrèrent et commencèrent à les malaxer pour les soulager de leur tension, ils glissèrent dans un silence agréable. Emily était entre sommeil et conscience, et elle se dit que cet état d'extase valait la peine d'avoir attendu.

Et elle avait dû attendre longtemps. Leur période de séduction avait démarré lentement. Pas de combustion spontanée ni de coup de foudre.

Bien sûr, elle avait eu trop peur de tomber amoureuse le premier jour où elle l'avait rencontré. C'était un après-midi d'août étouffant, qui battait les records de chaleur et d'humidité de Minneapolis. Emily venait de sortir de son bureau et de tourner au coin d'une rue en centre-ville lorsqu'un livreur FedEx s'était effondré sur le trottoir devant elle. Le petit homme trapu avait vacillé sur ses jambes, puis lâché sa brassée d'enveloppes en s'écroulant sur le béton sans un mot. Emily l'avait regardé un moment, figée, interdite, sous le choc. Puis elle avait vu une tache de sang se former sous sa tête.

— À l'aide! s'était-elle écriée, regardant de droite à gauche.

Mais le trottoir était désert en ce milieu d'après-midi écrasant.

— À l'aide!

Elle sortait tout juste d'une réunion de bureau; elle prit sa veste Armani, la plia et la glissa sous la tête de l'homme, à la fois pour soutenir son crâne et étancher le saignement. Elle n'avait aucune idée de ce qu'elle devait faire ensuite, mais elle savait qu'elle devait agir.

— Oh, mon Dieu! dit-elle avant de s'adresser directement au livreur. Ne mourez pas. D'accord? Accrochez-vous.

Elle sortit son portable de son attaché-case pour appeler les secours, mais elle avait les mains qui tremblaient et fit tomber son téléphone.

Alors qu'elle le ramassait, elle entendit des bruits de pas derrière elle. Puis une voix masculine très calme dit :

— Je suis médecin. Dites-moi ce qui s'est passé.

Elle ne leva pas tout de suite les yeux. Elle resta agenouillée sur le trottoir, le béton chaud déchirant ses bas, et resta concentrée sur l'homme inconscient.

— Je ne sais pas trop. Il s'est écroulé.

— Monsieur ! Monsieur, vous allez bien ?

Le nouveau venu s'accroupit à côté d'Emily et secoua le bras de l'homme. Voyant qu'il ne réagissait pas, le médecin se pencha, mit sa joue au-dessus de la bouche de l'homme, puis plaça ses doigts sur son cou.

— Il respire, et son pouls est régulier. Il a dû s'évanouir à cause de la chaleur, mais nous devons appeler une ambulance.

— Bien, je m'en occupe.

Emily tendit la main pour ramasser son téléphone, mais il la devança. Lorsqu'il le lui rendit, leurs mains se touchèrent, et elle se tourna enfin pour le regarder.

Et l'hyperventilation cessa assez longtemps pour qu'elle remarque qu'il était plutôt mignon. Très mignon. En fait, entre sa mâchoire ciselée, ses cheveux épais couleur sable et ses larges épaules, il ressemblait un peu à une poupée Ken. Un Ken en chair et en os avec un doctorat en médecine et des tendances humanitaires.

Emily ne quitta pas des yeux ce beau visage alors qu'elle composait le 911.

— Bonjour. Je m'appelle Emily.

— Grant Cardin.

Il lui tendit la main, et elle la serra. Il avait une poigne chaude et assurée, avec juste ce qu'il faut de pression.

Un Ken avec un doctorat en médecine, des tendances humanitaires, et de bonnes mains.

Dommage que son maquillage coule sur son visage sous l'effet de la chaleur. *Note à moi-même : la prochaine fois que tu t'arrêtes pour administrer les premiers secours à un étranger, porte du mascara Waterproof. Et un déodorant plus fort.*

Après qu'Emily eut précisé les détails pertinents à l'opérateur des urgences, Grant reprit son examen rapide du patient.

— Je pense qu'il ira mieux quand il sera pris en charge, mais il a une méchante entaille sur le crâne. Il faudrait le mettre à l'ombre, mais je ne veux pas le déplacer avec cette blessure à la tête.

Tous deux se mirent donc debout au-dessus de l'homme à terre, créant un parasol humain pour le protéger du soleil de la mi-journée.

— Heureusement que vous êtes arrivé, dit Emily. Je ne savais pas quoi faire.

— J'étais dans l'ascenseur de l'hôtel, dit-il en montrant d'un signe de tête le centre de conférence et ses ascenseurs en verre de l'autre côté de la rue. Je l'ai vu tomber. Je vous ai vue vous arrêter pour l'aider.

Il marqua une pause, cherchant à croiser son regard.

— Tout le monde n'en aurait pas fait autant.

Quelques minutes plus tard, une fois que l'ambulance fut arrivée et eut chargé le livreur FedEx sur un brancard, Grant ramassa la veste trempée de sang d'Emily et la glissa sous son bras.

— Je vais la faire nettoyer et vous la retourner.

Avant qu'elle puisse protester qu'il en avait assez fait, il lui avait demandé sa carte et avait disparu.

Elle avait passé le reste de la journée à guetter son téléphone, se demandant si le docteur aux fossettes allait l'appeler.

Il n'avait pas appelé. Au lieu de cela, deux jours plus tard, il était venu lui rendre sa veste en main propre à son bureau et l'avait invitée à dîner. À la fin de leur premier rendez-vous, il l'embrassa sur la joue. À la fin de leur deuxième rendez-vous, ses lèvres effleurèrent à peine les siennes. À la fin de leur troisième rendez-vous, il lui donna un autre baiser détaché, et Emily appela sa meilleure amie et ancienne demi-sœur, Summer, pour lui demander conseil.

Elles avaient pris rendez-vous pour une réunion d'urgence dans les cabines d'essayage de la boutique la plus chic de la ville.

— Il n'arrête pas de m'inviter à sortir, expliqua Emily en passant une robe de cocktail noire, simple mais très bien coupée. Et il n'arrête pas de mater mon décolleté quand il pense que je ne le regarde pas, mais il ne va pas plus loin.

—Objection, dit Summer en levant les yeux d'un magazine de mode pour la regarder d'un air critique. Tu as dit qu'il t'avait embrassée. Deux fois.

—Oui, mais ce n'étaient pas des baisers torrides, passionnés. C'étaient plus… (Elle fronça les sourcils, à la recherche du mot juste.) des bécots. Il m'a bécotée. Comme tu bécotes ton chat ou ton petit cousin.

Summer tourna une page du magazine.

—C'est normal quand tu sors avec Ken. Tu as des bisous façon Ken et Barbie.

—Mais je sens qu'il se retient. Je sais qu'il a du potentiel.

—Le potentiel est une légende urbaine. Quitte-le.

—Non !

Emily ajusta le corsage de la robe et examina son décolleté dans le miroir.

—Il est génial. Intelligent, drôle, et je suis sûre qu'il a un corps de rêve sous ses chemises cintrées. Et, PS, est-ce que j'ai dit qu'il était chirurgien ?

—Je m'en fiche, même s'il était empereur de l'univers. Il te bécote, dit Summer en frissonnant. Au suivant.

Emily tira ses cheveux en arrière pour voir à quoi ressemblerait le décolleté avec les cheveux relevés.

—Mais je l'aime bien.

—Pourquoi ?

Emily réfléchit un instant avant de répondre.

—Il est gentil. C'est un homme incroyable, avec des valeurs, et avec lui je me sens comme…

—Une femme fatale ?

—Non. Comme une…

— Coquine effrontée ?

— Non. Comme une dame.

Summer attrapa une corbeille et fit mine de vomir.

— Et c'est une bonne chose ?

— Oui. Je vois du potentiel en lui et je pense qu'il voit du potentiel en moi.

Emily sentit qu'un sourire de petite fille lui venait quand elle se mit à raconter la suite.

— Et, quand on sort, j'ai le sentiment qu'il s'occupe de moi. Pas au sens financier, même s'il insiste pour tout payer. Ce sont toutes les petites attentions. Il tire ma chaise, il s'assure que mon verre d'eau est toujours plein, il pose sa main dans le bas de mon dos quand on traverse la foule.

— Ce truc de la main dans le dos, c'est sexy, concéda Summer. Ça marche chaque fois sur moi.

— C'est ce que je veux dire. C'est un gentleman. Il me rend toute chose.

— Malgré les baisers de Ken ?

— Je n'aurais jamais dû t'avouer ça, dit Emily en levant les yeux au ciel. Il ne m'a pas acculée contre le mur pour me prendre à la fin de notre deuxième rendez-vous, et alors ? Ça ne t'a jamais traversé l'esprit qu'il attend peut-être son heure et qu'il est prévenant ?

— Il ne sait pas à qui il a affaire.

Elles rirent toutes les deux. Summer posa le magazine.

— Je dis que tu n'as qu'à lui arracher ses vêtements et en finir. Depuis quand tu attends que le mec fasse le premier pas ?

—Hum, dit Emily en se passant les doigts dans les cheveux. Depuis que je suis une dame et que je fréquente des gentlemans.

Summer fit la grimace.

—Je dois te dire que je désapprouve cette tendance.

—Arrête d'exprimer tes opinions sur le sujet et aide-moi à choisir une robe, tu veux ?

Emily se tourna devant le miroir et regarda son reflet par-dessus son épaule.

—Laquelle dit « ouvre-moi avec les dents », la noire ou la rouge ?

—Du peu que je sais des dames, je ne crois pas qu'elles portent des robes rouges. Elles les laissent aux garces éhontées comme moi.

—Hum, bien vu. (Emily remit la robe rouge sur son cintre.) Je vais prendre la noire. Je la mettrai sans culotte, en espérant qu'il comprendra le message.

—C'est débile. Ouvre sa braguette avec tes dents et lance-toi, conseilla Summer.

—Je ne suis plus une fille comme ça.

—Oh, je t'en prie. Tu as eu une maîtrise de gestion, pas une greffe de personnalité. Arrête de faire ta Katharine Hepburn. Tu es Mae West, et on le sait toutes les deux.

Emily s'indigna.

—Tais-toi. Je suis Grace Kelly.

—Ouais. Cause toujours.

Leurs regards se croisèrent dans le miroir, et elles sourirent. Summer connaissait Emily depuis le collège, et elle était au courant de toutes ses histoires : les couvre-feux non respectés, les petits amis plus âgés, la mauvaise conduite, les doubles défis, et les blessures sensibles qui la faisaient encore tressaillir, même après toutes ces années. Elles s'étaient dévergondées ensemble durant leur adolescence, chacune essayant de surpasser l'autre avec son comportement extravagant.

À présent, Emily était sur le point d'épouser un chirurgien respectable, et Summer allait porter une robe de demoiselle d'honneur verte avec une crinoline.

Emily ne se rendit compte qu'elle riait que lorsque Grant lui donna un petit coup de pied dans la cheville.

—Qu'est-ce qui te fait rire ? demanda-t-il.

—Summer en robe de demoiselle d'honneur, murmura-t-elle.

La masseuse était passée de la colonne vertébrale d'Emily à ses jambes. Une torpeur délicieuse et apaisante s'infiltrait en elle.

—Elle te le fera payer un jour, prédit Grant. Elle te fera porter du cuir à son mariage.

—Avec des bas résille, ajouta Emily.

—Tu as l'air épuisée, dit-il avant de se pencher pour l'embrasser sur le bout du nez. Tu devrais faire une sieste quand nous rentrerons à l'hôtel.

Et c'est ce qu'elle fit, après avoir fait promettre à Grant qu'il la réveillerait avant de partir chercher ses tantes et sa sœur à l'aéroport.

—Tous ces gens sont venus de loin, dit-elle en bâillant, avant de se glisser sous le grand édredon blanc, si moelleux. Je veux dîner avec tout le monde.

—Ça fait deux mois et demi que tu cours.

Grant alla remplir un verre d'eau dans la salle de bains.

— Repose-toi. Tu m'as laissé dormir hier ; c'est à ton tour aujourd'hui.

— J'ai juste besoin de reprendre des forces. Réveille-moi dans une demi-heure.

— Je te réveillerai dans une demi-heure, dit-il en posant le verre sur la table de nuit.

— Promis ?

— Promis.


Emily se réveilla en sursaut, des heures plus tard. Il faisait noir, et son cœur battait la chamade. Une goutte de sueur perla sur sa tempe et coula dans ses cheveux. Elle tendit le bras et se retourna dans le lit. Grant était assoupi à ses côtés, immobile, la respiration lente et régulière.

Elle leva la tête de l'oreiller, guettant le moindre bruit, mais elle n'entendit rien. La pièce était noire, calme, paisible. Le réveil digital sur la table de nuit indiquait 2 h 56.

Elle s'assit sur le lit, posa les pieds par terre, dégagea son visage de quelques mèches de cheveux, puis chercha à tâtons le verre d'eau à côté du réveil. Elle prit quelques gorgées du liquide tiède et s'efforça de faire ralentir son pouls battant.

*C'est le stress*, se dit-elle. *Plus que six nuits, et tu ne te réveilleras plus en sueur.*

Toutefois, plus elle s'appliquait à se calmer, plus son corps se rebellait. Ses terminaisons nerveuses étaient hypersensibles, et elle était parfaitement consciente du bruissement de sa nuisette en coton contre ses jambes et des lattes de plancher vernies sous ses pieds nus.

Elle tira les rideaux, ouvrit les portes-fenêtres et entendit un grondement grave et lourd ainsi que le crissement de pneus sur le gravier du parking. Une portière claqua. Un chien aboya. Un homme rit.

Il y avait quelque chose dans ce son, dans la profondeur et le timbre de ce rire, qui fit soudain battre son cœur à tout rompre. Quelque chose se réveilla au plus profond de son âme, et, l'espace d'un instant, elle fut incapable de respirer.

Elle ne vit rien ni personne, mais elle entendait le tintement des médailles du chien et l'écho des pas qui s'éloignaient. Puis… le silence.

La brise fraîche et légère de la nuit caressa sa joue, et elle retrouva ses esprits. Elle put de nouveau respirer. Elle leva les yeux vers l'immense lune blanche suspendue au-dessus des arbres, et la peur et la panique qu'elle avait ressenties s'évanouirent.

Elle ferma la fenêtre et se glissa dans le lit à côté de Grant. Pourtant, elle était incapable de se rendormir. Elle ne supportait plus d'être immobile. Elle tourna pendant des heures, jusqu'à ce que la lueur grise de l'aube pointe à travers les rideaux et que le reste du monde se réveille.

# Chapitre 5

Si les petites filles d'honneur ne saccageaient pas la robe de mariée d'Emily, c'étaient les mères des mariés qui allaient s'en charger. La couturière s'occupait des retouches de dernière minute, et Emily croisait les doigts. Elle espérait que Bev et Georgia pourraient se trouver des affinités et s'entendre après quelques tasses de camomille.

— On dirait un ange tombé du ciel, s'émerveilla Beverly en regardant Emily.

Georgia lança un regard noir à Bev au-dessus de sa tasse de thé à bord doré.

— Ça a un côté chic à la *Mad Men*, je vous l'accorde. Mais franchement, Emily, tu pourrais faire mieux. Tu fais un peu… prude.

Bev arrêta de sécher ses yeux humides un instant.

— Elle est sobre et élégante.

— On dirait qu'elle va faire sa première communion.

— Arrêtez de vous chamailler, toutes les deux, ou je fais marche arrière.

Emily eut un mouvement de recul alors que l'une des nièces de Grant arrivait en courant, brandissant un harmonica dans une main et un flacon de vernis à ongles ouvert dans l'autre.

—Ava ! s'écriait Melanie, la sœur de Grant, en courant après la petite blonde qui riait aux éclats. Pose ça ! Tu vas…

Le reste de sa phrase fut couvert par un air d'harmonica.

Georgia grimaça et se boucha les oreilles.

—Désolée, s'excusa Melanie en confisquant le vernis à l'une de ses filles et un tube de gloss à lèvres brillant à l'autre. Tante Rose leur a acheté des kits de maquillage dans la boutique de cadeaux de l'aéroport. Puis tante Darlene leur a donné un harmonica et un pipeau.

Georgia grimaça de nouveau.

—Vos tantes nous haïssent-elles tous ?

—Maman, lui reprocha Emily en lui faisant les gros yeux. Rose et Darlene sont extraordinaires, dit-elle, une note mélancolique dans la voix. Toute la famille est si attentionnée. Ils s'offrent toujours des cadeaux et ils y accordent beaucoup de temps et d'attention.

Georgia regarda Bev avec un mélange de pitié et de mépris.

—Mon chou, de là où je viens, laisser un enfant de trois ans en liberté avec un harmonica est considéré comme un acte de guerre.

—Mes sœurs ne pensent pas à mal, dit Beverly en conservant son sourire placide. Elles oublient ce que c'est que d'avoir des enfants en bas âge dans les pattes.

—Je les confierais bien à Matt, dit Melanie en parlant de son mari, mais il est cloué au lit avec une méchante crise d'allergie.

—Encore?

—Comme chaque fois qu'on vient ici, répondit Melanie sans essayer de cacher son exaspération. Vous savez que le pollen d'ambroisie le met KO. Et il a oublié de renouveler son ordonnance avant de partir.

—Pauvre Matt! Eh bien, s'il a besoin de médicaments, voyez avec Grant, dit Bev avec un grand sourire. Grant s'occupera de tout.

—Ne bougez pas, ordonna la couturière.

Emily obéit, restant immobile tandis que la couturière marchait en crabe autour d'elle, épinglant, cousant. Même si, techniquement, la robe lui allait, la marge d'erreur se comptait en millimètres du fait que le tissu épousait son corps. Elle priait pour que les coutures de la robe ne craquent pas quand elle marcherait jusqu'à l'autel.

*N'éternue pas, n'éternue pas, n'éternue pas…*

Elle avait beau adorer le style vintage et les détails exquis (les boutons délicats en perle, la dentelle cousue main sur le corsage, le tulle léger qui flottait autour de ses jambes), elle ne profitait pas de ce qu'elle portait sa robe tant elle craignait de l'abîmer.

—J'ai l'impression d'être en terrain miné, dit-elle.

—Détendez-vous, lui conseilla Bev. Souriez.

—Et change de rouge à lèvres, ajouta Georgia. Cette couleur pêche ne te va pas du tout au teint.

—Alexis! s'écria Melanie dans la salle de bains attenante. Cette chose est vivante? Remets-la dehors, tout de suite!

Quand Grant et Emily avaient appelé Bev pour lui annoncer leurs fiançailles, elle leur avait offert la robe de famille des Cardin, qu'elle et sa mère avaient toutes deux arborée à leur mariage.

— Cela porte chance, avait-elle assuré à Emily. Et elle est magnifique. Ma mère l'a achetée en 1950 chez Priscilla of Boston, et nous en avons pris soin au fil des années.

Emily avait tout de suite accepté, soulagée de pouvoir échapper à la corvée du shopping et de la commande d'une nouvelle robe dans une boutique spécialisée.

Elle avait été si soulagée qu'elle avait négligé de demander les dimensions de la robe. Une omission considérable, au final. Qui aurait cru que la Bev corpulente qu'elle connaissait avait eu autrefois la taille de guêpe de Scarlett O'Hara ?

La couturière avait élargi les coutures du corsage autant que possible, mais pour pouvoir fermer les boutons dans le dos Emily devait se sangler dans un corset à baleines si serré que cela lui coupait presque la circulation sanguine.

— Waouh !

Elle souffla et rentra davantage le ventre tandis que la couturière examinait la soie.

— Vous entendez ça ? C'est mon foie qui réclame la clémence. Les gens ne mangeaient pas dans les années 1950 ?

— Elles portaient des gaines, expliqua la couturière. Et elles ne faisaient pas autant d'exercice que de nos jours. Elles avaient des épaules et un torse beaucoup plus étroits.

— C'est bientôt fini ? demanda Georgia en regardant sa montre dorée. J'ai un rendez-vous.

— Vraiment ? demanda Bev, choquée, ce qui n'était pas le cas d'Emily. Avec qui ?

— Je fais un tennis avec Ted à 14 heures et bois des cocktails avec John à 16 h 30.

— Qui sont Ted et John ?

— Des gentlemans charmants que j'ai rencontrés au bar ce matin.

Bev semblait elle aussi sanglée dans un corset trop serré.

— Alors vous… vous socialisez avec des inconnus ?

— Du moment que tu ne socialises pas avec des hommes de la famille Cardin, marmonna Emily.

Georgia jouait avec une bague, comme une méchante de film en train de manigancer un mauvais coup.

— Je ne peux rien promettre.

— Ces coutures devraient tenir, marmonna la couturière avec des épingles entre les lèvres. Du moment que vous ne dansez pas trop ou que vous ne serrez pas trop de gens dans vos bras.

*Ne respire pas, ne mange pas, ne bouge pas, jusqu'à la fin de la réception de mariage samedi soir.*

— Pas de problème.

— Eh ! Faites attention, les filles, dit fermement la couturière à Ava et à Alexis, qui couraient à présent dans la pièce en brandissant des sucettes rayées aux couleurs de l'arc-en-ciel.

Melanie semblait au bord des larmes.

— Où les avez-vous eues ?

—C'est tata Rose.

Alexis croqua dans la sucette de sa sœur, déclenchant une émeute de joues rondes et de boucles blondes.

Georgia fouilla dans son sac et en sortit son portefeuille.

—C'est le moment de jouer, les filles. Ça s'appelle « Qui Peut Rester Assise et Être la Plus Silencieuse ». La gagnante gagne 20 dollars.

Ava et Alexis se ruèrent sur le canapé.

—Terminé, dit la couturière en reculant et en se frottant les mains. Alors ? Qu'en pensez-vous ?

Emily se regarda dans le miroir et lissa ses longs cheveux noirs en arrière. Puis elle laissa retomber ses bras et sentit le tulle frôler ses omoplates.

—Je ressemble à Jackie Kennedy.

—Si seulement ma mère pouvait être là, murmura Beverly en tordant son mouchoir. Elle vous aimerait autant que moi.

Georgia leva la tête du petit miroir dans lequel elle se regardait.

—Je sais que tu es obsédée par la tradition, ma chérie, mais je suggérerais quelque chose de plus moderne et de plus chic pour le mariage suivant.

Le sourire de Bev s'effaça.

—Que voulez-vous dire par « le mariage suivant » ?

Georgia agita la main avec légèreté.

—Oh, vous savez, au cas où les choses ne marchent pas.

—Maman, siffla Emily.

—Ne sois pas aussi susceptible. Je plaisante, dit Georgia en regardant son annulaire, avant de se corriger.

Ou peut-être pas. Les hommes peuvent être volages, tu sais. Ils ont leur crise de la quarantaine, font des erreurs de jugement et ont des liaisons sordides avec leurs secrétaires.

Bev regardait Georgia, à la fois choquée et horrifiée par ses propos.

— On ne parle pas des hommes ; on parle de mon fils. Jamais mon fils n'aura de liaison sordide. Je l'ai mieux élevé que ça.

— Ne faites pas attention à elle, dit Emily en serrant la main de sa belle-mère. C'est ma seule et unique robe de mariée, et je l'adore.

Elle se pencha pour s'asseoir, tandis que les petites filles d'honneur commençaient à se battre en duel avec leurs sucettes.

— J'aime que votre famille ait tant de traditions, dit-elle à Bev. Merci de les partager avec moi.

— C'est aussi votre famille désormais, dit Bev. Après le mariage, nous la ferons nettoyer au pressing, et un jour votre fille pourra la porter à son mariage.

À ces mots, Georgia se redressa sur son siège.

— Notre famille aussi a des traditions, vous savez. Plein de traditions. Et tu sais que tu aurais pu porter n'importe laquelle de mes robes pour ce mariage. La Vera Wang, la Monique Lhuillier… Oh, et la Amy Michelson était tout simplement exquise !

Melanie et Bev échangèrent un regard, et Melanie demanda :

— Vous avez été mariée trois fois ?

— Quatre, corrigea Georgia. C'est une forme d'art.

On frappa à la porte, puis la porte s'ouvrit, et Grant dit :

— Eh, maman, tu as vu…

Toutes les femmes de la pièce se mirent à hurler.

— N'entre pas ! s'écria Bev.

— Vous ne devez pas la voir dans sa robe ! dit Georgia en se jetant sur le canapé pour cacher sa fille.

— Ça porte malheur !

Emily sortit en toute hâte sur le balcon par la porte-fenêtre coulissante.

Dans son excitation, elle avait laissé ses sandales de satin argenté dans la chambre, et les planches de bois brut du sol du balcon lui piquèrent les doigts de pied. Heureusement, lorsqu'elle examina la robe pour voir si elle était abîmée, tout semblait intact : pas de taches, pas de déchirures, pas d'auréoles de sueur.

*Je suis à ma place dans cette robe*, se dit-elle. *Je peux le faire.*

Et, l'espace d'un instant, à l'ombre des pins et respirant l'air frais de la montagne (par petites inspirations qui ne risquaient pas de faire craquer la robe), elle y crut. Elle écouta le chant des oiseaux et les bruits lointains du lac, et se rappela ce qui comptait vraiment. La robe, l'hôtel plein d'invités, les fleurs et le champagne, tout cela ne comptait pas vraiment. Ce qui comptait, c'était qu'elle savait qui elle était et ce qu'elle voulait. Ce qui comptait, c'était d'être une bonne partenaire pour l'homme avec qui elle avait choisi de partager sa vie.

Un sifflement aigu à deux tons interrompit soudain cet instant de paix.

—Jolie robe, poupée.

Emily inspira brusquement, un insecte pénétra dans sa gorge, et elle eut un accès de toux. Elle enroula ses doigts autour de la balustrade en bois et se pencha pour voir qui l'avait sifflée. Avant de reculer net.

Elle sentit le tulle céder un peu le long de son biceps, mais elle ne regarda même pas les dégâts. Elle était trop occupée à lutter contre une crise de panique.

Non. C'était impossible. *Ta robe est trop serrée, c'est une hallucination.*

Mais la voix masculine, grave et amusée, se fit de nouveau entendre.

—Tu portes des perles ? C'est officiel : l'enfer a gelé, et le diable sert des glaces.

Emily avança vers la balustrade et jeta un coup d'œil vers le sol, où un chien poilu remuait la queue à côté d'un grand homme brun, incroyablement séduisant.

Il avait l'air si différent ! Elle ne le reconnut même pas au premier regard. Pourtant, lorsqu'elle ferma les yeux, elle sut.

Et, lorsqu'elle les rouvrit, il était toujours là, les yeux levés vers elle sans une once de surprise.

—Ryan ?

# Chapitre 6

— Qu'est-ce que tu fais là ? demanda Emily.

— Tu n'as pas l'air ravie de me voir.

Son ex la regarda de la tête aux pieds, s'attardant sur sa poitrine enveloppée de dentelle.

Elle se sentait étourdie et essoufflée : elle avait descendu l'escalier, traversé la réception de l'hôtel et le parking de gravier, le tout pieds nus et au pas de course. Il était probable qu'elle soit passée devant Grant dans sa précipitation pour atteindre Ryan avant quiconque. Son fiancé l'avait peut-être vue dans sa robe de mariée.

Mais elle s'en fichait pour l'instant. Elle devait se soucier de la présence de Ryan.

Et de respirer.

Elle savait qu'il détecterait le moindre signe de faiblesse pour l'utiliser contre elle. Elle devait rester calme. Détachée. Intouchable.

Il remarqua son accès de panique et lui tendit la main pour l'aider.

— Tu as besoin de quelque chose ? De remontants, peut-être ?

— Non, dit-elle en haletant et en repoussant sèchement sa main tendue. Je vais bien.

— Visiblement.

— Je vais bien.

— Très bien, on recommence depuis le début. Bonjour, Emily, quel plaisir de te revoir.

Elle avança vers lui, les poings serrés, et le fit reculer jusqu'au coin de l'hôtel pour que personne ne puisse les voir depuis le parking.

— Tu n'es pas ici. Tu ne peux pas être ici.

Il ne discuta pas. Au lieu de cela, il se détendit et l'observa avec une intensité déconcertante. Elle avait oublié qu'il pouvait se concentrer ainsi, jusqu'à en oublier le reste du monde. Et, pour l'instant, il se concentrait sur elle.

Elle était, à quatre-vingt-dix-neuf pour cent, horrifiée et furieuse. Le un pour cent restant…, elle s'en occuperait plus tard.

Il l'observa sans rien dire tandis qu'elle le regardait, puis il sourit, charmeur.

— Tu m'as manqué aussi.

Maudissant son manque de contrôle, elle baissa les yeux vers sa main gauche. Il portait une grosse bague à tête de mort.

Elle releva la tête et lui demanda :

— Tu t'es remarié ?

— Ça ressemble à une alliance pour toi ?

— Non, mais bon, tu ne fais pas vraiment dans la tradition.

Il retira la bague pour révéler son nom, toujours tatoué sur son doigt.

— Ça n'aide pas vraiment avec les femmes quand elles voient le nom « Emily » gravé dans ma chair, alors j'essaie de le cacher.

Il marqua une pause, le regard errant sur sa robe vaporeuse – la robe que Georgia avait décrite comme « prude ». Pourtant, il ne la regardait pas comme si elle était Grace Kelly ou Jackie Kennedy.

Il la regardait comme s'il voulait lui arracher sa robe avec ses dents.

Elle voulut croiser les bras, avant de prendre conscience qu'en faisant ce geste elle tirerait sur les coutures des épaules.

— Continue à me regarder comme ça, et je t'arrache un œil.

— Je ne peux pas m'en empêcher. Tu es une tentatrice en tutu.

Emily détourna les yeux un instant pour regarder par-dessus son épaule et s'assurer que personne ne l'avait entendu.

— Arrête, s'il te plaît. Ce n'est pas marrant. C'est mon mariage.

— Je vois ça, répondit-il en se frottant le menton, recouvert d'une barbe de trois jours. C'est une robe sexy.

— Non, non, elle n'est pas sexy. Elle est élégante et distinguée, et elle appartenait à la grand-mère de mon fiancé.

Puisqu'elle ne pouvait pas croiser les bras, elle se décida à mettre ses mains sur ses hanches.

— Eh ! Mes yeux sont ici. Tu sais quoi ? La raison de ta présence n'est pas importante. Quoi que tu fasses, avec qui que tu sois, j'espère que tu as une vie au top. J'espère que tu vis dans un monde de Bisounours. Mais il faut que tu partes. D'accord ? Toi, moi, tout ça, ce n'est jamais arrivé.

Elle se pencha vivement en avant pour lui faire la bise à distance.

— Mouah, mouah, prends soin de toi, salut !

Son expression passa de l'amusement à l'irritation.

— J'ai une info pour toi. Beaucoup de choses ont changé depuis nos vingt-deux ans. Tu ne peux pas m'envoyer balader en oubliant que j'ai existé.

Elle se figea et fit la moue.

— Je n'oublie pas que tu as existé.

*Si seulement c'était aussi simple.*

De toutes les bêtises qu'Emily avait faites dans sa jeunesse, épouser Ryan était de loin la plus folle. Et, quand elle avait demandé le divorce cinq mois plus tard, elle avait été tout à fait certaine qu'elle faisait ce qu'il y avait de mieux pour eux deux. Ryan Lassiter n'avait pas l'étoffe d'un époux. Il était imprudent. Il était têtu. Il n'apportait que des problèmes.

Et pourtant.

Il était resté, au fond de ses pensées, dans les profondeurs de son cœur. Même si elle avançait sans lui, elle avait été incapable de rompre complètement le lien qui existait entre eux. L'intensité de leur alchimie était le résultat d'hormones adolescentes… C'était du moins ce qu'elle se disait. Leur amour, aussi grisant et dévorant fût-il, avait été superficiel et non viable. Le mariage tel qu'ils l'avaient imaginé à vingt-deux ans n'existait pas et n'existerait jamais.

Et pourtant.

Quand elle était sortie en trombe de leur appartement sordide, tant d'années auparavant, quand elle avait marchandé son entrée en école de commerce et acheté son premier tailleur, elle avait rêvé du jour où elle reverrait Ryan par hasard, à une réunion d'anciens élèves par exemple. Elle serait posée, professionnelle, mariée à un homme comme Grant et vivrait dans une maison qui pourrait figurer dans un catalogue pour un magasin de meubles. Ryan serait toujours dépenaillé, plein de remords, aurait un travail sans avenir et se ferait des marathons de films de Tarantino le vendredi soir. Elle avait l'intention d'être courtoise, voire de le consoler du fait que sa vie à elle ait bien mieux tourné que la sienne.

La version réelle des faits ne se passait pas comme prévu. Ryan ne semblait pas le moins du monde brisé ou déprimé.

Au lieu d'avoir la peau cireuse et des cernes, il affichait une coupe de cheveux recherchée et une confiance en lui à toute épreuve. Son blouson en cuir noir, habilement vieilli, laissait entendre qu'il faisait de la moto sur les routes de Californie et se payait des voyages en Europe. Elle ne savait pas ce qu'il avait fait durant ces dix dernières années, mais il s'était enfin réveillé, et la lueur frénétique de ses yeux noirs avait laissé place à un magnétisme puissant et réfléchi.

Et, à voir sa façon de la regarder, il savait exactement à quoi elle pensait.

*Inspire, expire.* Elle pouvait le faire.

Elle se débarrasserait de lui, puis elle oublierait que tout cela était arrivé. Elle ne le dirait à personne, surtout pas à Grant, et le monde retrouverait son cours normal.

—Tu as raison, dit-elle. Tu as raison. Tu existes, oui, et tu sais quoi ? Tu es certainement trop bien pour moi à présent.

—Probablement, dit-il.

Elle serra les dents en un sourire figé.

—Mais je te demande, non, je te supplie, de ne pas être là maintenant, s'il te plaît. Pars, s'il te plaît.

—Je ne peux pas, dit-il en sortant un Smartphone de la poche de son blouson pour vérifier l'écran. Je fais du repérage pour trouver des lieux de tournage, et le reste de mon équipe de production va me tuer si je ne tiens pas le planning.

*Quoi ?* Elle était sous le choc.

—Tu… tu es repéreur pour le cinéma ?

Il ne leva pas les yeux de son téléphone.

—Techniquement, je suis producteur exécutif, mais, titres ronflants à part, je fais ce qui doit être fait.

—Alors tu fais des films ? Des vrais films ?

Son incrédulité semblait amuser Ryan.

—Oui, j'ai fait quelques longs-métrages. Tu en as peut-être entendu parler : *Les Devoirs*, *Les Tunnels*, *Les Vêpres de la mort*.

Elle hocha la tête. Elle avait vu ces titres sur des affiches de cinéma et dans des spots publicitaires.

—J'en ai entendu parler. Mais je ne les ai pas vus ; les films d'horreur me donnent des cauchemars.

—Et tu dois dormir avec la lumière du placard allumée, dit-il en hochant la tête. Je m'en souviens. Mais tu devrais regarder *Les Tunnels*. Il y a une scène d'amour torride dans un grand tunnel souterrain sur un campus universitaire.

—Un tunnel, répéta Emily. Sur un campus universitaire. Ça me rappelle vaguement quelque chose.

—Ouais, il y a une héroïne très mignonne qui a un faible pour les bad boys et le rock indépendant. On a rajouté cette scène à une réécriture de dernière minute, mais elle est dingue. De tous les films que j'ai faits, c'est ma scène préférée.

Elle se détendit enfin un peu.

—Laisse-moi deviner : la scène d'amour est interrompue par un psychopathe et sa tronçonneuse.

—Non, l'héroïne survit. Le scénariste voulait la tuer, mais je ne supportais pas l'idée que le psychopathe la démembre.

Emily rit.

—Grand sentimental, va.

—C'était plus pour faire de l'audience.

Il sourit, et elle dut lutter contre l'envie soudaine et irrésistible de tendre la main pour poser sa paume contre sa joue.

Ryan devait avoir ressenti la même envie, car, lorsqu'une brise souffla dans les pins et plaqua quelques mèches de cheveux sur les lèvres d'Emily, il passa un doigt le long de sa pommette pour glisser ses cheveux derrière son oreille.

Elle tressaillit et recula.

—Désolé, souffla-t-il en fourrant ses mains dans ses poches. Je ne me suis pas rendu compte…

Emily s'éclaircit la voix et reprit les choses en main.

—Alors, comme ça, tu es venu à Valentin, dans le Vermont, la semaine de mon mariage, pour filmer ?

—Pour repérer des lieux de tournage, oui, répondit-il en ouvrant les paumes, l'air innocent. Et tu es là. C'est fou, non ? Quelles sont les chances pour que cela arrive ?

Elle lui jeta un regard noir.

—Les chances sont astronomiquement minces.

—C'est peut-être le destin.

—Ce n'est pas le destin, dit-elle d'un ton ferme. Combien de temps restes-tu ?

—Difficile à dire. Peut-être une nuit, peut-être quelques jours.

—Et tu loges au *Pavillon*.

—Oui, et d'ailleurs j'ai quelques heures de libres ce soir. Nous pourrions…

—Voilà comment ça va se passer : je vais retourner en haut pour enlever cette robe. Toi, tu vas faire ce que font les producteurs. On va rester chacun de notre côté et faire comme si rien de tout cela ne s'était produit.

Une pensée effrayante la frappa soudain, et elle ajouta :

—Et, si par hasard tu vois ma mère, va-t'en. Ce n'est pas le moment pour des retrouvailles. Comme tu peux le voir, dit-elle en lui montrant sa robe et son collier de perles, je fais semblant d'être une adulte.

—Compris. (Il ne bougea pas.) Mince, tu es superbe, Em.

—Ryan !

—Oui. D'accord, concéda-t-il en hochant la tête Ce n'est pas le bon moment.

—Ce n'est jamais le bon moment pour nous, dit-elle en détournant le regard. Je dirais qu'on s'est déjà causé assez de problèmes, non ?

—Attends une seconde.

Il se remit à sourire. Mais ce n'était pas un sourire joyeux. Non. Elle reconnaissait ce sourire, il voulait dire : « Passons un marché. » Dieu seul pouvait la sauver.

—On s'est déjà vus tout nus. Et tu me dis qu'on ne peut même pas avoir une conversation ?

Et voilà… Elle ne pouvait plus s'empêcher de l'imaginer nu.

Elle sentit la sueur perler sur ses tempes. À tout instant, Bev, ou Georgia, allait venir la chercher. Et, même si cela faisait dix ans qu'elle ne l'avait pas vu, elle savait qu'elle ne devait pas se lancer dans un débat avec Ryan Lassiter.

Alors elle choisit la seule option qui s'offrait à elle : elle changea de sujet.

Elle remarqua un chien patiemment assis derrière Ryan. Le retriever à longs poils était mince, et son pelage grisonnait au niveau du museau.

—Tu as un chien maintenant ? demanda-t-elle.

—J'ai toujours un chien, corrigea-t-il.

—Comment ça ?

Elle se balança sur ses talons et grimaça en sentant une épine de pin s'enfoncer dans la plante de son pied nu. Puis elle se souvint. La veille du jour où elle était partie pour de bon. Le petit patapouf jaune. Qui mâchouillait, couinait, pissait sur le tapis…

—C'est Ripley ?

Ryan gratta la tête de la chienne.

—Lieutenant Ellen Ripley, à votre service.

—Elle a grandi.

—Oui. C'est une sénior maintenant, tu sais, en années de chien.

—Je n'arrive pas à croire que tu l'aies gardée.

Le sourire décontracté de Ryan disparut, mais il dit simplement :

—Elle a fait le tour du monde avec moi. Elle a bavé sur les meilleurs agents du monde, a joué à la balle avec des nommés aux Oscars.

Ce qui voulait dire que Ryan passait du temps avec des nommés aux Oscars. Emily n'arrivait pas à faire le lien entre ce qu'elle apprenait et l'image qu'elle avait de lui, jeune fainéant toujours affamé. Cependant, à en juger par son expression, il ne pouvait pas non plus faire le lien entre la dentelle et les perles et ses souvenirs de minijupes en cuir et de téquila bue à même le corps.

Il secoua la tête, mi-amusé, mi-déçu.

—Regarde-toi, Emily McKellips. Que t'est-il arrivé ?

—Je te l'ai dit : j'ai grandi, je me suis installée et je suis devenue l'une de ces personnes pragmatiques et prévisibles que tu détestes.

—Non, c'est faux.

—Oh si, c'est vrai. J'ai une maîtrise de gestion. Je suis conseillère financière. Je mets la table, je fais mon lit…

— Tu te lisses les cheveux.

Cela semblait le choquer plus que toute autre chose.

— Alors, c'est qui ce gars que tu épouses ?

— Il s'appelle Grant et il est formidable.

Ryan eut l'air sceptique et demanda, sur la défensive :

— Grant est conseiller financier aussi ?

— Il est chirurgien, dit-elle en respirant profondément. Il vient de rejoindre l'équipe de greffes d'organe dans un hôpital très prestigieux de Boston. On déménage dans la banlieue de Boston et on achète une maison avec une palissade de piquets blancs. Et je n'ai pas vraiment envie de faire les présentations, alors…

— Trop tard, dit Ryan en faisant un signe de tête pour montrer quelque chose derrière elle, au moment même où Emily entendit la voix de Grant l'appeler. Voici le marié.

# Chapitre 7

— Tout va bien, mon ange ?

Grant semblait inquiet.

— Mon ange ? dit Ryan, l'air perplexe, avant d'éclater de rire. Toi ?

Emily sentit la main de Grant dans son dos et remua pour le repousser, avant d'enfouir son visage entre ses mains.

— Tu ne dois pas me voir dans ma robe ! Ça porte malheur !

— Mon ange ? répéta Ryan.

— Calme-toi, dit Grant en reposant sa main sur son épaule. Ma mère m'a demandé de descendre pour m'assurer que tu allais bien.

— Je vais bien, insista Emily, regrettant que ce ne soit pas le cas.

— Et ne t'inquiète pas, je ne te regarde pas. J'admire la Triumph Spitfire sur le parking.

— Elle est à moi, dit Ryan. De 1968, chromes d'origine. Je l'ai restaurée moi-même.

Dès qu'il commença à parler, Ripley avança pour accueillir le nouveau venu.

—Ah oui ? demanda Grant en tapotant la tête de la chienne d'un air absent. Combien de temps ça vous a pris ?

—Environ cinq ans. J'ai dû retrouver toutes les pièces de moteur sur eBay.

Emily leva les yeux au ciel en présentant son passé à son futur.

—Grant, je te présente Ryan. Ryan Lassiter. C'est… euh…

—Oh, je sais qui vous êtes.

Grant se redressa, l'air sérieux.

Emily se raidit, cachant instinctivement la cicatrice de son annulaire gauche dans les plis de sa jupe.

—Vraiment ?

—Bien sûr. Vous êtes une légende du film d'horreur.

Grant tendit la main à Ryan, qui la serra.

—Vous avez vu mon travail ?

—Eh bien, non, admit Grant. Je ne regarde pas beaucoup de films. Je n'ai pas vraiment de vie en dehors de l'hôpital, demandez à Em, elle vous le dira, mais j'ai un patient qui vous adore. Un gamin génial. Il a dix-sept ans, et ça fait trois ans qu'il va et vient à l'hôpital. Il est en attente d'un cœur. Enfin, il adore ce que vous faites. Le nombre de conversations que nous avons eues à propos des valves de son cœur pendant qu'il regardait ce film avec le démon avaleur d'âmes sur son lecteur DVD.

—*Les Vêpres de la mort*, dit Ryan. C'était mon premier film en studio.

—Eh, dites, je ne voudrais pas faire le fan agaçant, mais serait-il possible d'avoir votre autographe ? Ce serait immense pour ce gosse.

—Bien sûr.

L'expression de Ryan changea, mais Emily ne parvenait pas à savoir à quoi il pensait.

—Vous savez quoi ? J'ai quelques DVD dédicacés. Je pourrais demander à mon assistant de vous les envoyer.

—Merci, ce serait top, le remercia Grant avant de se tourner vers Emily avec un grand sourire. Comment vous vous connaissez, au fait ?

Ryan la regarda, les yeux brillants. Emily, qui se sentait encore étourdie à cause de son corset trop serré, répondit :

—Oh, Ryan et moi étions à l'université ensemble.

Grant semblait encore plus confus.

—Vous êtes ici pour le mariage ?

Ryan secoua la tête.

—Non, je repère les lieux pour un tournage. Je suis tombé sur Em par un heureux hasard, dit-il avant de donner une tape sur l'épaule du futur marié. Eh bien, tous mes vœux, mon gars ! Et bon courage. Vous en aurez besoin.

Avant que Grant puisse répondre, Emily se jeta entre les deux hommes et commença à tirer Grant vers le parking.

—Chéri, tu dois retourner à l'intérieur ! Je suis très superstitieuse.

— Vous partez déjà ? s'écria Ryan dans son dos. Je pensais qu'on pourrait aller prendre un verre et parler un peu.

— Au revoir, Ryan, lança Emily par-dessus son épaule en poussant Grant vers l'entrée de l'hôtel.

Grant s'arrêta net au bord du parking, regardant tour à tour Ryan et sa Triumph décapotable argentée.

— C'est d'accord, dit-il à Ryan. On se retrouve au bar dans dix minutes ?

— Le dernier arrivé paie la note.

Ryan s'éloigna, Ripley sur ses talons. Dès qu'il disparut au coin du bâtiment, Grant se tourna vers Emily.

— Qu'est-ce qui t'arrive ? demanda-t-il. Qui est cet homme ? Pourquoi es-tu si en colère ? Pourquoi es-tu pieds nus ?

Emily s'adossa à une épaisse balustrade en bois, ne s'inquiétant plus d'abîmer la robe.

— Je t'expliquerai tout, chéri. Je te le promets. Mais d'abord je dois délacer ce truc et respirer un peu.

— Très bien, le mec que tu as rencontré tout à l'heure ? C'était Ryan. Ryan Ryan.

Après avoir troqué sa robe de mariée contre une robe d'été noire, Emily tenta d'expliquer la situation à Grant sur le chemin du bar.

— Ryan Ryan ? demanda Grant en s'arrêtant sur le palier. Je croyais qu'il s'appelait Ryan Lassiter.

— Non, je veux dire que c'est le Ryan. Mon Ryan.

Emily redoutait la réaction de Grant, mais il semblait perplexe, et elle lâcha donc :

— Mon ex-mari.

L'expression de Grant passa de la perplexité à la stupéfaction.

— Ce gars-là ?

— Oui.

— Ryan Lassiter, le producteur, est ton ex-mari ?

— Eh bien, dit-elle en se sentant rougir, oui.

— Mais je croyais que ton ex-mari était un fainéant délirant et irresponsable ? Qu'il ne contrôlait pas ses impulsions ? Qu'il était détaché de la réalité ?

*Maudit soit Docteur Gros-Malin et sa mémoire sans faille.* Emily se balançait d'un pied sur l'autre.

— Il l'était.

— Alors comment en est-il arrivé à faire des films ?

Elle fit de grands gestes.

— Contrôler ses impulsions et vivre dans la réalité sont peut-être un handicap à Hollywood. Écoute, je comprendrais que tu sois fâché.

Il cligna des yeux, étonné.

— Je ne suis pas fâché.

— Je te jure que je ne savais pas qu'il serait là. Je ne l'ai pas invité.

— Tu veux l'inviter au mariage ? Parce que ça ne me dérange pas.

Ce fut à son tour de s'arrêter net.

— Ça ne te dérange pas ?

— Pas du tout. Je suis sûr qu'un invité supplémentaire ne posera aucun problème.

— Il n'est pas invité, dit Emily en descendant l'escalier. Et je te promets, chéri, tu n'as pas à t'inquiéter.

Grant lui sourit.

— Je ne suis pas inquiet.

— Bien, dit-elle en le prenant par la main. Tu n'as aucune raison de l'être.

Lorsqu'ils atteignirent le rez-de-chaussée, il l'embrassa sur le front.

— Je ne le suis pas.

— Parfait. Mais je n'ai toujours pas envie d'aller boire un coup avec lui.

— Pourquoi ?

— Parce que je sais qu'il a l'air désinvolte et charmant quand on le rencontre pour la première fois. Mais fais-moi confiance, il est fourbe et sournois quand il cherche à obtenir ce qu'il veut. Et il a toujours un dessein caché. Toujours.

— Quoi, tu penses qu'il est venu t'enlever à moi ?

— Non, bien sûr que non, parvint-elle à bredouiller, embarrassée. Je voulais seulement dire…

— Qu'il essaie. Monsieur Hollywood.

Grant ne semblait pas le moins du monde se sentir menacé par l'idée qu'un autre homme se pointe pour le défier à la veille de son mariage.

Et il n'avait aucune raison de l'être. Grant était l'homme de ses rêves, et Ryan était seulement… eh bien, c'était Ryan.

— Je n'arrive pas à croire que vous étiez ensemble, poursuivit Grant. Jamais tu ne pourrais aimer un homme pareil. Cela ne te ressemble pas.

Il semblait si fier de sa bonté intérieure qu'Emily n'essaya pas de le dissuader. Elle voulait désespérément être le genre de femme qu'il voyait en elle.

—N'y allons pas, dit-elle en faisant demi-tour. Oublions Ryan Lassiter. Retournons dans notre chambre et…

—Attends, dit Grant en sortant son téléphone portable. Je le cherche sur Google.

—Ne fais pas ça.

Elle voulut attraper le téléphone, mais il l'en empêcha.

Il parcourut le texte sur son écran et sourit.

—Waouh!

—Quoi?

Emily s'approcha pour regarder.

—C'est un sacré séducteur. On dit ici qu'il vient d'assister à une première avec une «séduisante styliste et mannequin brésilienne».

Emily se tordit le cou pour essayer de voir les photos.

—Quoi?

—Ouais. Et son ex était une actrice oscarisée, dit Grant en avançant vers le bar, les yeux sur l'écran. Te ravir à moi… Allons. Que ferait Monsieur Hollywood d'une gentille fille comme toi?

Arrivés dans l'entrée, ils aperçurent justement «Monsieur Hollywood» en personne, à moitié tourné vers le mur, un téléphone portable pressé contre son oreille.

Lui qui avait été si enjoué quelques minutes auparavant avait désormais l'air grave et sérieux. Emily ne l'avait jamais vu ainsi.

— Il est certainement en train de négocier un contrat de plusieurs millions de dollars.

Grant lui fit signe, et Ryan lui rendit vaguement son geste en leur indiquant qu'il arrivait bientôt.

Emily suivit son fiancé dans le bar, et elle ne résista pas à l'envie de regarder par-dessus son épaule, émerveillée par la transformation totale de son ex-mari.

Le regard de Ryan croisa le sien, et il ne détourna pas les yeux. À son air, il était évident qu'il la désirait, qu'il voulait la posséder, et elle sut exactement ce qu'il voulait faire d'une fille comme elle.

# Chapitre 8

—Ça va?

Grant posa sa main sur celle d'Emily sur le comptoir en bois brut du bar.

—Tu n'arrêtes pas de gigoter.

—Je vais bien. Juste un peu stressée par les préparatifs du mariage.

Elle attrapa la carte des vins. Elle avait la poitrine serrée, et l'adrénaline déferlait toujours en elle.

—Alors… qu'est-ce que je veux?

Grant regarda la carte l'espace de deux secondes.

—Tu veux le sauvignon blanc.

Il le commanda au barman, qui le servit et donna le verre à Grant. Il l'offrit à Emily, qui était sur le point de le prendre lorsqu'une pensée la frappa.

—Oh, attends! soupira-t-elle en laissant retomber sa main. Où avais-je la tête? Je ne peux pas boire de vin. Je suis toujours au régime pour la robe jusqu'à dimanche.

Puis Ryan arriva d'un pas tranquille. D'une démarche arrogante, même. On aurait dit un bandit prêt à se lancer dans une fusillade, et Emily ne voulait vraiment, vraiment pas être prise dans les tirs croisés.

Lorsqu'il remarqua le verre de vin blanc dans la main de Grant, son sourire s'élargit.

— Vous buvez du chardonnay ? Choix osé.

— C'est du sauvignon, et c'est pour elle.

Grant passa le verre à Emily. S'il y avait un moment pour mettre son régime en suspens, c'était bien maintenant, se dit-elle. Elle prit une gorgée, les doigts tremblants, et se renversa quelques gouttes sur le poignet.

Distraite et abattue, elle ne prit pas la peine de tendre la main pour prendre une serviette. Elle retomba soudain dans ses années universitaires et porta son bras à sa bouche pour lécher le vin sur sa peau.

Les deux hommes la regardèrent se lécher le poignet.

*Mon Dieu !* Elle ferma la bouche et posa son verre. Grant semblait amusé par son écart de conduite passager, et Ryan…

Ryan pensait à l'évidence à lécher bien plus que son poignet.

Grant passa son bras autour de la chaise d'Emily en se retournant vers le barman.

— Je prendrai une bière, s'il vous plaît.

Ryan s'assit à côté d'Emily et écarta les genoux jusqu'à ce que sa cuisse effleure la sienne.

— Un Glenlivet avec glaçons.

*Au diable, la robe !* Emily savait qu'elle avait besoin de quelque chose de plus fort que le sauvignon pour survivre à ce petit tête-à-tête.

— Je prendrai… euh… une vodka. Frappée, avec un soupçon de grenadine, s'il vous plaît.

Ryan s'esclaffa, l'air moqueur.

— Tu es une vraie fille.

— La ferme, rétorqua Emily en lui lançant un regard noir tandis qu'elle écartait son verre de vin encore plein. Je suis une dame.

— Mais bien sûr, dit-il, une lueur diabolique dans les yeux. Au temps pour moi.

Il se pencha en avant pour parler à Grant, pressant sa cuisse contre celle d'Emily.

— Alors, quand êtes-vous arrivés en ville ?

— Il y a deux jours, répondit Grant en enroulant ses doigts autour de l'avant-bras d'Emily. Nous voulions être là avant les autres invités. Nous avons travaillé trop dur ces derniers temps tous les deux.

— Il m'a surprise avec un après-midi au spa hier, se vanta Emily. Puis on a eu droit à un massage en couple ensemble.

— Un massage en couple ? Sérieusement ? dit Ryan en regardant Grant, un petit sourire suffisant aux lèvres. Quoi, les opérations fatiguent trop vos mains pour que vous lui fassiez vous-même un massage ?

Elle lui donna un coup de pied dans la cheville.

— Tu arrêtes, oui ?

Ryan afficha un air innocent en prenant son verre.

— Tout ce que je dis, c'est que si c'était moi je te ferai le massage moi-même.

Elle regarda autour d'elle, à la recherche d'un couteau tranchant pour le réduire au silence.

— Eh bien, ce n'est pas toi ! Alors pourquoi est-ce que tu… ?

— Excusez-moi, interrompit Grant. Emily, je peux te parler ? En privé ?

Il l'aida à descendre de son tabouret, et elle le suivit dans le patio extérieur.

Alors qu'ils sortaient sous le soleil, il lui demanda :

— Tu vas bien ?

Elle refusa de se retourner vers Ryan, mais elle sentait son regard sur elle.

— Non.

Grant lui leva le menton du bout des doigts pour qu'elle cesse de fixer le sol.

— Si tu me dis ce qui ne va pas, je peux essayer d'y remédier.

— Je me noie dans la testostérone, voilà ce qui ne va pas.

Elle était à bout. Grant la prit dans ses bras.

— Mon ange, je suis désolé que tu sois mal à l'aise et, la prochaine fois que tu veux échapper à une situation pareille, je te promets de t'écouter. Mais puisque nous sommes déjà là…

— Je le déteste, dit-elle tout contre lui. Tu m'entends ? Je le déteste.

— Ne le laisse pas t'atteindre. Il vaut mieux en rire.

— Je ne peux pas. Il me rend folle.

Elle baissa la voix pour prendre le ton traînant d'un surfeur stone et imita Ryan :

— « Quoi, les opérations fatiguent trop vos mains ? » Je le déteste !

Grant sourit tandis qu'elle se défaisait de son étreinte à coups de coude.

— C'est toi qui l'as épousé.

— Quand j'avais vingt-deux ans et que j'étais stupide ! Tu veux savoir pourquoi on s'est mariés ? Parce que « ce sera marrant ». Ouais.

Elle se passa les doigts dans les cheveux, qui avaient commencé à friser à cause de l'humidité.

— On était deux idiots.

Il tendit la main et lui caressa les cheveux.

— Et cette fois-ci tu ne t'attends pas à un mariage « marrant » ?

— Pas en permanence, non. C'est sérieux, le mariage. C'est du boulot. C'est un engagement de toute une vie.

Le ton grave et tranchant de sa voix la surprit. On aurait dit qu'elle se préparait à traverser la « zone de la mort » de l'Everest avec peu de vivres et dans des conditions météorologiques peu favorables. Mais elle avait une vision réaliste de ce qu'ils affronteraient les années suivant le mariage : les défis, les dilemmes, les doutes. Elle ne retrouverait jamais l'innocence et l'enthousiasme qu'elle avait connus à la veille de son premier mariage. Et, honnêtement, elle n'en avait pas envie.

Elle s'adoucit et se tourna vers la rangée de lys d'un jour orange qui bordaient le patio.

— Ça ne te dérange pas que je reste seule une minute ?

Il caressa sa joue du dos de la main.

— Tu es sûre que ça va ?

Elle pressa son visage contre sa main, puis recula en entendant Ryan rire à l'intérieur.

— Ça va. Je veux seulement passer un coup de fil.

Ryan avait officiellement demandé Emily en mariage lors d'une beuverie, le lendemain de leur remise de diplômes. Les résidences allaient fermer pour l'été, et tous les diplômés s'étaient entassés au quatrième étage pour se dire au revoir, s'adonner à la nostalgie et prétendre qu'ils n'étaient pas pétrifiés à l'idée de se lancer dans la vraie vie. Il le lui avait demandé deux fois, en criant pour se faire entendre à cause du son puissant des basses.

— Marions-nous.

Emily faillit cracher sa bière en riant avant de retrouver ses esprits en voyant la détermination dans ses yeux.

— Je suis sérieux, Em. Marions-nous.

— La ferme ! s'écria-t-elle. On est trop jeunes pour se marier !

Il prit ses deux mains dans les siennes et la tira vers lui jusqu'à ce que leurs doigts de pied, leurs hanches et leurs nez se touchent.

— Je t'aime. Je t'aimerai toujours. On va se marier, un jour ou l'autre. C'est inévitable.

— Alors on s'en fiche de se marier maintenant ou dans dix ans !

— Pas moi.

Il mit ses mains dans son dos pour que les bras d'Emily entourent sa taille, puis il murmura dans son oreille, entre deux chansons :

— Lançons-nous.

Elle pencha la tête et l'embrassa.

— Tu es fou.

—Pas autant que toi.

—C'est vrai.

Elle marqua une pause, stupéfaite de se rendre compte qu'elle considérait sérieusement sa demande.

—Mais on ne peut pas juste…

—Si, on peut.

Il la tira dans le couloir de la résidence, ferma l'épaisse porte en bois et mit un genou à terre sur la moquette râpeuse.

—C'est toi qui dis toujours que la chance favorise les audacieux.

—Tu as encore lu ce bouquin, hein? demanda-t-elle.

Cela faisait un mois que Ryan lisait attentivement *Obtenir un oui*, un guide de négociation qu'il disait être la bible des producteurs puissants de Hollywood.

Il sourit et la tira vers le bas pour qu'elle soit à genoux en face de lui.

—J'essaie d'élaguer ton arbre de décision. Ça fonctionne?

—Punaise! dit-elle en grimaçant. C'est du papier de verre cette moquette.

—Admets-le: tu sais que tu me veux.

Elle se jeta dans ses bras, et ils tombèrent tous les deux au sol. Puis elle roula au-dessus de lui, frotta sa joue contre son tee-shirt et ferma les yeux en inspirant son odeur.

—Je te veux toujours.

Il s'assit et l'enlaça tendrement.

—Je te promets, personne ne t'aimera plus que moi.

Elle plongea son regard dans ses yeux noisette et se mit de nouveau à rire.

—Tu vas me harceler jusqu'à ce que tu obtiennes un oui, n'est-ce pas?

—Ouais.

—D'accord, dit-elle en l'attrapant par les épaules pour déposer un baiser bruyant sur ses lèvres. Et puis mince! Je vais t'épouser.

Ryan sembla si surpris qu'elle ait accepté qu'elle douta soudain: plaisantait-il? La demande en mariage était-elle un test auquel elle avait échoué? Toutefois, il se releva en toute hâte, la tira pour la remettre debout et ouvrit la porte du salon en grand.

—On va se marier! annonça-t-il.

Emily leva les bras comme une boxeuse victorieuse, et tout le monde les acclama.

Vingt-quatre heures plus tard, des étoiles dans les yeux et un peu éméchés, à cause de la bouteille de champagne qu'ils avaient achetée après la cérémonie de cinq minutes à la mairie, ils étaient entrés d'un pas titubant dans un salon de tatouage.

Emily avait à peine tressailli lorsque l'aiguille du tatoueur avait percé la chair tendre de son annulaire gauche.

—Eh bien, désormais, on va assurément être ensemble pour toujours, dit-elle à Ryan. On peut toujours déchirer un certificat de mariage ou signer des papiers de divorce, mais les tatouages, c'est sérieux.

Elle baissa les yeux vers la petite lettre «R», fraîchement gravée sur sa peau, et se mit à rire.

—Ma mère va flipper.

— Tu as de la chance, dit Ryan. Tu arrives au début de l'aventure. Une fois que j'aurai de l'expérience et que j'aurai monté ma propre entreprise de production, tu pourras venir avec moi aux premières, faire des tapis rouges… Être ma femme va être génial.

— Ça l'est déjà, dit-elle en soupirant de plaisir, avant de frémir de douleur tandis que le tatoueur finissait avec son aiguille. Je veux ajouter quelque chose à nos vœux. Promets-moi qu'on ne changera jamais.

— Jamais, jura-t-il. On s'aimera toujours. On s'amusera toujours ensemble.

— À tout jamais.

— Jusqu'à ce que la mort nous sépare.

Ils s'embrassèrent. Ils se pelotèrent. Ils se roulèrent des pelles dans le siège du salon de tatouage jusqu'à ce qu'on leur demande de partir. Et ils vécurent heureux… pendant environ cinq mois.


Avec le recul, Emily tenait le chien pour responsable de l'implosion de sa relation avec Ryan.

Quelques mois après s'être mutuellement fait tatouer le nom de l'autre, Emily avait commencé à avoir des doutes. Elle aimait Ryan. Elle aimait se blottir contre lui tous les soirs ; elle aimait monter à l'arrière de sa moto et respirer l'odeur du cuir usé et de l'herbe fraîchement coupée quand ils faisaient le tour du lac. Mais, quand ils ne faisaient pas l'amour ou ne dépassaient pas la limitation de vitesse, il y avait… des problèmes.

Comme son incapacité apparente à laver une seule assiette ou à mettre un sous-verre sous ses canettes de soda.

Comme sa croyance tenace et inébranlable que le chemin pour devenir un grand producteur passait par des stages exigeant des semaines de travail de quatre-vingt-dix heures et pas de paie.

Ce qui menait au plus gros problème : son refus d'admettre que l'appartement « douillet » qu'ils avaient loué après leur remise de diplômes était, en réalité, un trou à rats sordide à peine assez grand pour une personne, et pas du tout pour deux.

Tous ces problèmes grandirent et se multiplièrent comme les araignées dans la salle de bains et les cafards sous le réfrigérateur.

Un soir, après avoir passé dix heures à taper et à faire des photocopies pour l'entreprise de finances dans laquelle elle faisait de l'intérim, Emily rentra à la maison pour trouver de la nourriture coagulée sur un tas de vaisselle à côté de l'évier.

Elle posa son attaché-case sur le comptoir ébréché avec plus de force que nécessaire.

— Ryan, tu vois cette poignée attachée au robinet ? Non ? Ça fait couler de l'eau. Tu peux même laver un bol. Incroyable mais vrai.

Ryan, affalé sur le canapé, n'ouvrit même pas les yeux.

— Je le ferai dans une minute.

— Non, tu ne le feras pas, répliqua-t-elle en ouvrant l'eau à fond. Tu seras endormi dans une minute.

— Bébé…

—Pas de ça avec moi.

Elle saisit le produit vaisselle, mais la bouteille en plastique était vide.

—J'ai eu une journée très difficile aujourd'hui, et je n'ai pas besoin de rentrer à la maison et…

—Moi aussi, j'ai eu une journée difficile. J'ai eu seize journées difficiles à la suite. Ce film est une vraie saloperie.

—Dans ce cas, puis-je faire une suggestion? Tu pourrais peut-être trouver un travail rémunéré.

Il grogna.

—Pas encore.

—Si, Ryan. Encore. J'en ai ras le bol d'être la seule personne responsable ici.

Il leva la tête et lui adressa ce sourire charmant et je-m'en-foutiste.

—Toi? Responsable?

—Je suis responsable. J'y suis obligée, accusa-t-elle. Pour les factures, les courses, la lessive, pour tout.

—Ce n'est que pour un petit moment. J'essaie de me faire connaître dans le milieu, et bientôt on m'engagera à plein-temps. Puis nous déménagerons en Californie…

—Définis «bientôt». Je veux une date précise.

—Je ne peux pas te dire ça.

—Alors viens ici et lave ta vaisselle.

—D'accord, dit-il en se levant péniblement en lui lançant un regard noir, les yeux rouges de fatigue. Mince, Emily! Tu étais marrante avant.

—Qu'est-ce que ça a à voir? Et, PS, on est à court d'argent pour le loyer.

Ouaf!

Le petit aboiement empêcha Emily de se lancer dans la leçon qu'elle allait donner à Ryan.

— Qu'est-ce que c'est que ça?

— Ouais, j'allais t'en parler une fois que tu aurais fini de me crier dessus, dit Ryan. L'assistant de production donnait des chiots, et euh…

Ouaf! Ouafouafouafouafouaf!

Emily suivit le bruit des aboiements frénétiques jusqu'à la porte de la chambre, qu'elle ouvrit avec un sentiment d'effroi grandissant.

Un adorable chiot pelucheux se tapissait de l'autre côté de la porte, il leva vers elle des yeux interrogateurs.

Et, juste derrière le chiot, elle vit les restes déchirés des rideaux et la baguette en métal qui pendait du mur dans une position précaire.

— Oh, mon Dieu!

Emily mit sa main devant sa bouche.

— Tu adores les chiens, lui rappela Ryan.

— Où avais-tu la tête? s'écria-t-elle, sentant que ses yeux s'emplissaient de chaudes larmes de colère. On ne peut pas s'occuper d'un chien!

— Calme-toi. Ce n'est qu'un petit chiot.

— Qui a déjà massacré les rideaux et nous a coûté notre caution. Je n'arrive pas à croire que tu ne m'en aies pas parlé! dit-elle en mettant les poings sur les hanches. Qui va le promener? Qui va rentrer à midi pour le faire sortir? Qui va l'emmener chez le dresseur?

Ryan observait les décombres enchevêtrés de vêtements, de livres, de boîtes de DVD et de couvertures éparpillés sur le sol de la chambre.

—Euh…

— Tu ne nettoies même pas derrière toi. Et les factures du vétérinaire ? Les bilans de santé, les vaccins ? On ne vit déjà que de nouilles et de riz.

Ryan la regarda, bouche bée.

—Qu'est-ce qui cloche avec toi ? Tu ne peux pas te détendre ? Tout va bien se passer.

Pendant un instant, Emily se vit à travers les yeux de Ryan, et elle détesta ce qu'elle vit : une mégère triste, les lèvres retroussées et sans aucun sens de l'humour.

Et pourtant elle ne pouvait pas se résoudre à se détendre, à se radoucir, car elle était déjà sur le point de craquer. Elle était de retour dans le passé, angoissée à cause des dettes qu'elle ne pouvait payer et d'un mari sur lequel elle ne pouvait compter.

Elle avait beau aimer Ryan profondément, être mariée avec lui n'était pas ce à quoi elle s'était attendue. Certainement parce qu'elle ne s'était attendue à rien. Elle avait pris une décision instantanée, et elle allait devoir en subir les conséquences pour le reste de sa vie.

*Pour le reste de ta vie.* Les mots résonnèrent dans son esprit, ponctués par un coup de marteau. Une condamnation à perpétuité avec un compagnon de cellule qui laissait ses vêtements mouillés dans la machine à laver jusqu'à ce qu'ils commencent à moisir, qui « oubliait » de changer les draps et qui la laissait s'occuper des factures en retard et des dettes de cartes de crédit qui s'accumulaient.

Ryan ramassa le chiot et essaya de le lui mettre dans les bras.

—Regarde cette bouille. Allons.

Elle croisa les bras, refusant d'accepter l'animal.

—As-tu seulement vérifié que nous avions le droit d'avoir des animaux de compagnie ?

—Oups. Je savais que j'avais oublié quelque chose. Mais ne t'inquiète pas, je parlerai au concierge. Tu sais que je lui ferai dire oui.

—Parce que les règles ne s'appliquent pas à toi.

Il hocha la tête.

—Les règles sont pour les gens qui ne savent pas négocier.

Il caressa la petite chienne derrière les oreilles et demanda :

—Comment on l'appelle ? C'est une fille.

Emily sortit de la chambre.

—Ramène-la.

—Quoi ?

—Tu m'as parfaitement entendue. On ne peut pas faire ça, Ryan. Elle est mignonne, et je sais que tu voulais bien faire, mais je ne peux pas gérer une chose de plus dans l'immédiat. Et, si on lui donne un nom, je m'attacherai et je… S'il te plaît, ramène-la.

—Que dis-tu de Mina ? Tu sais, comme Mina Harker, dans *Dracula* ?

—Écoute-moi un peu. On ne lui donne pas de nom.

—Et Blair, comme dans *Blair Witch* ?

—Je m'en vais.

Quand elle claqua la porte derrière elle, elle entendit un cadre tomber du mur.

Elle marcha en ville pendant des heures, recroquevillée dans sa parka tant l'air de la nuit devenait froid. C'était si agréable d'être hors de l'appartement, loin de la pagaille, de la petite douche crasseuse et des élans de panique en pensant qu'elle serait coincée là toute sa vie.

Georgia lui avait souvent dit que le mariage était difficile.

— Il faut l'entretenir, l'avait-elle prévenue. Il faut vraiment vouloir rester mariée.

Emily avait levé les yeux au ciel et mis son manque de retenue et de patience sur le compte des mariages en chaîne de Georgia. Elle avait juré qu'elle n'accepterait rien de moins qu'une fin heureuse.

Quelques mois auparavant, elle avait eu la certitude d'avoir trouvé sa fin de conte de fées. Ryan et elle s'étaient promis de s'aimer pour toujours, et elle savait que ce serait le cas. Ils s'étaient aussi promis de ne jamais changer.

Il n'avait pas changé. Elle, si.

— Merci infiniment d'avoir accepté de me voir, doyen Jacobi.

Le lendemain de cette rupture, Emily était entrée d'un pas décidé dans le bureau d'administration de l'école de commerce, vêtue d'un tailleur bleu marine, et avait offert une poignée de main ferme à l'homme massif assis derrière le large bureau en acajou.

Le doyen, homme chauve et aux larges sourcils, leva à peine les yeux des papiers étalés devant lui.

— Tout le plaisir est pour moi, dit-il en regardant la note griffonnée dans son agenda. Mon assistante m'a dit que vous vouliez parler de l'admission dans notre maîtrise de gestion.

— Tout à fait.

Emily s'assit, croisa les chevilles et projeta ce qu'elle espérait être un air de confiance extrême.

— La date limite des admissions est passée il y a un mois.

Emily hocha la tête.

— J'en suis consciente. Mais j'espérais pouvoir être capable de vous soumettre des documents pour pouvoir m'inscrire, dit-elle en ouvrant son attaché-case en cuir italien, cadeau de diplôme que son beau-père lui avait envoyé. J'ai apporté mon CV. J'ai également d'excellentes recommandations.

Elle fit glisser les papiers sur le bureau.

Le doyen ne les regarda même pas.

— Avez-vous passé le test d'admission en gestion ?

— Eh bien… non, pas exactement. Mais j'ai passé ces derniers mois *(semaines, en réalité, mais bon)* en stage chez un expert-comptable en ville.

Elle faisait le café et des photocopies en temps qu'intérimaire, mais un « stage » faisait plus professionnel.

Le doyen recula sa chaise.

— Les postulants qui réussissent obtiennent en général plus de quatre-vingts pour cent à notre test. De plus, nous accordons la priorité aux candidats qui ont au moins deux ans d'expérience sur le marché du travail, y compris en gestion de budget.

Il la défia du regard, attendant manifestement qu'elle ramasse ses affaires et s'en aille avec dignité.

Mais elle ne pouvait pas partir. Elle avait déjà perdu trop de temps, fait trop d'erreurs, pour rendre les armes sans se battre. Elle était dans l'impasse professionnellement et émotionnellement, et elle avait besoin d'une échappatoire.

— Je comprends, monsieur. Et je sais que je ne suis pas une candidate typique.

— Et vous n'avez pas posé votre candidature avant la date limite, lui rappela-t-il. J'apprécie votre enthousiasme et votre intérêt pour notre programme, mais je vous recommande de passer ces prochaines années à acquérir une expérience sur le terrain et de vous représenter quand vous serez prête.

Emily prit une profonde respiration et essaya d'imaginer comment Ryan gérerait cette négociation. Comment élaguerait-il son arbre de décision ?

Comment obtiendrait-il un oui ?

Elle redressa les épaules et attendit que le silence de son rejet s'étire en une pause longue et insoutenable. Enfin, le doyen la regarda.

— Mademoiselle McKellips ?

— Je suis prête à entrer dans le programme de gestion maintenant, monsieur.

Il l'observa intensément, et ce qu'il vit fit passer son expression de l'irritation à l'amusement.

— C'est difficile de se débarrasser de vous.

— Vous n'avez pas idée, lui assura-t-elle. Je comprends que vous soyez occupé et que ce soit un programme compétitif, mais je ne peux pas partir sur un refus.

Les rides de son front se creusèrent.

— Pardon ?

Elle garda son calme.

— Je suis prête à travailler, monsieur. À tout affronter. Je serai la meilleure étudiante à être diplômée chez vous.

Il afficha un léger sourire.

— Essayez-vous de négocier avec moi ? Je dois vous prévenir que j'ai enseigné de nombreux cours sur l'art de la négociation. Les gens me paient cher pour que je négocie pour eux, mademoiselle McKellips.

Elle soutint son regard et répéta :

— Je ne peux pas partir sur un refus.

Il sembla hésiter, et elle sut qu'elle le tenait. Elle allait obtenir un oui.

— Vous n'entrez pas dans ce programme en tant qu'étudiante, insista le doyen. Mais je suppose que, si vous êtes prête à avoir le statut d'auditeur libre, vous pourriez assister à certains cours.

Les mots de Ryan résonnaient dans son esprit : « Dès que tu obtiens ce que tu veux, tais-toi et fous le camp. »

Elle bondit sur ses pieds et attrapa son attaché-case.

— Merci, monsieur. Vous ne le regretterez pas. Je vais tellement vous impressionner que vous ne pourrez pas me refuser l'entrée dans votre programme.

Deux ans et demi plus tard, Emily obtenait son diplôme de gestion avec un 20 en cours de négociation et une superbe lettre de recommandation écrite de la main du doyen.

Elle était si sûre d'elle à l'époque. Si confiante qu'elle pouvait faire n'importe quoi – convaincre un doyen de la faire entrer dans son école sans les qualifications nécessaires, atteindre à coups de griffes le poste de vice-présidente de son entreprise avant trente ans, quitter un homme en sachant qu'elle en trouverait un mieux d'une minute à l'autre. Elle n'avait peur de rien.

Et, à présent, elle avait peur en permanence : de faire une autre erreur, de laisser ses émotions l'emporter sur son esprit rationnel. Elle avait littéralement perdu le sommeil en essayant de savoir si elle devait confectionner son bouquet avec du muguet ou des jacinthes.

C'était facile de ne rien craindre quand on était jeune, pauvre et discrète. Les enjeux étaient plus importants quand on avait du succès.

Elle jeta un coup d'œil dans le bar, où les deux grands amours de sa vie parlaient et riaient ensemble, s'entendant à merveille sans elle. Grant succombait au charme de Ryan, comme Emily lorsqu'ils s'étaient rencontrés pour la toute première fois.

— On boit !

Ryan donna la vodka qu'Emily avait commandée à Grant et en demanda une autre pour lui.

— On boit des canons ! Qui en veut ?

Emily fit la seule chose qu'elle pouvait faire dans ces circonstances. Elle prit son téléphone portable et appela sa demoiselle d'honneur.

— Summer ? Où es-tu ? Oui, je sais que le thé des demoiselles d'honneur n'est que dans quatre heures, mais j'ai besoin de toi tout de suite… Au diable, les limitations de vitesse ! Et pas d'arrêts pipi, sinon… Je vais te dire ce qui se passe : on a un code rouge, une urgence ex-mari ici même à Valentin, dans le Vermont.

# Chapitre 9

— Laisse-moi deviner : tu es Emily McKellips, et tu vas nous raconter ton histoire, ce soir ?

Summer Benson arriva pour le thé des demoiselles d'honneur avec son style et son enthousiasme habituels. Grande et svelte, les cheveux blond platine coupés si court qu'ils auraient donné un air masculin à quiconque sans ce visage fin et délicat, Summer vivait pour le drame, le scandale et le bon temps. Fille de poète, elle avait hérité de la fantaisie et du sens de l'esthétique de son père, mais pas de ses sautes d'humeur ni de sa misanthropie.

Cette fille était synonyme d'ennuis, et Emily l'aimait comme une sœur depuis le jour où Georgia avait annoncé ses fiançailles avec le père de Summer. Même si leurs parents s'étaient séparés, les filles étaient restées soudées, et Summer savait tout, absolument tout ce qu'il y avait à savoir sur Emily. Elle avait aussi tendance à être un vrai moulin à paroles quand elle consommait la moindre goutte d'alcool, raison pour laquelle Emily avait fait en sorte que cette petite réception ne serve que du thé et de la limonade.

Emily étreignit Summer en riant, en regardant tout de même autour d'elle pour s'assurer que la mère et la sœur de Grant n'avaient pas entendu le commentaire de Summer.

— Dieu merci, tu es là! murmura-t-elle à l'oreille de Summer. Aide-moi. J'agonise.

— Mais non. Où est Ryan? demanda Summer en inspectant la foule.

— Il fait connaissance avec mon fiancé. Ils sont sur un voilier en ce moment même. Sur un voilier. J'agonise.

Summer s'extirpa des tentacules de désespoir d'Emily et se retourna, levant les bras pour embrasser *Le Pavillon* et ses alentours du regard.

— Le trajet jusqu'ici était merveilleux. Les pins, les montagnes, les lacs… J'avais l'impression à tout instant que Lewis et Clark allaient passer à côté de moi en pagayant.

Emily guettait l'encadrement de la porte, attendant que le compagnon de voyage de Summer se montre.

— Où est Pierre? Il est déjà dans votre chambre?

— Oh, lui? Il n'est pas venu, dit-elle en balayant sa frange, gênée par une mouche. On a rompu, alors je suis toute seule. C'est en partie ce qui a rendu ce trajet si merveilleux.

Emily haussa les sourcils.

— Attends, attends, attends. Pierre et toi avez rompu?

— Mais oui. Et ce n'était pas trop tôt.

— Que s'est-il passé?

— Comme toujours.

Summer posa une main sur sa hanche et observa les banderoles roses et vertes en papier crépon ainsi que les ballons argentés que Bev et Melanie avaient accrochés partout dans la pièce.

—J'en suis venue à la conclusion que nous n'étions pas compatibles.

En réponse à l'air exaspéré d'Emily, elle rit et expliqua :

—Je veux dire par là qu'il était plus intéressé par l'attrait des vols gratuits que par ma personnalité pétillante. Et il mettait plus de temps que moi à se coiffer le matin.

Emily fit claquer sa langue.

—Un autre parasite ?

Summer était hôtesse de l'air depuis dix ans, et cette carrière lui avait donné l'occasion de sortir avec toutes sortes d'hommes de tous âges avec une seule chose en commun : ils étaient séduisants. Très séduisants. Le genre d'homme qu'on prenait en photo dans la rue pour l'envoyer à toutes ses amies en disant qu'il pourrait faire la couverture de *GQ*. Et ces hommes séduisants maltraitaient toujours Summer. Au fil des années, Emily avait suggéré à sa demi-sœur de jeter son dévolu sur un homme un peu plus terre à terre (et qui ne volerait pas ses produits capillaires en provenance de Paris), mais Summer soutenait que son passé romantique si inégal était le résultat de la malchance. Le manque de jugement, affirmait-elle, n'avait rien à voir avec cela.

—Allons, petite tête, ne t'inquiète pas pour moi, dit Summer en replaçant la bretelle de sa robe légère. Cette semaine, tout tourne autour de toi.

Elle tendit la main et incurva ses doigts.

— Pourquoi ma main est toujours vide ? J'ai besoin d'un verre, maintenant.

— Je vais te servir un thé glacé, dit Emily en la tirant vers le bar.

— Je suppose que tu veux parler d'un thé glacé de type Long Island ?

— Pas d'alcool, répondit Emily. Mais que dirais-tu d'une citronnade bien froide ? Fraîchement pressée !

Les yeux bleus de Summer s'assombrirent.

— Quel genre de mariage est-ce donc ? C'est une honte !

— Ce n'est pas un mariage, c'est le thé des demoiselles d'honneur, un lundi après-midi. Avec des scones et des sandwichs au concombre.

— Raison pour laquelle j'ai besoin d'un cocktail.

— Tiens, dit Emily en lui tendant une pâtisserie délicate sur un napperon en papier. Mange un chou à la crème et assieds-toi. Ne t'inquiète pas : ce sera alcool à volonté pour le dîner de répétition et le mariage. Des liqueurs de choix. Je veux le meilleur pour mes petits amis bourrés.

— Et l'enterrement de vie de jeune fille ? demanda Summer.

Emily essaya de gagner du temps avant de répondre.

— Euh… quoi ?

Summer lui adressa le regard qu'elle réservait aux passagers indisciplinés qui refusaient d'éteindre leurs appareils électroniques avant le décollage.

— J'ai dit : Et. L'enterrement. De vie. De jeune fille.

— Ah, eh bien…

Emily, stressée, manqua d'avaler un chou à la crème, mais elle parvint à se retenir au dernier moment.

—Il n'y aura pas d'enterrement de vie de jeune fille.

Summer attrapa Emily par sa robe en mousseline.

—Oh que si, il y aura un enterrement de vie de jeune fille !

—Désolée, dit Emily en haussant les épaules. Ce n'est pas le genre des invitées.

—Je suis là maintenant, alors ça l'est.

Emily retira la main de Summer de sa robe un doigt après l'autre.

—Nous en avons déjà parlé quand je t'ai demandé d'être ma demoiselle d'honneur, tu te rappelles ? Ce mariage, c'est des vacances en famille. Pas de gros mots, pas de bagarres, pas d'attitudes de vandale. Tu as promis, lui rappela Emily lorsque Summer ouvrit la bouche pour protester.

—Depuis quand ton mariage est-il devenu si plan-plan ? demanda Summer en attrapant un cupcake. Tu vas me payer pour mettre une robe pastel, hein ?

—Ton chèque est déjà parti.

Emily se prépara en voyant Georgia arriver dans la petite salle de réception en poussant un cri strident. De l'autre côté de la pièce, Bev et Melanie se rapprochèrent l'une de l'autre et se mirent à murmurer et à lancer des regards réprobateurs à la fêtarde aux cheveux blond vénitien, qui avait revêtu une robe noire à sequins moulante plus appropriée pour une chanteuse de salon que pour la mère de la mariée.

— Summer ! Ma chérie ! Comment vas-tu ? Laisse-moi te regarder, dit Georgia en tenant Summer à bout de bras un instant avant de l'étreindre avec affection. Tu es plus belle que jamais. Et si chic, si cosmopolite ! Tu tiens ça de moi.

— Vous n'êtes pas réellement parentes, fit remarquer Emily.

— Une beauté comme la nôtre n'est pas seulement dans le sang, dit Summer en riant, étreignant Georgia à son tour. Tu brises toujours des cœurs ?

— Mais bien sûr. Je suis à la recherche de ma prochaine victime, lui souffla Georgia.

— Moi aussi, dit Summer, les yeux pétillants. J'ai vu un sauveteur super sexy au bord du lac.

— Waouh ! Il est célibataire ?

— Pas pour longtemps.

Elles s'esclaffèrent toutes les deux en se faisant des confidences jusqu'à ce qu'Emily s'interpose entre elles.

— Vous voulez bien vous tenir ? S'il vous plaît ? Juste pour quelques jours ?

— Quelle rabat-joie ! se plaignit Summer à Georgia.

— Ne m'en parle pas. Elle ne tient pas ça de moi, c'est sûr.

— Vous n'êtes pas censées dire des méchancetés dans mon dos plutôt que devant moi ? dit Emily.

Georgia lui tapota l'avant-bras, mais elle resta concentrée sur Summer.

— Eh bien ? Tu veux aller prendre un rafraîchissement digne de ce nom ?

— J'ai cru que tu n'allais jamais demander.

Emily protesta en vain tandis qu'elles se précipitaient vers la porte.

—Summer, tu viens d'arriver ! Tu ne peux pas m'abandonner ! On doit parler.

—On revient, promit Summer. Dès que j'aurai vu Brad le concierge.

—Maman, supplia-t-elle, tu ne veux pas rester pour une petite partie de bingo ?

Georgia fit la grimace.

—Je préfère encore aller chez le dentiste.

—Hmmph !

Bev, qui avait passé des semaines à confectionner les cartes de bingo, décorées à la main, sortit de la pièce d'un air contrarié.

—Va t'excuser, ordonna Emily.

Mais Georgia s'éloigna en courant aussi vite que le permettaient ses talons de douze centimètres.

*Traîtresses !* Emily parcourut de nouveau la pièce du regard, observant le punch sans alcool, les pastels et les pâtisseries.

—Bon, rapportez-moi un truc avec peu de calories. Une vodka tonic, peut-être ?

—On t'en rapporte une double.

Georgia lui envoya un baiser en sortant dans un tourbillon d'écharpes en soie et de parfum français.

Après la fuite de Georgia et de Summer, Caroline Mitner arriva. Les yeux rivés sur son écran de portable, elle se cogna la tête contre l'encadrement de la porte.

—Aïe !

Elle grimaça et pressa sa paume contre son front.

—Ça va ? demanda Emily en se précipitant pour l'aider. Je t'apporte de la glace.

—Ne t'inquiète pas, ça va, dit Caroline en laissant retomber sa main le long de son tailleur pêche parfaitement coupé. Ce ne serait pas la première fois que je me fais une commotion cérébrale en attendant un message d'Andrew. Épouser un chirurgien devrait donner droit à passer un scanner annuel pour détecter toute lésion cérébrale.

—Oh, je t'en prie ! dit Emily. Même avec une lésion cérébrale, tu vaux mieux que moi sous mon meilleur jour.

Caroline était la femme du meilleur ami de Grant, Andrew. Elle était également le modèle d'Emily. Caroline avait fait partie de l'équipe d'aviron d'une école privée de Nouvelle-Angleterre avant d'aller à Dartmouth et elle avait couronné le tout avec un master de biologie. Elle était facilement capable de vaincre n'importe quel adversaire au tennis, de rééquilibrer son portefeuille financier selon les derniers rapports sur le marché asiatique et de préparer un dîner complet pour huit sans verser une goutte de sueur ou prononcer un seul gros mot.

La première fois qu'Emily avait rencontré Caroline, à un dîner de charité de l'hôpital, elle avait ressenti l'envie enfantine et perverse de la haïr. Cette femme avait tout : un corps parfait, un cerveau parfait, un époux parfait, une maison parfaite. Elle faisait partie du conseil d'une dizaine d'associations caritatives et exerçait une influence sociale considérable. Pourtant, à partir du moment où Grant avait présenté Emily comme sa petite amie, Caroline avait été modeste, sincère et accueillante.

—Grant doit être fou de toi, avait-elle murmuré à Emily en lui serrant la main. C'est la première fois qu'il nous présente «officiellement» une petite amie.

Emily avait ri, un peu nerveuse.

—Eh bien, on s'amuse bien. Mais c'est encore trop tôt; je ne sais pas si c'est du sérieux.

Caroline avait reculé d'un pas et l'avait longuement jaugée du regard.

—S'il prend le temps de sortir du bloc opératoire et d'enfiler un smoking, c'est sérieux. Crois-moi.

À la fin de la soirée, Caroline avait demandé le numéro d'Emily et endossé le rôle de mentor. Elle avait commencé à retrouver Emily pour déjeuner, lui faisant découvrir les meilleurs restaurants et les meilleurs plats du menu. Elle aidait Emily à comprendre le bourbier de la politique hospitalière (avec qui elle devait être aimable, à qui faire confiance et qui elle devait éviter à tout prix). Même si Emily avait souvent l'impression d'être la petite sœur de Caroline, mal à l'aise en société, elle lui était reconnaissante de la guider ainsi.

Pourtant, depuis quelque temps, Caroline avait semblé un peu distante. Emily voulait attribuer cela à son propre stress et à sa sensibilité accrue, mais elle n'arrivait pas à se défaire de la sensation que Caroline avait pris du recul dans leur amitié depuis qu'Emily lui avait montré sa bague de fiançailles pour la première fois. Elle avait marqué une pause minuscule mais significative avant de dire:

—Meilleurs vœux! Je suis ravie pour vous deux!

Néanmoins, Emily avait demandé à son amie d'être sa demoiselle d'honneur. Caroline avait endossé ce rôle avec son talent habituel : elle était arrivée à tous les essayages de robe avec cinq minutes d'avance et n'avait jamais contesté le style ou la couleur de la tenue.

—Tout ce que tu aimes me va, avait-elle assuré à Emily. Tu as très bon goût.


Emily se balança d'un pied sur l'autre avant de se pencher pour la prendre dans ses bras. Caroline lui rendit son étreinte distraitement, le téléphone toujours serré dans sa main libre.

—Désolée d'être en retard. J'ai mis tous les bagages dans la voiture avant de me rendre compte que j'avais un pneu crevé. Je ne pouvais même pas sortir du garage.

—Quelle horreur ! dit Emily. Mais au moins tu n'étais pas bloquée sur l'autoroute. Tu as appelé Andrew ?

Caroline eut l'air surprise, puis elle se mit à rire.

—Appeler Andrew ? Et pour quoi faire ?

—Pour qu'il t'aide à changer le pneu. Je veux dire : vous habitez à… quoi… ? Cinq minutes de l'hôpital ?

—Andrew ne va pas s'arrêter au beau milieu d'une opération et rentrer à toute vitesse pour changer une roue. Quand j'ai des problèmes de voiture, je n'appelle pas mon mari : j'appelle un dépanneur.

—Oh !

Emily ne savait pas quoi répondre. Mais Caroline ne semblait pas contrariée ; elle était simplement pragmatique. Emily poursuivit la conversation.

—Va-t-il se joindre à nous cette semaine ?

Caroline haussa les épaules.

—Mercredi après-midi, a-t-il dit. Mais, avec mon décodeur de langage de chirurgien, ça veut dire vendredi soir. Peut-être même samedi matin.

—Mais c'est le témoin du marié.

—Oui. Avec un peu de chance, il arrivera à temps pour être à l'autel avec Grant.

—Grant sera déçu. Il va passer la semaine entouré de femmes histrioniques en crinoline et en tulle.

Cela retint l'attention de Caroline.

—Grant est là ? Déjà ?

—Bien sûr. Il a pris une semaine de congés avant le mariage.

Caroline pencha la tête sur le côté, comme si elle doutait de ce qu'elle avait entendu.

—Toute la semaine ?

—Oui. Puis nous partons à Bora Bora pour notre lune de miel.

Sur ces mots, Caroline arrêta de poser des questions et la regarda comme si elle ne pouvait décider si Emily délirait ou si elle mentait.

—Quoi ? demanda Emily.

—Rien, dit Caroline en souriant d'un air absent. Rien.

Emily s'éclaircit la gorge et essaya de ranimer la conversation.

— Où êtes-vous allés, Andrew et toi, pour votre lune de miel ?

— Oh, on n'est pas partis en lune de miel. Andrew venait de commencer son internat… On a eu de la chance qu'il ait pu prendre un après-midi pour se marier.

— Votre dixième anniversaire est bientôt, non ?

Caroline acquiesça.

— En mai.

— Vous pourriez peut-être faire une lune de miel tardive à ce moment-là.

Il y eut une nouvelle petite pause, puis le sourire de Caroline disparut totalement.

— Allons manger un morceau.

— Pourquoi changes-tu de sujet ?

— Je meurs de faim. Regarder quelqu'un d'autre changer un pneu, ça creuse.

— Non, non, ne fais pas ce truc où tu es toute diplomate et polie, dit Emily en bloquant l'accès aux pâtisseries. Tu as quelque chose à dire, et je veux savoir ce que c'est.

— Non, tu ne veux pas.

— Si. Crache le morceau.

Son amie hésita.

— Je ne veux pas assombrir ton grand jour. Ma vie n'est pas ta vie. Je le sais.

Emily fit un moulinet avec sa main pour indiquer que Caroline devait abréger son avertissement.

— Mais… ?

— Mais je connais Grant. Je connais Grant, je connais Andrew, je sais comment sont les chirurgiens.

(Elle se mordit la lèvre inférieure.) Et si j'étais toi, Em, je ne m'emballerais pas pour Bora Bora.

En voyant l'expression stupéfaite d'Emily, Caroline posa une main sur son épaule et la guida dans un coin tranquille.

— Cela ne fait pas si longtemps que Grant et toi êtes ensemble ; vous en êtes toujours au stade de la séduction. Mais tu verras. Vivre avec un chirurgien, c'est… eh bien, c'est incessant. Leur métier exige tout leur temps, et il y a toujours des complications au bloc…

— Grant ne fait pas de promesses qu'il ne peut pas tenir, protesta Emily.

— Il me donnera peut-être tort. Je l'espère. Tout ce que je dis, c'est que c'est facile pour eux de prendre des engagements en dehors de l'hôpital, mais difficile de les tenir. Les patients passent toujours en premier.

— C'est normal. Grant sauve des vies.

— Andrew aussi, dit Caroline, dont les yeux gris s'assombrissaient. Encore et encore, semaine après semaine. Et c'est difficile de sauver des vies quand tu te la coules douce à Bora Bora.

Elle fourra un petit-four dans sa bouche et indiqua que, puisqu'elle avait la bouche pleine, elle ne pouvait pas en dire plus sur le sujet.

Avant qu'Emily puisse lui demander davantage de détails, les tantes de Grant, Darlene et Rose, arrivèrent, de gros sacs plein les mains.

— Bonjour, les filles ! J'espère que nous ne sommes pas en retard. Oh, regardez-vous, Emily !

Vous rayonnez de bonheur. Regarde, Rose : n'est-elle pas ravissante ?

À en croire Grant, Bev et ses sœurs avaient toujours été inséparables. Rose et Darlene étaient toutes deux un peu plus grandes et plus minces que Bev, mais Emily voyait une grande ressemblance familiale dans leurs fossettes et leur petit nez. Dans leur jeunesse, on les avait souvent prises pour des triplées. D'ailleurs, Grant lui avait raconté qu'un jour il était allé chez sa grand-mère pour une fête quand il était petit. Lorsque Rose avait ouvert la porte, Grant avait regardé tour à tour Bev et sa tante, et dit, perplexe : « Maman ? Tu es déjà là ? »

Tandis que Bev respirait la simplicité, la douceur et la sincérité, Darlene arborait des styles capillaires et vestimentaires plus avant-gardistes, et Rose avait tendance à être exubérante et cancanière. Mais les trois sœurs se regroupaient à toutes les fêtes. Elles étaient désormais les matriarches de la famille Cardin et elles surveillaient de près tous les enfants, petits-enfants, et autres parents.

« Elle n'avait oublié aucun petit-cousin au troisième degré », avait un jour plaisanté Melanie en parlant du « petit rassemblement familial » que Bev avait organisé pour le premier anniversaire d'Ava.

— Nous avons apporté des tartes.

Rose se mit à distribuer des câlins et des bisous à tous ceux qui étaient à sa portée.

— Et des cupcakes.

Darlene recoiffa ses cheveux bruns, puis se joignit à Rose pour saluer les autres invités.

—Merci, comme c'est gentil! dit Bev. Mais vous savez, il y a déjà beaucoup à manger. Des pâtisseries et des petits sandwichs.

—Oh, allons! On n'a jamais trop de pâtisseries, n'est-ce pas?

Darlene souleva le couvercle d'une boîte à pâtisseries rose et se mit à aligner les cupcakes au chocolat à côté des cupcakes Red Velvet déjà disposés sur le plateau.

—Et nous ne voulons pas en manquer.

—Non, concéda Bev. Certainement pas.

—On n'est jamais trop prudent, dit Rose. Tu te souviens de la fête qu'on avait organisée pour Mel quand elle était enceinte? demanda-t-elle. (Elle se tourna vers Emily.) On a été à court de biscuits, lui confia-t-elle. La pauvre Bev avait passé des jours à cuisiner, mais nous n'avions quand même pas assez de macarons.

—Seulement parce que les macarons de maman sont délicieux, dit Melanie. Peut-on en vouloir aux invités de les avoir tous dévorés avant même qu'on ouvre les cadeaux?

Emily avait l'impression de regarder un documentaire: un documentaire sur une tribu étrangère et exotique, où toutes les femmes prenaient soin les unes des autres et se chantaient des louanges.

Une famille fonctionnelle. Dans son habitat naturel.

Et elle était sur le point d'en faire partie.

—Oh! dit Rose en tapant dans ses mains avant de fouiller dans un autre sac. Attendez de voir ce que nous avons acheté en ville.

Melanie était sur ses gardes.

—Ce ne sont pas encore des instruments de musique pour les filles, si ?

—Non. Même si j'ai vu un kit pour peindre avec les doigts qu'elles auraient adoré.

Darlene sortit trois cardigans lavande identiques en angora.

—Regarde, Bev ! Tu y crois ?

—Nous avions un pull identique au lycée, expliqua Rose à Emily et à Melanie. Bien sûr, à l'époque, nous devions toutes partager nos vêtements et nous nous battions pour savoir qui allait le porter chaque semaine.

—Quand nous l'avons vu dans la vitrine, nous n'avons pas pu résister. Et regarde, il y a mieux !

Darlene déplia les cardigans et montra l'initiale brodée sur le revers gauche de chaque gilet.

—Nous les avons fait broder ! Comme ça, on saura toujours lequel est à qui.

—Allez, les filles, essayons-les !

Rose et Darlene enfilèrent leur pull violet pelucheux, puis se mirent à glousser comme des adolescentes en se voyant l'une l'autre. Cependant, la gaieté s'estompa lorsqu'elles virent Bev s'efforcer de tirer la manche sur le haut de son bras.

—Laisse-moi t'aider, proposa sa sœur.

—Il est trop petit, murmura Bev.

133

— Il te va, dit Melanie en tirant sur le col, ce qui distendit encore plus la laine dans le dos de Bev. Presque.

— J'ai mangé trop de macarons, je suppose, dit Bev en clignant plusieurs fois des yeux, avant de retrouver son sang-froid en enlevant le pull. Je le nouerai autour de mon cou, comme nous le faisions à l'école.

Rose et Darlene échangèrent un regard confus.

— Oh, mince! souffla Darlene en se mordant la lèvre. Nous faisions toutes la même taille au lycée…

— On partageait nos vêtements, nos chaussures, nos rouges à lèvres… Tout!

— Alors nous avons acheté les trois dans la même taille et nous avons pensé…

— Ne t'inquiète pas, Bev, dit Darlene. Je vais rapporter le tien demain et l'échanger.

— C'est impossible, murmura Rose. On a déjà fait broder le « B » dessus.

— Oh! soupira Darlene en caressant de nouveau sa chevelure noire. Je suis vraiment désolée.

Elle passa son bras autour de Bev et la serra contre elle.

— Je m'en veux.

— Non, je t'en prie, répondit Bev en s'affairant à sortir des serviettes en papier. C'est l'intention qui compte.

Emily admirait l'élégance et la bonne humeur, et ne pouvait imaginer la réaction de Georgia dans pareille situation. Malheur à quiconque oserait insinuer que quelque chose était trop petit pour sa mère. Georgia aurait crié, piétiné et…

Justement, Emily entendit un vacarme dans le couloir : tintements de verres, musique et rire aigu.

La conversation dans la salle de réception cessa, tout le monde écoutant la procession bruyante qui progressait vers eux.

— Qu'est-ce que c'est que ce raffut ? demanda Darlene.

— Il n'est même pas 17 heures, dit Rose, l'air scandalisé. N'est-ce pas un peu tôt pour faire la fête ?

Emily ferma les yeux et pria pour qu'un éclair survienne, à point nommé.

— On est de retour ! roucoula Georgia, à la tête d'une chenille de jolis garçons.

— *Arriba !*

Summer leva une bouteille de téquila en l'air, faisant tomber quelques gouttes tandis qu'elle se dirigeait vers le saladier de cristal contenant le punch sans alcool.

Trois beaux sauveteurs bronzés suivaient Summer ; l'un d'eux était torse nu, et aucun ne dépassait les vingt-cinq ans.

— Tout le monde, je vous présente Todd, Tim et Kyle. Ils sont ici pour épicer nos boissons et mettre de l'ambiance dans notre déjeuner !

Tante Darlene avait l'air ulcérée, comme si une mouffette enragée était en train de saccager la réception.

— Qui sont ces personnes ?

Emily soupira.

— C'est ma mère et ma sœur. Enfin, ma demi-sœur. Enfin, mon ex-demi-sœur. C'est une longue histoire.

—Allez les filles, mettez-vous en ligne! ordonna Georgia.

Ce que firent plusieurs invitées. Elles se mirent à rire, à danser et à flirter avec des hommes assez jeunes pour être leurs fils, et l'ambiance devint plus fêtarde et tapageuse. Même Melanie retira ses sandales et se mit à l'aise.

Mais pas Bev.

La future belle-mère d'Emily s'assit sur une chaise tapissée, encadrée de chaque côté par ses sœurs, au visage également guindé. Visiblement, les matriarches Cardin n'appréciaient pas la débauche alcoolisée, notamment en pleine journée.

Dans ce cas, Emily non plus.

Summer vint vers elle en dansant, un verre de punch arrosé dans chaque main.

—Tu sais ce que signifie le « T », dans « thé des demoiselles d'honneur » ? Téquila.

Emily attrapa les deux verres et les posa sur la table.

—Voici Summer, ma demoiselle d'honneur. Summer, je te présente Beverly.

—Je suis la mère de Grant, dit celle-ci d'un ton glacial.

—Et je te présente Darlene et Rose, les tantes de Grant et de Melanie.

—Enchantée, dit Darlene sur un ton qui voulait dire tout le contraire.

—Rock'n roll! s'écria Summer en faisant ce qui semblait être un signe de gang à Mme Cardin. Eh, Em, tu leur as parlé de la fois où tu…?

—Non.

— Et de la fois où on… ?

— Non, répéta Emily en lui lançant un regard qui voulait dire : « La ferme ou sinon… »

Bev posa ses mains, les doigts croisés, sur ses genoux.

— Votre famille est très… dynamique, dit-elle à Emily, avant de s'adresser à Summer avec une politesse acerbe. Est-ce la première fois que vous venez à Valentin ? L'hôtel vous plaît ?

— Je suis habituée aux haltes dans l'hôtel de l'aéroport à Boston, alors ici c'est le paradis !

— Summer est hôtesse de l'air, expliqua Emily.

Cela sembla dégeler un peu la réserve glaciale de Bev, mais, avant qu'elle puisse lui demander quoi que ce soit, Summer s'écria :

— *Le Pavillon*, le lac, les sauveteurs… C'est bien mieux que ton premier mariage !

— La ferme ! siffla Emily.

Summer ne l'entendit pas avec toute cette musique.

Bev se pencha en avant.

— Excusez-moi, ma chère ?

Rose et Darlene les entourèrent comme des hyènes autour d'une proie fraîchement tuée.

— Qu'avez-vous dit ?

Summer continua, inconsciente de la tension qui régnait.

— Em ne m'a pas invitée quand elle a épousé son premier mari. Elle n'a invité personne.

— Votre… ? commença Bev, dont le sourire n'apparaissait plus que par intermittence. Votre premier mari ?

Summer se figea au milieu d'un pas de danse.

— Oh, oh !

— Je… (Emily avait la gorge serrée.) Grant ne vous en a pas parlé ?

— Non, répondit Bev, dont le visage, auparavant inquiet et pâle, devenait carrément blême. Mon Dieu, non ! Je m'en serais souvenue, j'en suis certaine.

Darlene se tourna vers Rose.

— Tu le savais ?

— Désolée, articula Summer au-dessus de la tête de Bev.

— Allons parler au calme.

Emily tira Bev dans le couloir pour essayer de s'expliquer. Elle sentit un filet de sueur couler le long de son dos.

— C'était une erreur. Un premier mariage insignifiant ! Un tout petit incident.

— Vous avez déjà été mariée, répéta Bev. Et vous considérez cela comme « un tout petit incident » ?

— Ce n'est pas ce que je voulais dire, dit Emily en se cachant les yeux de ses mains. Ce que je voulais dire, c'est que…

Mais Bev ne l'écoutait plus. Elle s'éloigna vers le hall d'entrée.

— Grant ! s'écria-t-elle, la voix plus puissante que jamais. Grant Cardin, je dois te parler, maintenant !

# Chapitre 10

Cette nuit-là s'ensuivit une série de négociations tendues dans le grand lit luxueux d'Emily et de Grant.

—Tu es réveillée ? demanda-t-il.

La pièce était plongée dans l'obscurité.

—Oh que oui ! répondit-elle.

Il attendit un instant, puis demanda :

—Tu angoisses ?

—Oh que oui !

Les draps bruissèrent, et le matelas s'affaissa : il se tournait vers elle.

—Qu'est-ce qui ne va pas ?

—À part le fait que ta mère me déteste à présent ?

—Ma mère t'adore, dit-il en bâillant. Tu l'as juste prise au dépourvu. Mais je l'ai fait s'asseoir, et nous en avons parlé. Tout va bien désormais.

—Ha ! Tu n'as pas vu sa façon de me regarder quand Summer a dit que j'avais déjà été mariée. Comme si j'étais soudain arrivée avec des piercings partout sur le visage. Ou une crête verte et violette. Et tes tantes ! Si tu vas au bout, tu ne seras jamais plus invité aux dîners de Thanksgiving. Nous serons proscrits.

Il s'immobilisa.

—Qu'est-ce que tu veux dire par « si tu vas au bout » ?

Emily réajusta le drap et poussa un grand soupir.

—Tu as encore cinq jours pour changer d'avis et trouver quelqu'un qui n'est pas entaché.

—Eh ! fit-il en s'asseyant dans le lit. Ne dis pas ça. Tu n'es pas entachée. Tu es parfaite.

—C'est ça, le problème : je ne suis pas parfaite. (Sa voix se mit à trembler.) J'ai fait beaucoup d'erreurs. Mon passé est loin d'être sans tache.

—Ton passé n'a rien à voir avec celle que tu es aujourd'hui.

Sa voix était ferme. Grant avait toujours refusé d'entrer dans une discussion détaillée sur leurs passés amoureux respectifs. Sa philosophie de vie se résumait à « moins d'histoires, plus de mystère ».

—Je n'ai pas ma place dans ta famille. Tout le monde est si normal, si équilibré ! Personne ne doit présenter sa demoiselle d'honneur comme son ex-demi-sœur et meilleure amie.

—Ne te sous-estime pas, dit-il en se remettant sous les couvertures. Tu es équilibrée. Tout à fait normale.

Elle ne put s'empêcher de rire.

—Tu vois ? Le simple fait que tu dises ça montre que tu ne me connais pas du tout !

—Peut-être que je te connais mieux que tu ne te connais toi-même, dit-il, l'air déterminé. Et je sais que tu es celle que je veux. (Il marqua une pause.) Jamais ma famille ne nous bannira du repas de Thanksgiving. Si je n'y vais pas, ma mère n'ira pas, et ils n'auront pas de macarons, de tarte à la citrouille ou de sauce dont elle seule a le secret. Ce sera l'anarchie.

— Je ne sais pas pourquoi, mais ça ne me console pas.

— Maman veut seulement que nous soyons heureux, dit-il. Elle est un peu vieux jeu, mais elle ne juge pas.

— Je t'en prie, se moqua Emily. Chaque maman veut un certain genre de femme pour son fils, le docteur parfait, et ce n'est pas une garce qui a déjà été mariée et dont la mère passe d'un époux riche à un autre comme s'ils étaient des échantillons gratuits de chez Sephora.

— Je suis sûr que ta mère n'est pas ravie de devoir copiner avec une femme dont le summum de l'amusement est d'aller s'acheter des pelotes de laine, dit Grant. Mais ce sont de grandes filles. Elles trouveront une solution.

— Si on trouve ma mère morte poignardée par une aiguille à tricoter, on saura qui est la coupable, dit Emily. Ou si ta mère est mystérieusement étranglée avec la lanière d'un sac Chanel.

Ils restèrent allongés ainsi, côte à côte, en silence. Puis, au bout de quelques minutes, Grant reprit :

— Tu es toujours aussi angoissée. Je le sens.

Cette fois-ci, ce fut Emily qui roula sur le côté.

— Pourquoi ne lui as-tu pas dit que j'avais déjà été mariée ? Sérieusement ?

— Quand tu me l'as dit, tu n'arrêtais pas de répéter que ce n'était pas important et que cela ne valait même pas la peine d'en parler, répondit-il en prenant sa main sous le drap. Alors je t'ai prise au pied de la lettre. Je n'en ai pas parlé.

— D'accord.

— Tu es la seule à avoir un problème avec le fait que tu as déjà été mariée.

— D'accord.

— C'est toi qui m'importes. Pas ton passé marital. Toi.

Emily savait reconnaître quand elle était vaincue.

— Comment suis-je censée discuter avec toi alors que tu as de si bons arguments?

Elle l'embrassa, réajusta son oreiller et resta immobile aussi longtemps que possible.

— Pourquoi t'inquiètes-tu, maintenant? demanda-t-il.

— Quoi? Je dors.

— Menteuse! J'entends tes neurones en ébullition dans ton cerveau.

— Je ne fais que réfléchir, dit-elle. Nous allons à Bora Bora, n'est-ce pas?

— Oui. J'ai réservé moi-même les billets. (Il serra sa main.) Pourquoi?

— Eh bien, Caroline a dit que nous n'allions pas y aller.

Grant se tut si longtemps qu'Emily n'était pas sûre qu'il l'ait entendue.

— Elle a dit que toi et moi n'allions pas avoir de lune de miel en réalité. Parce qu'Andrew et elle n'en ont pas eu. Elle a dit que c'était un truc de chirurgien.

Une autre pause interminable. Emily se pencha vers lui.

—Allô?

—Salut.

—Tu as une objection?

—Oui, dit-il en passant ses deux bras autour de sa taille. Ne jamais quitter l'hôpital n'est pas un truc de chirurgien : c'est le truc d'Andrew. Je l'adore, mais il est accro au scalpel. Je suis presque sûr qu'il est incapable d'utiliser un couteau normal. Il demande un scalpel pour couper sa viande au restaurant. Mais cela n'a rien à voir avec nous.

—Alors on va à Bora Bora, pour de vrai? Promis?

—Promis. Et quand on arrivera là-bas, et que tout ce foin pour le mariage sera derrière nous, j'annulerai ton massage en institut et te le ferai moi-même.

Et voilà. Le sujet qu'ils avaient évité toute la journée. Le vilain petit secret venu de son passé qui avait refait surface et refusait de partir.

—Ne laisse pas Ryan t'atteindre. Il est si…

Grant se mit à rire.

—Ça va.

—Je n'arrive pas à croire que tout cela ne te dérange pas.

Emily leva la tête pour s'étirer le cou.

—Mon ex-mari se pointe pour me torturer…

—Il cherche des lieux de tournage.

—Au temps pour moi! Me torturer, c'est du bonus.

—Il ne peut pas te torturer si tu ne le laisses pas faire, n'est-ce pas?

Emily toussa.

—C'est vrai.

— Alors pourquoi devrais-je m'inquiéter ? D'ailleurs, il m'a invité à aller pêcher demain matin. Il a l'air d'être un mec bien.

Emily reposa sa tête sur l'oreiller et murmura :

— Pas aussi bien que toi.

Et ça, se dit-elle tandis que Grant sombrait dans le sommeil, faisait partie du problème.

Emily avait su que Grant était unique au moment même où elle l'avait rencontré. Son mode opératoire habituel avec les hommes (flirter, s'amuser et rompre avant que les choses deviennent trop sérieuses) n'avait pas fonctionné avec lui. Surtout parce qu'elle ne l'avait pas essayé. Il avait pris les devants dès le début, les faisant évoluer lentement dans une douce idylle.

Ce qui, et cela ne finirait jamais de la surprendre, lui avait plu.

— Donne-moi une bonne gifle, avait-elle dit à Summer alors qu'elles se frayaient un chemin dans la foule un vendredi soir pour boire un coup dans un bar chic. Il faut que tu poses ton sac, qui est très joli d'ailleurs – il est nouveau ? –, et que tu me redonnes un peu de bon sens.

Summer, perchée sur des stilettos pointus, se fraya un chemin dans la foule de banquiers et de courtiers en costume sombre.

— Tu veux m'envoyer en prison pour agression ? Parce que ça ne va pas marcher. Pas cette fois.

— Attends.

Emily se pencha sur le bar et cria leur commande au barman.

—Non. J'ai rêvé de Grant la nuit dernière.

Le visage de Summer s'illumina.

—Raconte.

Emily leva la tête.

—C'est embarrassant.

—Waouh! C'était chaud? demanda Summer, avant de prendre leurs verres sur le comptoir. Je veux connaître tous les détails, même les plus indécents.

Emily ouvrit la bouche, mais elle ne parvenait pas à se confesser.

Summer haussa les sourcils.

—Oh, ça doit être vraiment top!

—Je ne peux même pas te regarder dans les yeux, dit Emily en baissant la tête. Tu ne dois pas me fixer pendant que je te le dis.

Summer fit ce qu'elle lui demandait et tourna la tête vers les fenêtres.

—D'accord, j'ai fait ce rêve la nuit dernière, et dans ce rêve Grant et moi étions…

Emily se tut.

—Allez, crache le morceau.

—On était à l'opéra. Et il a tendu le bras pour me prendre par la main.

Summer arrêta de regarder par la fenêtre et l'observa.

—Et…?

—Et nous étions assis là, à nous tenir par la main, et j'étais si heureuse. Incroyablement heureuse. Mon cœur était gonflé comme pas possible.

—À l'opéra, répéta Summer.

—Oui.

—Et c'est tout? C'est ça, ton rêve?

—Oui.

Summer vida la moitié de son verre en une gorgée.

—C'est le truc le plus nase que j'aie jamais entendu.

—Je sais! s'écria Emily en secouant la tête de déception. Je me suis réveillée toute rayonnante et souriante, et je voulais l'appeler sur-le-champ. Mais je ne l'ai pas fait.

Summer plissa les yeux.

—Qu'est-ce qui cloche chez toi?

—J'ai des sentiments pour lui, d'accord? Des sentiments affectueux.

—Berk!

—C'est vrai. Au plus profond de moi, je veux lui tenir la main à l'opéra, dit-elle en laissant échapper un couinement de désespoir. Je te l'ai dit: j'ai besoin d'une bonne gifle.

Summer posa son verre.

—Crois-moi, je me maîtrise pour ne pas te la mettre.

—Et c'est sa faute! La dernière fois que nous sommes sortis, il m'a raconté un tas d'histoires: qu'il allait aux récitals de ballet de ses nièces, qu'il engage un service de chasse-neige pour s'assurer que l'allée de sa mère est toujours dégagée en hiver.

Summer secoua la tête.

—Le salaud!

—Je n'ai jamais de relations sérieuses, s'écria Emily. Ce ne devait être qu'une petite passade amusante.

—Mais il refuse d'être une passade.

—Exactement. Il me fait ressentir des choses. Et maintenant je m'attache.

Elle se frappa la cuisse du plat de la main.

Elle frotta sa joue contre le tissu, doux, fin. Les blouses hospitalières étaient encore plus confortables que les pyjamas, et elle adorait les lui voler dès qu'elle le pouvait. Même le parfum du savon chirurgical sur sa peau l'attirait.

—Oui. Même si, pour être honnête, je ne suis pas sûre de savoir où c'est.

Elle se pencha, ouvrit une nouvelle fenêtre sur son ordinateur et fit une recherche rapide sur Internet.

—C'est vers Tahiti, je crois, dit-il.

—Tu as raison, c'est là.

Emily étudia le site Internet d'un hôtel de luxe.

—Waouh, regarde cet endroit! Ils ont un biologiste marin sur place pour emmener les clients faire de la plongée.

—Allons-y.

Grant se leva et mit la main dans sa poche.

Elle cligna des yeux.

—Maintenant? Je croyais que tu devais aller travailler.

—Non, pour notre lune de miel.

Il se laissa tomber sur le plancher en bois à côté du canapé. Son genou heurta le sol avec un bruit sourd.

Emily sursauta.

—Ça va?

—Oui, ça va, abrégea-t-il. Ne gâche pas le moment. Je suis en train de faire ma demande.

Elle le regarda, bouche bée, sous le choc.

Il prit sa main dans la sienne et lui offrit une boîte en velours noir.

—Emily McKellips, veux-tu m'épouser?

Elle ne pouvait se concentrer sur la bague brillante ornée d'un diamant. Elle était trop occupée à assimiler le fait que oui, c'était réellement en train de se passer. Cela ne faisait pas si longtemps qu'ils sortaient ensemble, et ils n'avaient jamais parlé de mariage. Elle ne savait pas pourquoi il l'envisageait.

Il se dépêcha de remplir le silence.

—Mon ange, je ne suis peut-être pas l'homme le plus intelligent du monde…

À ces mots, elle se mit à rire.

—Oh, ne mens pas! Bien sûr que si.

—… mais je sais ce que je veux quand je le vois. J'ai toujours dit que si je trouvais une femme qui est tout ce que je veux, une femme douce, altruiste, belle et brillante, je serais assez malin pour arrêter de chercher et me poser. Et c'est toi, Emily. Tu es tout ce que je veux. Tu es parfaite pour moi, dit-il en plantant ses yeux bleus dans les siens. Viens à Boston avec moi. Sois ma femme.

Muette de stupeur, elle essaya de rester dans le présent tandis qu'il lui glissait la bague au doigt.

—Oui. Oui, je vais t'épouser.

Il se releva, mais avant qu'il puisse l'embrasser elle ajouta:

—À une condition.

—Ce que tu veux, dit-il.

—Tu dois me laisser mettre de la glace sur ton genou.

Il se mit à rire.

—C'est difficile de te transporter hors de la réalité.

— Tu dois rester debout au bloc opératoire pendant des heures, fit-elle remarquer. Tu as besoin de tes genoux.

Elle était en train de remplir un sachet de glaçons quand le bipeur de Grant vibra.

Il le consulta, fronça les sourcils et se dirigea vers la porte d'entrée à grandes enjambées.

— Mince! Je dois y aller.

— Attends! dit Emily en finissant de fermer le sac de glaçons. Ton genou.

— Mon genou guérira, lui assura-t-il. Je suis plus inquiet pour le cœur de ce gars. Je devrais être rentré vers 20 heures.

Il attrapa un Thermos de café et sa serviette en cuir noir en sortant.

— Je t'aime pour toujours.

— Moi aussi, je t'aime pour toujours, dit-elle.

Une fois qu'elle eut fermé la porte derrière lui, elle connut un instant de délicieuse solitude. Elle fit glisser la bague sur son doigt, baignant dans une joie muette.

Elle n'avait pas l'impression d'être dans un conte de fées. Elle n'espérait pas vivre heureuse pour toujours et avoir beaucoup d'enfants.

La vraie vie, le véritable amour… : ça allait être beaucoup mieux.


— Quoi? s'écria Summer, furieuse, en apprenant la nouvelle. Comment ça, tu es fiancée? Je ne l'ai même pas rencontré!

—Seulement parce que vous avez des emplois du temps de dingues. Il est toujours à l'hôpital, et tu es toujours sur un vol pour l'Europe.

—Mais ce n'est pas trop tôt pour vous fiancer ? Vous ne sortez ensemble que depuis… ?

—Ça doit faire huit mois, dit Emily. Mademoiselle Grande-Voyageuse.

—Ça fait vraiment aussi longtemps ? Fais-moi voir, dit-elle en attrapant la main d'Emily pour regarder la bague. Taille classique, jolie pierre. Bien joué.

Emily se servit une part de la tarte au chocolat de Summer et écarta les doigts pour admirer le diamant.

—Elle appartenait à sa grand-mère.

—Bien sûr que oui.

—Et nous allons à Bora Bora pour notre lune de miel.

—Bien sûr que oui.

—Je sais, je sais, je suis expansive et détestable.

—Non, tu es simplement heureuse.

Summer hésita quelques secondes avant d'ajouter :

—Très heureuse. Je ne t'avais pas vue aussi heureuse depuis…

—Depuis quand ? demanda vivement Emily.

—Eh bien, depuis que Ryan et toi…

Emily manqua de recracher sa part de gâteau.

—Ne prononce même pas son nom. Je n'étais pas heureuse avec Ryan. Pas vraiment. J'étais simplement exaltée, à cause des hormones et de rêves impossibles.

—Si tu le dis.

— Je le dis ! Ryan était un abruti immature et délirant, et Grant est...

— Le docteur parfait d'une famille parfaite avec la bague de fiançailles parfaite. Je sais.

— Il n'est pas parfait, dit Emily. Je ne le vois plus comme ça. Il est extra, et sa famille aussi, mais il n'est pas parfait. Il est juste parfait pour moi.

Summer menaça Emily de sa fourchette.

— Quoi qu'il en soit, tu n'es pas officiellement fiancée avant que j'approuve ce garçon. Quand est-ce que je le rencontre ?

Ils dînèrent tous les trois quelques jours plus tard, et, alors que les entrées arrivaient, Summer sortit des fiches cartonnées de son sac et commença à questionner Grant comme pour un entretien d'embauche.

— Alors, Grant... Vous avez toujours voulu être chirurgien ?

— En fait, j'ai été secouriste pendant deux ans après l'université, dit Grant. Notre boulot consistait à stabiliser les patients avant de les déposer à l'hôpital, mais, après un moment, je ne supportais plus de les laisser aux portes des urgences. Je voulais y aller et finir le travail.

Summer griffonna quelques notes.

— Alors vous avez décidé d'aller en école de médecine ?

— Oui. J'ai dû y retourner pour prendre des cours de science avancés, et un peu de maths.

— Et vous avez continué à travailler en tant que secouriste pendant vos études ?

Grant hocha la tête.

— Je n'avais pas de vie. Mais ça en valait la peine.

— Et maintenant ?

Si Summer avait porté des lunettes, elle aurait été en train de le regarder par-dessus la monture.

— Vous avez une vie maintenant ?

Il sourit.

— J'en construis une avec Emily. Ça compte ?

Emily arracha les fiches des mains de Summer.

— Ce sera tout, inspecteur ?

— Je n'ai pas d'autres questions. Pour le moment.

Mais, lorsque Grant détourna le regard, Summer attira l'attention d'Emily et articula en silence : « Je l'adore. »

Emily posa sa main sur l'épaule de Grant et répondit sur le même ton : « Moi aussi. »

Elle aimait Grant à l'époque et elle l'aimait à présent. Jamais elle n'en avait douté.

Tous ses doutes la concernaient, elle.

Elle entendit un chien aboyer près du lac et elle imagina que c'était Ripley, de sortie pour une balade tardive avec Ryan.

L'imprévisible et turbulent Ryan Lassiter, avec ses cheveux noirs, son fidèle acolyte canin et le mot « Emily » gravé indélébilement dans sa peau.

Que faisait-il ici ? Pourquoi maintenant ?

Et pourquoi ne pouvait-elle cesser de penser à lui ?

Les aboiements cessèrent, et elle s'endormit enfin, mais elle ne rêva pas qu'elle tenait la main de son futur mari. Non. Pour la première fois depuis des années, elle rêva de son ex-mari, et, dans son rêve, Ryan et elle faisaient bien plus que se tenir la main.

Lorsqu'elle se réveilla le lendemain matin, en sueur, bouleversée, Grant n'était plus là.

# Chapitre 11

—Pourquoi on fait encore ça?

Summer soufflait comme un bœuf à côté d'Emily alors qu'elles couraient sur le chemin de gravier qui faisait le tour du lac.

—Je cours tous les matins, dit Emily.

Contrairement à Summer, elle ne transpirait pas encore et respirait normalement. Mais son esprit commençait à s'échauffer en même temps que son corps. Elle sentit la fatigue et le stress reculer tandis que les muscles de ses jambes prenaient le rythme régulier et familier de la course. Des mouchetures froides de la rosée du matin éclaboussaient ses chevilles.

—C'est important pour ma santé physique et mentale. Et pour faire en sorte que je rentre dans ma robe de mariée.

—Vraiment? dit Summer en crachant dans un buisson. Tu veux vraiment être une de ces mariées qui donnent une image distordue du corps? Je te croyais au-dessus de ça.

—Ce n'est pas une question d'image, répliqua Emily. Mais d'un tour de taille de soixante-six centimètres. Sans parler des coutures et des boutons.

— Pourquoi tu te tortures pour rentrer dans cette robe ? Je suis sûre que Georgia t'aurait prêté sa Vera Wang. Celle avec les plis à jabots dans le dos ? Celle-là était magnifique.

— Ne commence pas avec la Vera Wang. Ma mère m'a déjà assez bassinée.

Emily regarda le moniteur cardiaque à son poignet et accéléra la cadence.

— La mère et la grand-mère de Grant se sont mariées dans cette robe. C'est un objet de famille. C'est une tradition.

Summer attrapa Emily par le bras et ralentit le rythme de leur course.

— C'est super, la tradition, mais tu dois te rappeler que tu as une famille, toi aussi. Je sais que nous ne sommes pas du genre petite maison parfaite, mais nous sommes géniales, à notre manière.

— À Noël dernier, tu étais dans un vol pour Paris, et ma mère était à Hawaï avec un homme rencontré sur Internet, dit Emily. Alors excuse-moi de vouloir une famille normale avec des traditions normales.

— « Normal », c'est juste un synonyme d'« ennuyeux ».

— Pas pour mon mariage. Pas pour Noël. Je veux ce qu'on voit sur les gravures de Currier and Ives. Je veux des promenades en traîneau, des batailles de boules de neige et des biscuits faits maison. Je veux du chocolat chaud et je veux faire griller des Chamallows et des noisettes sur un feu de camp.

— Super, siffla Summer. Je meurs de faim maintenant.

— Encore quelques kilomètres, intima Emily. Puis nous irons manger des œufs et des framboises fraîches au *Pavillon*.

— Quelques kilomètres ? dit Summer en ralentissant pour se mettre à marcher. J'abandonne. Et laisse-moi te dire ceci à propos de ta chère belle-famille : la seule raison pour laquelle ils semblent normaux, c'est que tu ne les connais pas assez bien.

— Ce n'est pas vrai. C'est le genre de famille que j'ai toujours voulu. Ils s'aiment les uns les autres. Ils s'entendent tous à merveille et ils veulent ce qu'il y a de mieux pour les autres.

Summer leva les yeux au ciel.

— Non, c'est faux.

— Je t'assure que c'est vrai.

— N'importe quoi ! Toutes les familles ont leurs problèmes.

— Pas les Cardin. Tu as vu Bev et ses sœurs hier. On dirait les trois mousquetaires. Elles se ressemblent comme trois gouttes d'eau. Comme des triplées.

— Arf ! fit Summer en balayant sa remarque de la main. Elles refoulent certainement leurs vrais sentiments : rage et ressentiment.

— Pourquoi est-ce si dur pour toi d'admettre que ça existe, une grande famille saine et heureuse ?

— Parce que, dans mon job, je traverse l'Atlantique avec beaucoup de gens. Je vois des familles aussi belles et heureuses que les Cardin craquer sous la pression : retards de vols, privation de sommeil, extorsion financière pour un paquet de bretzels.

Le stress les atteint, et ils se retournent les uns contre les autres deux heures avant l'atterrissage. C'est moche.

Emily gloussa.

— Tu es folle.

— Crois-moi : soit les trois mousquetaires cachent quelque chose, soit elles sont sous sédatifs. Tu verras.

Emily se remit à courir en entraînant Summer avec elle. Lorsqu'elles tournèrent à droite après un trio de pins, les rivages du lac Valentin apparurent devant elles. L'eau était noire et calme, et à sa surface flottait un voile lourd de brouillard gris. Emily entendait le doux battement des vagues entre deux respirations.

— Tu vois ? N'est-ce pas charmant ?

— Ce serait beaucoup plus charmant si mon cœur n'était pas sur le point d'exploser, dit Summer en s'agrippant la poitrine de façon dramatique. Tu sais, je n'ai pas le souvenir de t'avoir vue courir à la fac. Ou te lever au petit jour.

— C'est Grant qui m'a lancée. Il court tous les matins. Il appelle ça le « Cinq à Cinq » : cinq kilomètres à 5 heures du matin.

— C'est une peine de prison, pas de l'exercice.

— On s'habitue. Il m'a convaincue d'essayer, et depuis j'adore. Ça m'aide à rester concentrée et énergique.

Toutefois, ce n'était pas entièrement vrai, se dit-elle en ralentissant la cadence pour s'adapter à Summer qui s'efforçait de suivre. Elle détestait se tirer du lit tous les matins alors qu'il faisait encore noir dehors et elle n'avait jamais été capable de trouver « La Zone » – la joie paisible que Grant disait connaître quand il courait dans la pluie, la neige et l'étouffante humidité. Mais elle se levait toujours, avec ou sans Grant, et elle courait toujours ses kilomètres sans se plaindre ni prendre de raccourcis. Pour prouver qu'elle avait enfin une discipline. Pour prouver qu'elle avait évolué, qu'elle n'était plus la fille volage et frivole d'autrefois.

— C'est bon, j'abandonne.

Summer attrapa Emily par son tee-shirt alors qu'elle s'effondrait contre un tronc d'arbre, à bout de souffle.

— Si tu as besoin d'un partenaire pour courir, va chercher Grant. Moi, je suis ta partenaire de beuverie.

— Allez. Tu ne veux pas te donner à fond ?

Summer lui adressa un regard méprisant.

— Tu ne veux pas te détendre un peu pour une fois ?

Emily resserra sa queue-de-cheval et essaya d'oublier le rythme cardiaque qu'elle voulait atteindre.

— Si. Tu n'imagines même pas.

— Super. On commence maintenant, dit Summer en se traînant vers la plage. Je te reconnais à peine en ce moment. Tu es si… si…

— Si quoi ? demanda Emily, même si elle avait un peu peur de la réponse.

— Si convenable. Tu sers du punch sans alcool et des pâtisseries, tu portes la robe de ta belle-mère, tu cours tous les matins… Franchement, Em, qu'est-ce qui t'est arrivé ? Tu étais si insouciante avant !

— J'étais incontrôlable, corrigea Emily. Je n'avais aucune structure, aucun sens de l'équilibre.

— Mais tu étais heureuse.

160

—Je pensais que j'étais heureuse.

—Garde ces conneries pour quelqu'un d'autre, répliqua Summer en s'écroulant sur le sable humide, sans se soucier de son short blanc immaculé. J'étais là, tu te rappelles ? Tu étais heureuse, point final, fin de la discussion. Tu étais une jeune folle, mais tu étais heureuse.

—Je suis toujours heureuse, dit Emily.

Pourtant, elle semblait incapable de suivre son amie sur la plage. Elle ne supportait pas l'idée que tous ces grains de sable rentrent dans ses chaussettes, ses chaussures, ses orteils.

—En plus, maintenant, j'ai des plinthes propres et le taux de cholestérol d'une adolescente.

—Des plinthes propres ? fit Summer en grimaçant. Je ne m'en vanterais pas.

Elle se tourna vers le soleil qui commençait à filtrer dans la brume matinale.

—Bon sang ! Grant et toi êtes si parfaits, ça fait un peu peur. Ken et Barbie dans leur maison de rêve.

—Allons. Je n'ai pas encore trouvé ma maison de rêve, protesta Emily. Pas encore.

—Tu sais que tout le monde va vous détester dans votre nouveau quartier.

—Mais non ! Pas une fois que je leur aurai apporté mes biscuits faits maison à Noël.

—Berk !

—Pourquoi es-tu si négative ?

Emily arrêta de s'inquiéter pour le sable et s'assit à côté de Summer.

—Je pensais que tu appréciais Grant.

—Oui, je l'apprécie. Mais je t'adore et je veux être sûre que tu sais dans quoi tu t'embarques.

—Grant est tout ce que je veux chez un homme. Il est gentil, intelligent, il a le sens de la famille. Notre relation est bâtie sur une confiance et un respect mutuels. Nous sommes adultes, tu vois ? (Emily marqua une pause.) Et il sait cuisiner. Jamais je n'insisterai assez sur l'importance de cette qualité.

Parler de nourriture redonna de l'entrain à Summer.

—Qu'est-ce qu'il fait à manger ?

—Tout : la cuisine italienne, indienne, thaï, française. Et tous les soirs on met la table avec de la porcelaine et des bougies.

—Vous dînez aux chandelles ?

Emily hocha la tête.

—Quand on est tous les deux à la maison. Quoi ?

Summer lui donna une chiquenaude sur le front.

—Chérie, ce n'est pas romantique : c'est un appel à l'aide.

—De quoi tu parles ? Qu'y a-t-il de mal à dresser une jolie table avec des bougies ?

—Tu manges dans la salle à manger quand Grant n'est pas là ? demanda Summer.

—Eh bien… non.

—Exactement. Je parie que, quand il n'est pas là, tu t'affales sur le canapé devant une émission de téléréalité en mangeant des céréales avant de boire le lait à même le bol.

—Euh… peut-être.

Summer hocha la tête.

—Et soyons honnêtes : il n'est pas là la plupart du temps, n'est-ce pas ?

Emily se redressa.

—Qu'essaies-tu de dire ?

—Je dis que, chandelles et romance à part, Grant est plutôt indisponible. Physiquement. Émotionnellement. Tout ça quoi.

Elle attendit un instant qu'Emily réponde, puis reprit :

—Et je dois te demander…

Emily se mit à frotter ses jambes pour enlever le sable qui s'accrochait à sa peau humide.

—Quoi ?

—Ne serait-ce pas possible que tu aimes ça comme ça ?

—Non.

Summer ne se découragea pas face à ce déni véhément.

—Écoute, je sais que c'est effrayant d'être dans une vraie relation après tout ce que tu as traversé. Ton enfance… Mon enfance… Qui peut nous en vouloir d'avoir quelques problèmes d'intimité. (Elle frissonna et secoua la tête.) Pouah ! C'est pour ça que je suis hôtesse de l'air et pas thérapeute.

—Je comprends ton inquiétude, mais je sais ce que je fais, je te le promets.

Emily utilisait le même ton calme et confiant qu'elle prenait pour parler à ses clients de changements à court terme sur le marché boursier.

—Grant est tout à fait disponible. Nous sommes très intimes. Tout se passe bien.

—Alors je ne dis plus rien, dit Summer en donnant un petit coup de pied dans celui d'Emily. Je veux juste que tu sois heureuse.

—Je le suis.

Emily plongea son regard dans le brouillard qui s'amincissait. Elle distinguait à peine le canot rouge qui flottait à la limite de l'aire de baignade du lac.

—Mais je vois ce que tu veux dire.

Summer ramena ses genoux contre sa poitrine.

—À propos de quoi?

—Les chandelles. Et le reste. Parfois, j'ai l'impression…

*De ne pas être à ma place dans ma propre vie*, voulait-elle dire. Mais elle ne pouvait prononcer ces mots.

Avant que Summer puisse lui demander de développer sa pensée, deux coureurs pleins d'énergie émergèrent du brouillard. Ryan faisait de longues enjambées le long de la plage tandis que Ripley pataugeait joyeusement dans les vagues. Même si la chienne n'était pas tenue en laisse, jamais elle ne quittait Ryan.

Ryan s'arrêta net en voyant Summer et Emily affalées sur le sable humide.

—Eh bien, regardez qui voilà! dit Summer d'une voix traînante. Si ce n'est pas Ryan Lassiter. J'ai entendu dire que tu rôdais autour de l'hôtel.

Ryan se reprit et leur adressa son sourire le plus charmant.

—Tu me connais. C'est toute ma vie, de rôder ainsi.

Summer montra le chien d'un signe de tête.

—Qui est ton acolyte?

—C'est le lieutenant Ellen Ripley.

Ryan posa sa paume sur la large tête de la chienne, qui s'assit, la langue pendante, dans l'attente d'autres instructions.

—Elle est mignonne.

Summer marqua une pause avant de demander:

—Alors, quoi de neuf?

Interloquée, Emily regarda Summer, puis Ryan.

—C'est tout?

Summer fronça les sourcils.

—Comment ça?

—Eh bien, ça doit faire dix ans que vous ne vous êtes pas vus, et tout ce que tu as à dire c'est «quoi de neuf»? demanda-t-elle en les regardant avec suspicion. Pas de câlin? Pas de «tu es superbe»? Pas de questions, de qui, quoi, quand, où et comment?

—Attends, attends. Nous y arrivons, dit Summer en repoussant ses cheveux en arrière avant de se tourner vers Ryan. Tu es superbe.

—Toi aussi, répondit-il en écartant les bras. Viens par ici.

—Trop tard, dit Emily en se mordant la lèvre inférieure, essayant de savoir ce qui se passait. Je ne suis pas dupe.

—Bien sûr que non, lui assura Ryan.

Summer se releva brusquement.

—Je dois vraiment y aller. Je suis en retard pour un… truc.

Emily l'arrêta en levant la main.

—Que se passe-t-il?

— Rien ! insista Summer. On n'est pas obligés de s'embrasser, de se tomber dans les bras et de crier parce qu'on ne s'est pas vus depuis des années.

— Des tas d'années, ajouta Ryan.

— Dix ans.

Summer s'écarta d'Emily.

— Oh non ! Pas si vite.

Emily essaya d'attraper Summer par la manche, mais Summer s'échappa, s'éloignant en courant pour se réfugier au *Pavillon*.

— Salut ! On se voit au petit déjeuner !

— Ah, tu as envie de courir maintenant ? s'écria Emily dans son dos.

Summer lui fit un signe par-dessus son épaule en accélérant.

— Waouh !

Ryan retira sa main de la tête de Ripley, et la chienne alla patauger dans les vagues, aboyant avec plaisir.

— Regarde-la courir, dit Ryan. C'est une rapide, la citadine.

Plus il semblait innocent, plus Emily suspectait qu'il n'était pas clair.

— Qu'est-ce que c'était que tout ça ? demanda-t-elle.

— Aucune idée.

Le vent balayait son épaisse chevelure brune, et son tee-shirt bleu délavé rendait ses épaules plus larges que dans ses souvenirs. Une barbe de trois jours assombrissait sa mâchoire. Et il sentait bon.

Et, en un éclair, elle fut replongée dans le souvenir de la nuit où ils s'étaient rencontrés, quand il lui avait demandé de lever les bras avant de lui donner le tee-shirt qu'il portait.

Elle ferma les yeux, secoua la tête et se força à ne plus y penser. Lorsqu'elle les rouvrit, il la regardait, une lueur maligne dans les yeux.

—Tu n'es pas censé être en train de faire tes bagages pour partir? demanda-t-elle, tendue.

À en croire son expression, il semblait prendre grand plaisir à la voir dans l'embarras.

—Ripley avait besoin de sa promenade matinale.

—Tu ne te lèves jamais aussi tôt.

—Toi non plus, dit-il en avançant sur la plage. (Emily se surprit à suivre ses pas.) Et j'ai décidé de rester quelques jours de plus. Ton fiancé m'a dit que j'étais le bienvenu pour me joindre aux réjouissances du mariage.

Emily accéléra le pas, et lui aussi.

—C'est parce qu'il vient de te rencontrer. Il ne sait pas comment tu es.

Ryan ne mordit pas à l'hameçon.

—Il semble être un mec bien.

—C'est le cas.

Elle se prépara à lister les nombreuses qualités de Grant, mais Ryan l'interrompit :

—Pourquoi appelle-t-on ça le lac Valentin ?

Emily connaissait la réponse, grâce à Bev qui aimait parler longuement des traditions de la famille Cardin.

—Il paraît que le lac est en forme de cœur.

—Comme c'est romantique !

—Non, pas vraiment. Je l'ai vu sur un plan, et, au mieux, il est en forme de rein. (Elle s'écarta de lui.)

Mais le lac Rein n'attire sûrement pas autant de touristes que le lac Valentin.

Il se remit à sa hauteur.

—Tu es une cynique sans cœur à présent ?

—Tu ferais mieux de t'y faire.

Il l'observa, son regard s'attardant sur ses jambes nues, puis secoua la tête.

—Non.

Emily se pencha pour caresser Ripley qui avait sorti un bâton de l'eau et l'offrait à Emily pour qu'elle le lui lance.

—Elle est très bien dressée.

—C'est la meilleure chienne du monde, dit Ryan, plus fier encore que quand il avait parlé de sa vieille voiture restaurée. Je l'emmène avec moi sur le plateau quand je travaille. Elle a été entraînée par les meilleurs dresseurs du métier.

—Ah !

Emily lança le bâton vers la chaise du sauveteur, et Ripley se rua à sa poursuite.

—Ceci explique cela.

Ryan se mit à rire.

—Parce que je n'aurais pas pu la dresser moi-même, c'est ça ?

—Je n'ai pas dit…

—Ce n'était pas la peine. Je sais comment fonctionne ton esprit tordu. Tu veux que je reste dans la boîte « mauvais petit copain » dans ta tête.

—Tu es taré. Je n'ai pas de boîte « mauvais petit copain ».

—Si. J'y suis coincé tout seul depuis dix ans, sans possibilité de liberté conditionnelle. Mais devine quoi ? Il est temps que je m'évade de prison.

Ripley revint à toute allure avec le bâton, mais, sentant peut-être la tension émotionnelle, elle changea de trajectoire au dernier moment et replongea dans le lac.

Emily croisa les bras.

—Ça suffit. Sérieusement, Ryan, stop. Dans quatre jours, j'épouse Grant. Tous nos amis et nos familles sont là, et je refuse de gâcher cette semaine à me chamailler avec l'homme que je n'aurais jamais dû épouser.

—Ouille !

—Tu n'es pas d'accord ? le défia-t-elle. Tu crois que nous avions fait le bon choix en nous mariant ?

—Peut-être que nous n'étions pas prêts à vingt-deux ans, admit-il. Mais tu ne nous as laissé aucune chance. Tu es simplement partie quand c'est devenu difficile.

—Nous étions tous les deux malheureux à la fin, et tu le sais.

Elle était déterminée à mettre fin à la conversation, mais elle ne put résister à l'envie d'ajouter :

—Et, au fait, tu ne sais pas comment fonctionne mon esprit.

Les yeux noisette de Ryan étincelèrent.

—Mets-moi au défi.

—Arrête.

Ils se toisèrent l'un l'autre du regard, ne cédant que lorsque Ripley galopa entre eux et se secoua.

L'expression de Ryan s'adoucit lorsqu'il tendit la main pour essuyer une goutte d'eau sur le front d'Emily.

—Je ne veux pas me chamailler non plus. Ce n'est pas pour ça que je suis venu.

—Je sais. Tu es venu pour trouver un lieu de tournage.

—Et je voulais te revoir.

Emily leva les yeux vers les nuages, puis les baissa sur le sable. Elle regardait tout, sauf l'homme qui se tenait devant elle. Elle se força à afficher une expression détachée de désapprobation.

Pourtant, elle sentait en elle un petit coin oublié de son cœur se réveiller et fleurir dans sa poitrine.

Cette trahison interne l'horrifia tant qu'elle redoubla d'efforts pour sembler glaciale et indifférente.

—Il n'y a rien à voir, Ryan.

Ce sourire lent et intense revint.

—Oh, je ne suis pas d'accord !

—Non. Non, non, non. N'essaie pas de me charmer. Ça ne fonctionne plus avec moi. C'est mon mariage.

Il la dévisagea avec insistance, et elle se corrigea.

—C'est mon vrai mariage, d'accord ? Avec des robes, des fleurs et une réception.

—Et une belle bague en diamant.

—Oui, aussi. Elle appartenait à la grand-mère de Grant.

—Ça change de la fille qui disait que les diamants étaient surfaits et qu'elle préférait dépenser son argent dans une Harley.

—Oui, acquiesça-t-elle. C'est ce que je suis en train de te dire : j'ai changé. Je ne suis plus la fille que tu as épousée.

—Tu n'es plus une tentatrice en tee-shirt.

Elle sentit ses joues brûler.

—Non. Je suis une cynique sans cœur. Je vais courir à l'aube et je porte des tailleurs ennuyeux pour mon travail ennuyeux.

Il se frotta le menton.

—C'est bon à savoir.

Elle écarta ses doigts, lui demandant sans dire un mot ce qu'il attendait d'elle.

—Tu m'as épousé en premier, dit-il comme si cela faisait une différence. J'ai promis de t'aimer pour toujours. Je le pensais.

—Oui, concéda-t-elle. Puis on a divorcé.

—Ça ne veut pas dire que j'ai cessé de t'aimer, répondit-il en lui prenant la main. D'ailleurs, tu portes toujours de la dentelle noire sous tes tailleurs ?

Elle fut stupéfaite de sentir les larmes lui monter aux yeux.

—Ce n'est qu'un jeu pour toi. Tu penses que c'est un genre de défi de te pointer sans prévenir, de dire toutes ces choses et de gâcher le jour le plus important de ma vie.

Il lâcha sa main.

—Le jour le plus important de ta vie ? Il me semble que tu as besoin de lâcher les magazines de mariage et de te faire déprogrammer.

—Ce n'est pas ce que je veux dire.

Elle sentait toujours la chaleur de ses doigts dans sa paume.

—Je me fiche de la robe, du gâteau et de tout ça. C'est juste que…

Elle se tut, ne voulant pas lui dire la vérité. Qu'à un certain niveau, elle pensait qu'épouser un homme comme Grant ferait d'elle une femme meilleure. Mais elle refusait de donner davantage de munitions à Ryan. Elle attendit donc d'être capable d'empêcher sa voix de trembler.

—Comme je l'ai dit, j'ai changé.

—Moi aussi, dit Ryan. Maintenant, tu es une femme de Stepford, et je suis Wes Craven. Et alors ? Les gens changent. Ils s'aiment quand même.

Elle sonda son visage, cherchant à savoir s'il était sérieux. Le matin s'était soudain figé : la brise avait cessé de souffler, le chien avait arrêté de patauger. Elle observa Ryan ; tout ce qu'elle entendait était sa propre respiration et le battement de son sang qui bouillonnait. Puis elle fit la seule chose qu'elle pouvait faire pour renverser cette négociation. Elle abandonna la défense et passa à l'offensive.

—Ils s'aiment ? dit-elle en croisant les bras, laissant les talons de ses baskets s'enfoncer dans le sable. Alors tu as passé ces dix dernières années à en pincer pour moi ?

Un éclair d'émotion passa dans les yeux du jeune homme. Il ouvrit la bouche pour parler, puis il se ravisa et la referma.

Elle insista.

— Cela fait dix ans que tu es seul, célibataire, et tu ne m'as jamais écrit ou appelée ?

Il haussa les épaules, son sourire prétentieux de retour sur ses lèvres.

— Je n'ai pas dit que j'étais célibataire. Los Angeles est comme un aimant pour les femmes les plus séduisantes du monde. Ce serait mal de les laisser dormir seules.

— Pouah !

Elle lui tourna le dos et avança d'un pas lourd vers le chemin de randonnée.

— On n'a plus rien à se dire.

Ryan bougea si rapidement qu'elle ne se rendit pas compte de ce qu'il faisait jusqu'à ce qu'il passe son doigt dans le pan de ceinture de son short et jette un coup d'œil à ses sous-vêtements.

— Les femmes de Stepford ne portent pas de string rose quand elles font du sport.

Il s'éloigna à grands pas, l'air triomphant.

— Je te déteste !

Elle se baissa, ramassa une pomme de pin, visa l'arrière de sa tête et le manqua de plus de trois mètres.

Ripley accourut et ramassa la pomme de pin, prête à jouer. Ryan la lui lança et, alors que la chienne et lui s'éloignaient en courant, il leva la main comme s'il saluait un adversaire méritant.

— Plus que quatre jours. On se reverra, Stepford.

# Chapitre 12

Emily retourna dans sa chambre d'hôtel, prit une douche et enfila la culotte de grand-mère la moins sexy qu'elle possédait.

Puis elle passa un short kaki et une blouse qu'elle boutonna jusqu'en haut, et partit à la recherche de Grant. Elle le trouva dans l'entrée, le téléphone portable pressé contre l'oreille, tandis que l'une de ses nièces s'amusait à le chevaucher.

— Attends une seconde, dit Grant dans son téléphone en voyant Emily. (Il couvrit le téléphone d'une main pour parler à la jeune femme.) Désolé d'avoir loupé notre footing ce matin. J'ai été bipé par l'hôpital à 4 h 30 et je ne voulais pas te réveiller. (Il tituba lorsque Ava enfonça ses talons dans ses côtes.) Aïe ! Doucement, tu me coupes la respiration.

— Hue ! ordonna Ava.

Grant se soumit à sa volonté et galopa jusqu'au bureau de la réception tout en débitant une rafale de jargon médical qu'Emily ne comprenait absolument pas.

Lorsqu'il raccrocha, il l'embrassa et s'excusa de nouveau.

— Tout va bien ? demanda-t-elle.

—Oui, dit-il. Je faisais seulement le suivi d'un patient.

Elle lui toucha le bras.

—Tu dois rentrer ?

—Non.

Ava jeta ses deux bras autour de son cou, s'agrippant en l'étouffant, et il grimaça.

—C'est notre mariage. Toute ma famille est là.

Emily essaya de desserrer l'étreinte meurtrière de la petite blonde.

—Tu veux y retourner ?

—Non. (Il marqua une pause.) Bon, en fait oui. Cet homme est mon patient depuis des années, et on dirait bien qu'il va enfin avoir droit à de nouveaux poumons.

—Cet homme a besoin de poumons, dit Emily. Vas-y.

—C'est notre mariage, répéta-t-il.

—Pas avant samedi. Et je ne veux pas que tu restes ici avec moi parce que tu te sens coupable.

—Je reste ici avec toi par amour, pas parce que je me sens coupable.

—C'est très gentil à toi. Mais les poumons battent la fête de la mariée.

—Qui a parlé de fête de la mariée ? dit-il en reculant devant cette simple suggestion. Je ne vais pas assister à ça. L'amour a des limites.

Elle rit.

—De toute façon, on attend la confirmation finale de l'équipe du donneur. Ces choses-là peuvent tomber à l'eau. Alors, jusqu'à ce que j'en sache plus…

—Eh !

Un petit zozotement aigu retentit dans le couloir.

— Moi aussi, je veux monter sur ton dos !

Emily regarda derrière elle. Alexis venait vers eux, une énorme carafe de sirop d'érable piquée au restaurant de l'hôtel à la main, et buvant l'épais liquide ambré comme si c'était du jus de fruits.

— Alexis ! s'écria Grant en se couvrant les yeux d'une main. Ne bois pas ça.

Lorsque Emily tendit le bras pour confisquer le sirop, la petite fille la contourna vivement et se mit à tirer sur le pantalon de Grant.

— À moi ! À moi !

Ava refusant de céder, Alexis attrapa sa sœur par la cheville et y planta ses dents.

Ava poussa un cri strident digne d'un film d'horreur de Ryan et donna de violents coups de pied. Le pichet de sirop s'envola dans les airs, en direction d'Emily.

Elle leva les mains et réussit à protéger son visage, mais la carafe heurta tout de même ses avant-bras, et une vague de sirop déferla sur sa tête. Elle sentit l'épais liquide tiède couler le long de son crâne et sur ses joues.

Ava et Alexis arrêtèrent de se battre et se mirent à rire sottement. Elles la pointaient du doigt, écroulées de rire, puis Ava descendit du dos de Grant et glissa au sol à côté de sa petite complice.

Grant jeta un regard sévère aux filles et ouvrit la bouche pour les réprimander, mais, avant qu'il puisse leur faire la leçon, son téléphone sonna. Il regarda l'écran, puis Emily.

— Je suis désolée, mon ange. Je dois répondre.

— C'est bon, dit-elle avant de lécher le filet de sirop qui coulait sur sa lèvre supérieure. Je vais retourner dans la chambre pour me nettoyer.

Elle baissa les yeux vers les petites filles sorties tout droit de l'enfer.

— Quant à vous deux…

— Tu sens comme les pancakes, dit Alexis. Miam !

— Je peux te goûter ? demanda Ava.

— Les filles ! s'écria Melanie qui arrivait enfin, le visage éclaboussé de flocons d'avoine et de ce qui ressemblait à de la confiture de fraises. Vous voilà ! Combien de fois dois-je vous le dire ? Les petites dames polies ne quittent pas la table avant d'y avoir été autorisées. Et elles utilisent des couverts. Et elles ne boivent pas du sirop à la bouteille. Maintenant revenez et finissez votre petit déjeuner.

Elle adressa des excuses distraites à Emily et ramena ses filles dans le restaurant.

Sur le chemin de sa chambre, Emily tomba sur Caroline qui, comme toujours, avait l'air fraîche, calme et chic.

Et bien seule.

Caroline était trop bien élevée pour la dévisager, mais elle regarda Emily d'un air interrogateur.

— C'est du sirop ?

— Oui.

Sans demander davantage de détails, Caroline ouvrit le rabat de son sac à main en cuir matelassé.

— Un mouchoir ?

— Je pense que ça ne ferait qu'empirer les choses. Mon seul espoir, c'est des litres et des litres d'eau brûlante.

— Vas-y, dit Caroline en s'écartant pour la laisser passer. Tu as déjà mangé ? J'allais au restaurant et j'adorerais avoir de la compagnie.

— Je vais essayer de me dépêcher, mais je ne peux rien te promettre, répondit Emily en touchant les pointes de ses boucles, qui étaient raides et sèches. Ça risque de me prendre un moment. On dirait que c'est en train de cristalliser.

— Ne t'inquiète pas. Le sirop d'érable, c'est bon pour les cheveux. Certaines femmes l'utilisent en soin capillaire.

— Vraiment ?

— Vraiment.

Emily regarda son amie, incrédule.

— Comment sais-tu tout ça ?

Caroline lui adressa un sourire serein digne de Martha Stewart.

— Quand vas-tu comprendre que je sais tout ?

Elles rirent toutes deux et passèrent leur chemin, mais Emily ne pouvait s'empêcher de reconnaître que Caroline avait raison sur beaucoup de choses.

Mais pas sur les priorités de Grant.

Du moins, elle l'espérait.


Après trente minutes sous la douche, les racines des cheveux d'Emily étaient brillantes et lustrées. Les pointes, cependant, s'étaient enroulées en un nœud inextricable de boucles.

Les mèches fusionnaient presque entre elles, et ses efforts pour les démêler ne faisaient qu'empirer les choses. Alors qu'elle jurait et plongeait un peigne dans cet enchevêtrement de boucles, Summer frappa à la porte.

— Tu es bientôt prête, Em ? La fête commence dans quinze minutes, et Bev commence à s'agiter.

Emily, enveloppée dans une serviette, ne prit pas la peine de s'habiller avant d'ouvrir la porte.

— Oh, mon Dieu ! dit Summer en fixant le peigne coincé dans les cheveux d'Emily à un angle de quarante-cinq degrés. Que s'est-il passé ?

Emily attrapa Summer par le poignet et la tira à l'intérieur.

— J'ai été prise entre les tirs croisés d'Ava et d'Alexis.

— Les adorables petites filles d'honneur ?

— Ha ! Ne te laisse pas berner par leurs anglaises et leurs robes en dentelle. Ce sont des suppôts de Satan, tu m'entends ? Elles ont des harmonicas, des carafes de sirop d'érable, et les poings serrés.

— Pas étonnant que Melanie ait l'air aussi fatiguée, dit Summer.

— Des suppôts de Satan, répéta Emily. Venues de l'enfer. Et cet ADN se tapit dans le patrimoine génétique de Grant. Et si nos enfants devenaient comme elles ?

— Cela n'arrivera jamais, lui assura Summer. Même si son patrimoine génétique a de l'ADN de démon, ton côté de la famille est si… euh… Ouais, t'es foutue.

— Il sera à l'hôpital pendant des journées entières, et je serai coincée à la maison avec ça! s'écria Emily en secouant ses cheveux devant Summer. Je n'aurai aucune échappatoire.

— Ne sois pas si dramatique. Bien sûr que tu auras une échappatoire. Ça s'appelle une nounou à plein-temps. Maintenant, concentrons-nous sur le problème que nous avons sur les bras, dit Summer en essayant de tirer sur le peigne. Oui, nous devons vraiment nous concentrer.

— Tout juste.

Emily cessa de paniquer un instant et remarqua la robe fourreau rose élégante de Summer.

— Tu es très jolie, au fait.

— Merci. J'ai dû acheter de nouvelles tenues pour cette semaine. J'y ai passé mon salaire.

— Aide-moi, implora Emily. Tu es douée pour ça. Use de ta magie.

— Ça veut dire que je suis tirée d'affaires? dit Summer, pleine d'espoir. Pour cette histoire avec Ryan?

— Les cheveux d'abord, les questions après.

Summer fit asseoir Emily devant la coiffeuse et se mit au travail avec un peigne, un sèche-cheveux et un soin capillaire. Après quelques minutes, elle abandonna.

— Ça ne part pas, dit-elle, avant de prendre une mèche de cheveux et de regarder sa montre. Heure du décès: 10 h 22.

— Nous sommes en retard pour la réception. Qu'est-ce que je vais faire?

Summer souleva la couche supérieure de ses boucles, l'air pensif.

— Il va falloir les couper.

— Quoi ? s'écria Emily en mettant ses deux mains sur sa tête. Non ! Je les ai laissés pousser toute l'année ! Grant les aime longs !

— Ne t'inquiète pas, je vais seulement couper ceux du dessus. Je vais faire un dégradé. Ce sera très subtil.

— Je ne crois pas, dit Emily en regardant la coupe courte et lisse de Summer. Les cheveux bouclés sont compliqués. Il faut vraiment savoir ce qu'on fait.

— Je sais exactement ce que je fais.

Summer fouilla dans la trousse de toilette bleue d'Emily jusqu'à ce qu'elle trouve une paire de ciseaux à ongles.

— Je suis ta sœur, ta meilleure amie et ta demoiselle d'honneur. Et j'ai un don pour la coiffure et le maquillage. Tu peux me faire confiance.

— Tu le jures ?

Emily ferma les yeux en entendant le premier coup de ciseaux.

— Je le jure. Personne ne le verra. Maintenant, arrête de faire cette tête et prépare-toi à être ébahie.

# Chapitre 13

—Mon Dieu, vous avez coupé vos cheveux !

Le visage de Bev blêmit lorsqu'elle inspecta l'œuvre de Summer.

—C'est si… bouclé. Ma parole, regardez tout le… euh… volume que vous avez !

Rose et Darlene se joignirent à Bev pour glousser avec désapprobation.

—Enfin, je suppose que ce n'est pas la peine de vous faire toute belle pour nous autres. Même si c'est une fête en votre honneur…

Emily ouvrit la bouche pour riposter, mais Summer l'en empêcha en lui mettant un petit coup de coude dans les côtes.

—N'est-elle pas jolie ? demanda Summer.

—Très, dit Melanie, qui adressa à Emily un regard contrit et articula « désolée ».

—Oh, eh bien, bien sûr ! dit Bev en se ralliant à cette opinion avec son tact et sa douceur habituels. Vous serez une mariée magnifique samedi.

—Oui, mais essayez de vous reposer au maximum d'ici là, suggéra Rose. Vous avez l'air un peu patraque.

— Épuisée, ajouta Darlene. Tenez, ma chère, nous avons apporté une crème anticernes au concombre. Cela vous aidera à vous débarrasser de ces cercles noirs.

— Elle est bio, ajouta Rose. Faite main, ici-même, dans le Vermont.

— Comme c'est aimable ! s'exclama Summer. Merci beaucoup !

Elle emmena Emily vers la grande fenêtre surplombant le lac.

— Ai-je vraiment l'air épuisée ? murmura Emily.

— Non, non, je suis sûre qu'elle ne le pensait pas. Tu es superbe. Tu n'as qu'à sourire, hocher de la tête et ouvrir les cadeaux.

— Pendant que tout le monde me juge parce que je suis exténuée et crépue.

— Tu as seulement besoin de faire la sieste. Et je ferai en sorte que tu le puisses, juste après que tu te seras extasiée sur des tas de verres à pied et de la porcelaine.

Emily s'efforça de sourire et fit de son mieux pour passer en mode mariée.

— Oh, nous n'avons pas demandé de porcelaine ! Nous allons utiliser la vaisselle de la grand-mère de Grant. Elle est dans sa famille depuis des générations.

Summer leva les yeux au ciel.

— J'aurais dû le savoir.

Georgia arriva, resplendissante dans une robe de cocktail noire et un nombre indécent de bijoux en diamant.

Et, comme par magie, Emily arrêta de se soucier de ses cernes et de ses frisottis indomptés.

—Maman! Pourquoi tu portes une robe digne d'un tapis rouge?

—Je me sens très festive ce matin, dit-elle en posant sa main contre sa poitrine pour mettre ses bagues et ses bracelets clinquants en avant. Tu aimes?

Summer et Emily échangèrent un regard.

—Tu t'habilles comme ça juste pour emmerder Bev. Admets-le.

—Je n'admets rien du tout, dit Georgia en fronçant les sourcils alors qu'elle examinait les boucles d'Emily. Qu'est-il arrivé à tes cheveux? Ils sont un peu…

—Summer les a coupés.

Georgia tapa dans ses mains.

—Oh, c'est magnifique!

—Mmm.

—Tu es très douée, Summer.

Georgia congratula son ex-belle-fille, puis elle regarda par la fenêtre.

—Je rêve ou c'est Ryan Lassiter dehors?

Emily et Summer suivirent son regard, et, bien sûr, Ryan courait devant les vagues scintillantes, lançant un Frisbee à son chien. Il semblait si dynamique que, pendant un instant, Emily eut un pincement au cœur en pensant à ce qu'elle avait perdu, à celle qu'elle avait été quand elle était plus jeune.

—C'est lui, dit Summer en sautant de haut en bas en lui faisant signe. Il est riche et connu maintenant. Une sorte de gros bonnet à Hollywood.

Ryan lui répondit d'un geste et se dirigea vers l'hôtel.

—Qu'est-ce que tu fais? s'écria Emily. Il va ruiner ma fête.

—Mais qu'est-ce qu'il fait là? demanda Georgia.

—Il fait du repérage pour un tournage, je crois. Et il traque notre petite Emmy.

Emily lança un regard noir à Summer.

—Je sais que tu es responsable de tout ça. Je sais que vous êtes de mèche tous les deux.

—Ma pauvre! dit Summer en lui tapotant la tête. Le stress te fait perdre la tête.

—J'ai toujours apprécié Ryan, dit Georgia. Si charmant et charismatique.

—À qui disons-nous bonjour?

Elles sursautèrent toutes les trois en entendant la voix de Bev. Personne ne l'avait entendue approcher; elle était furtive pour une femme portant des chaussures roses avec des talons de cinq centimètres.

—L'ex-mari d'Emily, répondit Summer. Il est venu pour le mariage.

—Vous êtes encore amis? Je ne crois pas que Grant me l'ait dit non plus.

Bev regarda Ryan approcher. Entre ses cheveux bruns battus par le vent, son bronzage et son golden retriever, on aurait dit un membre de la famille Kennedy.

—Mon Dieu, il est très séduisant!

—Il n'est rien comparé à Grant, dit Emily un peu trop fort.

—C'est évident, ma chère. Cela va sans dire.

Emily se tourna vers Summer et montra la porte de la salle de réception du doigt.

185

— Tu sors et tu l'intercepes. Il ne faut pas qu'il vienne ici, à faire équipe avec ma mère pour jouer à la robe de mariée en papier-toilette.

Summer sortit et revint quelques instants plus tard, les deux pouces en l'air.

— Tout va bien. Il devait retourner dans sa chambre pour brosser Ripley.

— Tu es intime avec le chien aussi, maintenant ?

— On en parlera plus tard.

Summer attrapa Emily par la main et la tira vers le tas de cadeaux aux couleurs pastel empilés près d'une fenêtre.

— Tout de suite, c'est le moment des sous-verres et autres grille-pains.

Emily s'assit sur une chaise tandis que les invitées formaient autour d'elle un cercle très parfumé ponctué d'exclamations aiguës.

— Comme c'est joli ! roucoula-t-elle après avoir défait des couches de tissu rose pour trouver une bonbonnière en forme d'écureuil. Ce sera parfait sur la petite table du salon.

Puis elle ouvrit le cadeau de Beverly, une grande boîte enveloppée de papier vert et surmontée d'un ruban argenté.

— Qu'est-ce que c'est ? demanda Georgia alors qu'Emily jetait un coup d'œil dans la boîte.

— C'est… c'est… euh…

Emily sortit un appareil de cuisine noir et rond qui ressemblait à une poêle sans bords.

— Ça, c'est intéressant.

Summer attrapa la spatule en bois qui était à côté de la poêle et tapa la surface plate dans sa paume.

— Au cas où la lune de miel deviendrait barbante.

— Aucune chance, chuchota Georgia. Attends de voir le déshabillé que je lui ai acheté.

— C'est une spatule à crêpes, indiqua Bev d'un ton formel et cassant. Et une poêle à crêpes. Pour que vous puissiez faire à Grant ses crêpes préférées le dimanche, aux épinards et au bacon. Je vous donnerai la recette, mais pas avant le mariage. C'est un secret de famille.

— Et je vous donnerai ma recette secrète pour faire des pancakes à la crème, dit Rose.

— Sans oublier mon gâteau noix-café, dit Darlene. Notre mère en faisait tous les week-ends.

— D'accord.

Emily entendit sa propre voix, joviale et chaleureuse, comme si elle venait de l'autre bout d'un tunnel.

— Écoutez-nous, à parler de nos recettes. Quelle est votre spécialité, ma chère? demanda Bev. Vous devez bien avoir des recettes à vous.

— Oh, eh bien, il y a...

*Ne dis pas la gelée d'alcool et les space cakes, ne dis pas la gelée d'alcool et les space cakes.*

Summer devait être en train de penser la même chose, car elle intervint aussitôt.

— Des crêpes au bacon et un gâteau au café, ça semble parfait. Je viendrai chez toi prendre le brunch, dit-elle en fourrant un autre cadeau dans les mains d'Emily. Tiens. Celui-là est lourd.

Emily baissa les yeux sur le ruban mais ne bougea pas d'un pouce pour l'ouvrir. Elle avait l'impression que ses membres étaient lourds, tandis que sa tête semblait de plus en plus légère.

Summer lui donna un coup de coude, puis elle prit les choses en main et déchira le papier cadeau.

— Waouh !

Elle souleva deux chandeliers en laiton.

— Ils sont d'époque, dit la grand-tante de Grant, Sophie.

— Merci beaucoup ! Ils iront parfaitement avec la vaisselle ancienne ! s'émerveilla Summer.

Emily prit une profonde inspiration. Summer posa une main sur son épaule et essaya de la ramener à la réalité.

— Grant et toi aimez dîner aux chandelles, non ?

— Nous…

Emily hocha la tête. Sa ligne de vision penchait, comme si elle venait de monter à bord d'un voilier qui quittait le port.

— Oui.

— Reprends-toi, marmonna Summer avant de prendre un gros paquet rectangulaire. On continue.

— C'est de ma part, dit Caroline, resplendissante dans sa robe chemise jaune, en se penchant en avant.

Summer déchira l'emballage et examina la boîte marron.

— C'est… l'intégrale de *Buffy contre les vampires* ?

Caroline ajusta sa boucle d'oreille, mal à l'aise.

— Oui. Tu peux la rapporter si tu veux. L'échanger contre un mixeur ou autre chose.

Emily retrouva ses esprits assez longtemps pour remercier son amie et lui assurer qu'elle n'avait pas besoin de l'échanger.

—Mais je suis un peu surprise. Tu ne sembles pas être le genre de fille à regarder *Buffy*.

Caroline haussa les épaules.

—Je ne pensais pas l'être non plus. Mais j'ai commencé à regarder des rediffusions une nuit où j'attendais qu'Andrew rentre à la maison et je suis devenue accro.

—Ça m'est arrivé aussi, dit Georgia. J'ai failli mourir à cause du manque de sommeil quand *Dynastie* est sorti en DVD.

—Je ne regarde que les chaînes publiques, intervint Bev.

—Quoi qu'il en soit, essaie et vois si tu aimes, dit Caroline à Emily. C'est très bien écrit. Ça m'a aidée à supporter de nombreuses nuits en solitaire.

Ce fut à cet instant qu'Emily perdit connaissance.

Le monde s'évapora, et la pénombre l'enveloppa si rapidement qu'elle n'eut pas le temps de dire ou de faire quoi que ce soit pour l'en empêcher. Une seconde, elle regardait Summer ouvrir le reste des paquets (« Un robot ménager ! Super ! ») et celle d'après elle était allongée sur le dos, éblouie par les lumières du plafond.

Bev, Summer, Caroline et Melanie l'encerclaient, parlant toutes en même temps.

—Elle a besoin d'eau froide.

—Relevez ses pieds.

—C'est juste l'excitation.

—C'est peut-être la chaleur.

— Elle est peut-être enceinte.

— Non ! marmonna Emily en toussant. Je vais bien !

Elle se redressa péniblement. Rose et Darlene essayèrent de la rallonger sur le sol.

Puis sa mère fut à ses côtés, et elle prit les choses en main.

— Poussez-vous, ordonna Georgia en tapant sur les mains des autres avant d'embrasser sa fille. Respire, ma chérie. Mets ta tête entre tes genoux.

— Qu'est-ce qui m'arrive ? demanda-t-elle.

— Tu paniques.

Georgia lui offrit un verre de limonade sorti de nulle part.

— Ça m'est arrivé une dizaine de fois. C'est tout à fait normal. Tu t'en remettras.

Un murmure compatissant se propagea dans le rang de femmes. Le demi-cercle de visages inquiets fut remplacé par un étalage de paumes ouvertes, chacune offrant un remède rapide pour sa détresse.

— Xanax ? disait Georgia.

— Valium ? offrait Melanie.

— Altoids ? proposait Bev.

— Tiens, dit Summer en sortant une petite ampoule orange de son sac en paille. J'ai apporté mon stock d'urgence. Tu en veux ?

Emily n'en revenait pas.

— Depuis quand prenez-vous toutes des médicaments ?

—Je n'en prends pas, dit Georgia, l'air offensé. C'est seulement pour les visites chez le dentiste et les mauvais jours.

Les voix des femmes se mêlèrent dans la tête d'Emily, jusqu'à ce qu'elle n'entende plus qu'un bourdonnement dense et aigu. Elle avait besoin d'air mais ne pouvait respirer. Elle avait besoin d'espace mais ne pouvait échapper à la foule.

Elle avait besoin, désespérément, d'être seule.

Alors qu'elle fermait de nouveau les yeux, elle sentit la main de sa mère sur son front et entendit Summer l'appeler.

—Emily ? Bouge si tu vas bien.

—On a besoin d'un homme ! s'écria Georgia. Ryan ! Youhou ! Ryan, par ici !

—Donnez-moi mon sac, dit Bev. J'appelle Grant. Il est médecin, vous savez.

Emily revint à la réalité en sentant une pression râpeuse et mouillée contre sa joue. Une odeur écœurante lui parvint, et elle entendit un reniflement.

—Argh !

Lorsqu'elle roula sur le côté, Ripley posa sa patte sur son biceps.

Puis elle entendit la voix de Ryan, à la fois inquiète et amusée.

—Laissez-la respirer, laissez-la respirer. Je comprends qu'elle se soit évanouie : c'est plutôt excitant de se voir offrir un appareil à gaufres.

Ripley poussa Emily et aboya, avant de se remettre à lécher son blush et son fond de teint. Emily eut un haut-le-cœur, puis elle se mit à rire, et elle sut qu'elle irait bien.

— Tu vas bien, déclara Grant vingt minutes plus tard, après l'avoir brièvement examinée dans leur chambre d'hôtel. Ton pouls est régulier, tes pupilles sont normales, tes voies respiratoires sont dégagées.

— Je sais.

Elle posa sa main sur sa nuque et l'embrassa.

— Je peux enlever la bave de chien de mon visage maintenant ?

— Je vais chercher un gant de toilette ; toi, tu restes au lit.

Après être arrivé dans la salle de réception, Grant l'avait soulevée et portée jusque dans leur chambre.

— Ta mère a dit que tu avais fait une crise de panique.

— Ma mère a tendance à exagérer, dit-elle en s'asseyant. Je me sens beaucoup mieux. Tu veux aller faire un tour ? Nous pourrions visiter le village. Caresser une vache.

— Hors de question, dit-il en se penchant pour lui confisquer ses chaussures. Tu as besoin de repos. Ne discute pas ; j'ai un doctorat.

— C'est ce que ta mère n'arrête pas de dire, soupira-t-elle en se rallongeant sur l'édredon doux. Combien de temps je dois rester étendue là ?

— Jusqu'à ce que je dise que tu peux te lever.

— Mince, tu es autoritaire !

— Tu le remarques seulement maintenant ? fit-il en caressant ses cheveux. Je vais te chercher à manger. Tu as besoin de te reposer, de t'hydrater et de manger.

— Chef, oui chef.

Elle lui adressa un salut.

— Je suis sérieux. Tu dois mieux prendre soin de toi, dit-il en fronçant les sourcils. Je dois mieux prendre soin de toi.

— Nous prenons soin l'un de l'autre, dit Emily. Et nous le ferons toujours.

— Je reviens.

Alors qu'il ouvrait la porte, son téléphone sonna, et il répondit avec un « docteur Cardin » abrupt.

Trente minutes plus tard Emily se sentait pleinement régénérée, et il n'était pas revenu. Quarante-cinq minutes plus tard, elle mourait de faim et ne tenait plus en place.

Au bout d'une heure, elle appela le service d'étage et commanda du saumon grillé et des légumes à la vapeur sans beurre, ni huile, ni sauce. Elle mangea son repas, but son eau et attendit Grant, encore et encore.

Puis elle ouvrit le cadeau de Caroline et glissa un DVD dans le lecteur.

Elle ne savait pas ce qui l'inquiétait le plus. Le fait que son fiancé ne soit pas revenu ou le fait qu'elle soit soulagée d'être seule.

# Chapitre 14

Grant attendit les derniers mètres de leur footing matinal pour annoncer la mauvaise nouvelle à Emily.

Ils avaient passé le reste de la course à parler du feu de camp prévu pour le soir même et de l'intention qu'avait Emily d'aider Bev à faire des biscuits à offrir aux invités.

— Ta mère a des opinions très arrêtées sur le glaçage, dit Emily. J'ai parlé de crème au beurre, et elle a failli faire une crise cardiaque. Apparemment, le glaçage aux blancs d'œufs est la seule option acceptable.

— Et encore tu ne sais pas tout, répondit Grant. On dirait un sergent instructeur quand elle a un fouet dans la main. Et mes tantes sont pires. Attention à la branche d'arbre.

Alors qu'ils sortaient de la forêt et entraient dans une clairière, Grant lui dit :

— L'hôpital a encore appelé. On a le feu vert pour la greffe de poumons. Ils opèrent ce soir, et je veux y être.

Emily ne faiblit pas dans ses enjambées.

— D'accord.

— Je reviendrai tôt vendredi matin. Tu ne verras même pas que je suis parti.

Elle comprenait à son ton qu'il s'était attendu à ce qu'elle proteste.

—D'accord.

—C'est tout? dit-il en se tournant vers elle. Tu n'es pas fâchée?

—Eh bien, c'est ton patient depuis des années, n'est-ce pas? Je suis sûre qu'il veut que ce soit toi qui fasses la greffe. Tu es le meilleur.

—Tu as vraiment passé trop de temps avec ma mère.

Il piqua un sprint alors qu'ils approchaient de l'hôtel, et elle accéléra avec lui.

—Je sais que le moment est mal choisi, mais…

—Grant, regarde-moi. Ce n'est pas grave.

—J'ai l'impression de te décevoir. Et, pour être honnête, je n'ai pas l'habitude de décevoir les gens, dit-il honteusement, sans ego.

—C'est ta vocation, et tu dois y aller, dit-elle. Je comprends. (Elle marqua une pause.) Du moment que tu n'annules pas Bora Bora.

—Alors tout va bien.

Elle voulut demander plus de détails sur le trajet, mais le grondement d'un moteur noya ses mots.

Un motard portant un casque noir et une veste en cuir familière décrivit un arc avec sa moto rouge cerise avant de se garer à côté de l'Audi de Grant. Celui-ci protégea Emily d'un jet de graviers.

—C'est une blague, marmonna Emily.

Ryan retira son casque, secoua la tête pour remettre ses cheveux en place et avança vers eux.

— Bonjour, dit-il en hochant la tête pour les saluer. Comment ça va ?

— Jolie moto, dit Grant en passant sa main sur le siège en cuir poli et le chrome, si brillant qu'Emily y voyait son reflet. C'est une vraie Indian ?

— Oui, modèle de 1951.

— Regarde ces lignes, dit Grant sur le ton étouffé et révérencieux d'un historien de l'art qui verrait la chapelle Sixtine pour la première fois.

— Un de mes potes réalisateur vient de signer un contrat de dingue pour trois films, et il m'a demandé de lui trouver une moto.

Grant était incapable de retirer ses mains de la moto.

— Où avez-vous trouvé une Indian de 1951 à Valentin, dans le Vermont ?

— Vous plaisantez ? Il n'y a que des riches en vacances ici. Il y a un concessionnaire spécialisé près de Woodstock. J'y suis allé hier soir et j'ai dit au mec que j'avais besoin de quelques jours pour l'essayer et prendre une décision.

Emily attrapa ses chevilles et étira ses quadriceps.

— Laisse-moi deviner. D'habitude, ils ne fonctionnent pas comme ça, mais tu leur as fait dire oui ?

Il lui fit un clin d'œil.

— Tu me connais bien.

— Vous arrivez juste ? demanda Grant.

— Oui, répondit Ryan en regardant sa montre. Je n'ai pas vu passer le temps.

Emily fit une grimace.

— Tu pues le cigare. Qu'est-ce que tu as fait toute la nuit ?

— Tu veux vraiment le savoir ?

— Tu sais quoi ? Non.

Ryan suivit le regard de Grant, rivé sur la moto.

— Vous voulez aller faire un tour ?

Grant hésita une seconde avant de secouer la tête.

— Non, je dois rentrer en ville quelques jours.

Ryan se pencha en avant, l'air intéressé.

— Vous partez ? Ce matin ?

— Il va revenir en un éclair, dit Emily. C'est juste pour quarante-huit heures.

Grant expliqua la situation concernant la greffe.

— Je n'ai pas envie de me pointer là-bas avec des béquilles.

— Oh, allons ! insista Ryan. Le temps est parfait, la route est sèche. Juste un petit tour autour du lac.

Emily retint son souffle, en espérant que Grant céderait à la tentation de la peinture rouge sans tache et du moteur ronronnant. Mais Grant tint bon.

— Merci, mais je ferais mieux de m'abstenir. Quand on travaille dans un hôpital, on commence à devenir parano en ce qui concerne les motos.

— Entendu, dit Ryan avant de se tourner vers Emily. Et toi, il y a une chance pour que je te convainque ?

Si elle ouvrait la bouche, il trouverait le moyen de lui faire dire oui. Elle tourna donc les talons et s'éloigna aussi rapidement que possible. Grant la suivit, visiblement perplexe.

—Bonne chance pour votre opération ! cria Ryan dans leur dos. Et ne vous inquiétez pas pour Emily. Je garderai un œil sur elle.

—Toi !

Emily trouva Summer lovée dans un fauteuil Adirondack en train de feuilleter un magazine et de manger un Fudgesicle pour le petit déjeuner. Summer regarda autour d'elle, incarnation de l'innocence.

—Moi ?

—Grant s'en va, Ryan reste, tout va de travers. Et je sais que tu y es pour quelque chose.

—Je ne vois pas de quoi tu parles.

Summer enleva ses tongs du fauteuil voisin et fit signe à Emily de s'asseoir. Puis elle lui proposa le Fudgesicle.

—T'en veux un bout ?

—Rends-toi, Benson, dit Emily, qui resta debout pour mieux dominer son amie. J'ai vu des regards coupables traîner hier matin. Je sais que tu m'as vendue. Rends-toi service et avoue. Ne m'oblige pas à te forcer à aller courir.

Summer étudiait une publicité pour un shampooing avec attention.

—Qu'est-ce qui te fait croire que ce n'est pas une coïncidence ? Ça arrive, les coïncidences, non ?

—Pas comme ça, non, dit Emily en arrachant le magazine des mains de Summer. Enfin. De tous les hôtels pittoresques de toutes les villes du monde, Ryan est venu dans celui-là ?

Summer haussa innocemment les épaules.

— Je sais : quelles sont les chances que ça arrive ? Ce doit être un signe.

— Ce n'est pas un signe. C'est une embuscade planifiée avec préméditation.

— Écoute-toi : « Embuscade », « Avec préméditation ». Summer enfila ses lunettes de soleil pour éviter le regard inquisiteur d'Emily.

— On dirait la voix off d'une de ces émissions d'enquêtes criminelles à la télé.

— Alors tu nies être impliquée dans tout ça ?

— Em, dit Summer, l'air accablé, je ne devrais pas avoir à nier quoi que ce soit. Je suis ta sœur. Nous sommes meilleures amies depuis des années, des décennies, et tu as le cran de m'accuser de…

Emily leva la main.

— Es-tu impliquée ou non ?

— Tu es dingue, bredouilla Summer. Comment serais-je rentrée en contact avec lui ?

— À toi de me le dire.

Emily observa Summer qui hésitait et disait « euh », mais échouait à délivrer un franc déni.

— Oh, mon Dieu ! Tu es impliquée. Tu m'as piégée. Tu m'as trahie.

Summer croqua dans son Fudgesicle d'un air de défi.

— Primo, je ne t'ai jamais trahie, et tu le sais. Deuzio, Ryan n'est pas un ennemi.

— Oh que si !

— Non. C'est ton ex.

— Ce qui, par définition, fait de lui un être maléfique.

Summer baissa ses lunettes et regarda Emily.

—Il n'a jamais été maléfique. Il était peut-être un peu immature et un peu trop intense, mais ça a toujours été un mec bien. Et vous vous aimez comme des fous.

—Aimiez, corrigea Emily en s'asseyant à côté de Summer. Au passé.

—Puis tu as rompu et fais comme s'il n'avait jamais existé.

Emily hocha la tête.

—De même que j'ai fait comme si aucun de tes petits amis n'avait existé après que tu as rompu avec eux. Pour l'instant, je ne vois pas où est le problème.

Elle voulait paraître enjouée, mais, en vérité, sa rupture avec Ryan avait été impitoyablement rapide et radicale. Après avoir signé les papiers du divorce, elle ne l'avait plus jamais contacté, que ce soit par téléphone, par mail ou via des réseaux sociaux. Elle s'était efforcée de se tourner vers l'avenir, sans jamais regarder derrière elle. D'une certaine manière, elle savait qu'un dérapage, un bref point de contact, la ferait rechuter et succomber de nouveau à Ryan, à son charme, à son enthousiasme, à son corps contre le sien.

Comme c'était le cas à présent.

—Seulement voilà, Em : il a bel et bien existé. Et tu ne peux pas le mettre dans la même catégorie que mes ex-petits amis, dit Summer. Parce que ce n'était pas ton petit ami, c'était ton mari.

—C'est un petit détail.

Summer imita la sonnerie marquant la mi-temps d'un match de basket.

— Faux. Il y a une grosse différence, et tu le sais.

Emily balaya sa remarque d'un geste de la main.

— Ryan et moi avons peut-être signé quelques papiers, mais nous étions petits amis de toutes les façons qui comptent. Nous ne faisions que jouer au petit couple. Grant va être mon époux.

— Dans ce cas, qu'est-ce que ça change que Ryan soit là ou pas ? Ignore-le.

— J'essaie. Mais il refuse d'être ignoré.

— C'est juste. C'est impossible de lui dire non, dit Summer en examinant ses ongles. Et c'est pourquoi, si je lui ai accidentellement parlé de ton mariage, je ne dis pas que je l'ai fait, mais, si jamais c'est le cas, tu devrais comprendre que ce n'était pas ma faute.

— Entendu.

Emily mit sa tête en arrière. À cet instant, elle se souciait bien peu des risques de coup de soleil et de taches de rousseur qui pourraient apparaître sur ses photos de mariage.

— Alors que s'est-il passé ?

Summer poussa un lourd soupir : elle cédait.

— On s'est croisés par hasard il y a quelques mois. J'étais sur un vol de nuit Los Angeles-New York, et il était assis sur le siège 3B.

Emily leva un sourcil inquisiteur.

— En première classe ?

Summer acquiesça.

— Il m'a tout de suite reconnue. Il a commencé à poser des questions sur toi avant même que je puisse lui proposer quelque chose à boire.

—Alors tu m'as vendue en lui servant un soda. Au lieu de faire comme s'il n'existait pas.

—C'est mon travail, dit Summer en reprenant son magazine. Tu te sentirais mieux si je te disais que j'ai craché dans son Coca Light ?

—Ryan ne boit pas de Coca Light, grogna Emily. Et garde ce regard suppliant de chien battu pour une pub pour une association humanitaire.

—Tu as raison. Il n'a pris que de l'eau. C'était un passager formidable : patient, poli, demandant peu d'attention. Alors, après que les autres passagers se sont endormis, nous avons discuté. (Elle haussa les épaules.) Quelles sont les chances qu'il se retrouve sur mon vol ?

—C'est toi qui dis toujours que, tôt ou tard, tout le monde est sur un de tes vols.

—Sauf Ryan Gosling. Je l'attends encore. Mais il se montrera un de ces jours, dit Summer en se frottant les mains, et quand il le fera je serai prête.

—Oublie Ryan Gosling. On revient à Ryan Lassiter, dit Emily. Tu lui as dit que j'allais me marier. Et où et quand et avec qui.

—Non ! Je ne lui ai rien dit. Chaque fois qu'il posait des questions sur toi, je changeais de sujet.

—Alors comment… ?

Summer baissa la tête et marmonna :

—Il m'a offert le petit déjeuner quand nous avons atterri et m'a fait boire des Mimosa au *Four Seasons*.

Emily se tapa le front de la main.

—Je n'y crois pas.

—Je n'y pouvais rien! Il n'arrêtait pas de me faire des compliments et de remplir mon verre. Et tu sais comme je suis bavarde quand je bois du champagne.

—Apparemment, Ryan aussi est au courant.

—Une chose en entraînant une autre, j'ai parlé de quelques détails concernant ton mariage. Mais j'ignorais qu'il viendrait! Enfin, qui fait des choses pareilles?

—Mon ex-mari.

Elle mit sa main en visière au-dessus de ses yeux et regarda le parking en entendant vrombir le moteur d'une moto.

—La cause perdue sans limites.

—Cause perdue? répéta Summer, bouche bée. Il est devenu un adulte responsable, et il est toujours aussi drôle. C'est le Saint-Graal des petits copains.

—Mmm.

—Je te le dis, c'est comme une licorne. On n'en verra peut-être pas d'autre de toute notre vie. Si je trouvais un mec pareil, je l'épouserais sur-le-champ.

—Ne te gêne pas, épouse-le, dit Emily. Il est en train d'exhiber sa moto sur le parking en ce moment. Va prendre un casque et des jambières en cuir, et attaque.

Summer fit une grimace.

—Dégueu. C'est comme mon frère. Et puis c'est toi qu'il veut.

—Pas si on en croit Internet, dit Emily en montrant des photos sur son téléphone. Le voilà sur un tapis rouge l'année dernière. Regarde sa cavalière : on dirait Gisèle Bündchen, en plus jeune et plus sexy. Oh, et le voilà à un gala de charité avec une autre blonde sexy!

Summer se pencha pour regarder les photos.

—Il ne les choisit pas par hasard, dit Summer en prenant le téléphone pour regarder d'autres photos. Oh, encore une qui est ton exact opposé !

—C'est ce qu'il veut aujourd'hui : la perfection physique. Enfin, regarde son corps. Et ses cheveux. Et son visage !

—Oublie-la, dit Summer. Regarde-le. Est-ce qu'il a l'air heureux ? Non. Il a l'air de s'ennuyer. Il est vide à l'intérieur parce que son véritable amour l'a abandonné.

—Tu as regardé trop de comédies romantiques sur tes vols, dit Emily en roulant des yeux. Il est parti à Hollywood, et j'essaie d'avoir une vraie vie dans le monde réel. Tu sais, avec un jardin, une belle-famille et des rendez-vous chez le dentiste.

—Waouh, ça a l'air sympa !

Emily se mit à rire.

—C'est exactement ce que je veux te faire comprendre. Le mariage, ce n'est pas seulement du vin, des roses, et faire l'amour sur le comptoir de la cuisine. J'essaie d'avoir des attentes réalistes cette fois-ci.

—Je sais pourquoi tu as fait une crise d'angoisse hier, dit Summer. C'est parce que tu ne peux pas faire taire ton cerveau.

—Et c'est une mauvaise chose ?

—Tu sais que je t'aime, mais des fois tu devrais vivre dans l'instant. Discuter avec toi, c'est comme jouer aux échecs contre un super ordinateur. Ton esprit voit toujours vingt coups à l'avance. Tu n'étais pas comme ça avant. Tu étais une vraie amatrice d'émotions fortes.

—C'est vrai, soupira Emily. Et regarde où ça m'a menée.

—Je dirais que tu t'en es très bien sortie.

—Ryan aussi. Il a tout ce qu'il a toujours voulu.

—C'est faux.

Summer repositionna sa chaise pour avoir une meilleure vue sur deux sauveteurs torse nu qui entamaient leur entraînement sur la plage.

—Il a tout ce qu'il veut, sauf ce qu'il désire le plus.

# Chapitre 15

Emily força Summer à venir avec elle au déploiement culinaire de Bev (« Toutes les demoiselles d'honneur doivent aider à concevoir les cadeaux pour les invités. C'est la loi. »), et elles tombèrent sur Caroline dans l'entrée.

— Tu veux venir faire quatre-vingts millions de biscuits en forme de petits gâteaux de mariage ? dit Emily d'une voix enjôleuse.

— Elle est obligée, dit Summer. Elle est demoiselle d'honneur. C'est la loi, tu te rappelles ?

— J'en serais ravie, dit Caroline. J'adore cuisiner. On fait les biscuits nous-mêmes ?

— C'est Bev qui les prépare. Qu'en dis-tu ?

Sur ce, Georgia arriva en valsant dans l'entrée dans une robe d'été bleu turquoise.

— Regarde-toi ! s'écria Emily, impressionnée. Tu es pile à l'heure.

Georgia cligna des yeux.

— À l'heure pour quoi, ma puce ?

— Pour cuisiner avec Bev.

— Oh, ça ! marmonna Georgia en grimaçant. Peut-être plus tard. J'ai un rendez-vous !

Caroline regarda sa montre.

—À 10 heures du matin ? demanda Emily.

Les yeux bleus de Georgia se mirent à briller.

—Je vais faire du ski nautique avec l'un des gentilshommes avec qui j'ai joué au tennis hier, dit-elle en sortant un petit miroir de son sac. La plupart des hommes de son âge ne cherchent qu'une infirmière argentée, mais pas lui ! Je te le dis, Em, c'est une pile électrique ! Il peut avoir un vrai potentiel.

Summer donna un petit coup de coude à Georgia.

—Deux rendez-vous en vingt-quatre heures ? Petite diablesse !

—Oh, et il possède une maison dans les Hamptons. Imagine les fêtes qu'on pourrait y faire !

—Donc tu sautes l'atelier cuisine, dit Emily.

Georgia se tordit les mains pour feindre l'angoisse.

—Sauf si tu me dis que tu seras terriblement déçue.

—Non, non. Mais, tu sais, les gens pourraient parler.

—La seule personne qui va parler, c'est cette grincheuse de Bev et ses grincheuses de sœurs, s'offusqua Georgia. Et les femmes comme elles cancanent sur les filles comme moi depuis la nuit des temps. C'est de la jalousie, pure et simple.

Elle salua de la main comme une reine de beauté en se dirigeant vers la sortie.

—Amuse-toi bien, cria Summer alors qu'elle s'éloignait.

—Oh, ça oui, dit Georgia (Elle revint en courant.) J'ai un nouveau Bikini que j'avais hâte de porter, lui confia-t-elle. Noir, chic, très européen.

—Assure-toi de faire des doubles nœuds aux ficelles, dit Summer en agitant son doigt pour la mettre en garde. Nous ne voudrions pas qu'il arrive malencontreusement un problème de tenue.

—Ah non ?

Georgia rit et s'éloigna vers le lac en flânant sur ses stilettos argentés aux talons de douze centimètres.

Caroline la regarda s'éloigner, les yeux écarquillés, bouche bée.

Emily tendit le bras droit d'un geste théâtral.

—Mesdames et messieurs, ma mère !

—Cette femme devrait avoir sa propre émission de télé-réalité, dit Summer.

—Je suis désolée, dit enfin Caroline. Elle a bien dit « une infirmière argentée » ?

—Oui, dit Emily en tirant l'élastique de sa queue-de-cheval. Bev et elle ne s'entendent pas vraiment.

—Je ne vois pas pourquoi.


—Les filles ! Arrêtez d'enfoncer le beurre ! Les filles ! Arrêtez de boire la vanille !

Le vernis placide et doux de Bev était en train de craquer sous les yeux d'Emily. La cuisine du *Pavillon*, qui, au début de la matinée, était une étendue immaculée d'acier inoxydable et de comptoirs en marbre, avait lentement laissé place à une zone sinistrée graisseuse et enrobée de sucre après la campagne de destruction continuelle des petites filles d'honneur.

Melanie rajouta son grain de sel et avertit les filles :

—Si vous ne vous tenez pas correctement pour grand-mère, vous allez toutes les deux au coin.

— Les pauvres bichettes, dit Darlene en faisant claquer sa langue. Elles ont juste faim et sont fatiguées.

— Tenez. Qui veut une barre chocolatée ?

Rose essuya ses mains pleines de farine sur son tablier et ouvrit son sac à main.

— Non ! s'écria Melanie. Surtout pas. Le sucre va les exciter !

— Oh, tout va bien se passer, n'est-ce pas, les filles ? dit Rose en tendant une sucrerie à chacune. Maintenant, courez et allez chercher votre père.

Les filles sortirent en trombe de la cuisine, hurlant à pleins poumons. Melanie les suivit, non sans avoir jeté un regard plein de reproches à sa tante.

— Dépêche-toi, dit Summer qui avait battu en retraite à l'autre bout de la cuisine avec Caroline. Mets les plaques au four, et on tape dans le sherry.

Les efforts d'Ava et d'Alexis pour « aider » avaient tant freiné les adultes que les biscuits, qui étaient censés être cuits, refroidis et prêts à être glacés, avaient pris beaucoup de retard. Bev était encore en train d'abaisser des rectangles de pâte et d'utiliser un emporte-pièce en métal pour couper des dizaines de gâteaux de mariage miniatures identiques.

Elle vérifia deux fois la température du four, puis elle autorisa Caroline à y glisser les plaques.

— On échangera les plaques dans cinq minutes.

— Vous savez, il y a une pâtisserie juste en bas de la rue, dit Summer. On pourrait se contenter de commander des biscuits là-bas, on gagnerait du temps.

— Chut, siffla Emily.

Bev était médusée.

— Les biscuits faits maison sont bien meilleurs que ceux qu'on achète en magasin. Et c'est la recette de ma grand-mère. C'est une tradition familiale.

— Comme tout le reste, non ?

Summer quitta la pièce avec une bosse sous son pull, qui ressemblait étrangement à une bouteille de sherry.

Alors qu'Emily commençait à laver les saladiers et que les tantes nettoyaient le plan de travail, les petites filles d'honneur revinrent, tenant Ripley par le collier.

— Qu'est-il arrivé à votre mère ? demanda Caroline.

— Sais pas. Tiens.

Alexis attrapa une poignée de pâte et la fourra dans la bouche de la chienne.

— Bon chien.

Ripley remua la queue, qui tapa contre la porte de la chambre froide, et elle avala les morceaux de pâte.

Bev agrippa la petite croix dorée qui pendait autour de son cou.

— Pourquoi y a-t-il un chien dans la cuisine ?

Emily entendit la voix de Ryan de l'autre côté des portes battantes.

— Ripley ?

Ripley aboya, puis engloutit une autre poignée de pâte.

— Te voilà.

Ryan entra et reprit le collier de sa chienne de la main d'Ava. Dès qu'il vit Emily, il perdit son air exaspéré et devint charmant.

— Qu'est-ce que vous faites, les filles ?

— On essaie de faire des petits cadeaux pour le mariage, dit Emily.

Il montra le lac d'un geste sec du pouce.

— Dis, tu sais que ta mère est en train de faire du ski nautique ?

— Tu dois te tromper, dit-elle en jetant un coup d'œil vers Bev. Ma mère a dû louper cet incroyable atelier cuisine parce qu'elle est dans sa chambre avec une migraine.

— Quel dommage ! dit Ryan en secouant la tête d'un air triste. Oui, ce devait être quelqu'un d'autre.

Rose et Darlene se mirent à chuchoter près de l'évier.

Ryan regarda dans le four et se frotta le ventre. L'ourlet de son tee-shirt se souleva, et Emily aperçut sa peau nue avant de se forcer à détourner le regard.

— Ça sent très bon, madame Cardin.

— Oh, merci, dit Bev, un peu agitée. Nous allons utiliser un glaçage aux blancs d'œufs pour les faire ressembler à des gâteaux de mariage, puis nous les mettrons dans des petits sachets avec des rubans pour les offrir aux invités, expliqua-t-elle en glissant une autre plaque dans le four. Mais, pour l'instant, le personnel a besoin de préparer le déjeuner, et j'ai peur que nous ne devions leur laisser la place. Nous ferons le glaçage ce soir. Nous resterons tard pour papoter. Ce sera amusant, n'est-ce pas les filles ?

— Absolument, répondirent Rose et Darlene.

Caroline arrêta l'eau chaude et s'essuya les mains sur un torchon.

—Je crois que je commence à avoir la migraine, moi aussi.

Tandis que Ripley endurait les câlins et gratouilles excessivement enthousiastes des enfants, Ryan couvrit Bev de compliments sur ses prouesses culinaires et de questions sur son fils si brillant.

Quand Emily eut rangé l'extrait de vanille dans le cellier, elle retrouva une Bev rayonnante.

—À ce soir au feu de camp ! dit Bev, ravie, en faisant signe à Ryan et à Ripley. Oh ! Tenez, prenez un biscuit. Mais ne vous brûlez pas, il est encore chaud.

—Au revoir, tout le monde. À ce soir !

Ryan fit un clin d'œil à Emily, qui eut un mouvement de recul.

—Quel jeune homme charmant ! Si aimable et poli.

Bev passa son bras sous celui d'Emily et la guida dans l'entrée.

—Il est… euh… (Emily butait sur les mots.) Il est unique en son genre.

—Vous allez bien ? demanda Bev en lui tapotant l'avant-bras.

—Oui. J'aurais simplement aimé ne pas avoir été mariée auparavant. Je suis désolée d'avoir fait une aussi grosse erreur. Je suis désolée d'avoir été une tête brûlée quand j'étais plus jeune.

Au fond d'elle-même, Emily savait qu'elle ne devrait pas s'excuser pour celle qu'elle était et ce qu'elle avait fait avant de rencontrer Grant, mais elle ne pouvait s'en empêcher. Elle ne voulait pas être le genre de personne qui avait déjà été mariée. Elle voulait être fraîche et intacte, capable de se lancer dans ce partenariat permanent sans avoir à le considérer comme son deuxième essai.

— Ce n'est rien, ma chère. C'est du passé, et on ne peut rien y faire, dit Bev, qui semblait résignée et déterminée plus que compatissante et indulgente. Nous faisons tous des erreurs.

— La bonne nouvelle, c'est que mon goût en matière d'hommes a bien évolué, dit Emily. Grant est si attentionné, si réaliste et…

Elle voulait ajouter « fiable », mais elle ne put prononcer le mot en repensant à cette semaine-là, au peu de temps qu'elle l'avait vu, au nombre de fois où il avait juré qu'il « reviendrait dans une minute ».

Bev ne remarqua pas son hésitation.

— Mais je suppose que Ryan et lui ne sont pas si différents, au fond.

— Que voulez-vous dire ? Ryan est un fou.

— Ils ont tous les deux cette étincelle. Cette passion pour ce qu'ils font, dit Bev en regardant Emily avec une intensité soudaine. Et ils vous adorent tous les deux.

Emily ne savait pas quoi dire ni où regarder.

Bev pressa son avant-bras.

— Je trouve cela touchant que Ryan soit venu pour le mariage. Il veut que vous soyez heureuse, même si vous lui avez brisé le cœur.

Faisant tout son possible pour paraître impassible, Emily demanda :

— Comment savez-vous que c'est moi qui ai rompu ?

Bev sourit.

— Sa façon de vous regarder à la fête en votre honneur hier. Je vois ce genre de choses. Je suis une femme qui connaît la vie, vous savez.

Même si la notion que Bev soit une « femme qui connaît la vie » amusait Emily, elle ne pouvait ignorer le fait que les efforts de Ryan pour regagner son attention étaient évidents pour tout le monde.

Pour tout le monde, sauf pour Grant.

Elle s'éclaircit la gorge et poursuivit avec précaution.

— Je ne pense pas qu'il me regarde tant que ça.

— Vous étiez inconsciente, ma chère. Vous ne voyiez rien.

— Non, croyez-moi. Il sort avec des actrices maintenant. Et des mannequins.

— Une mannequin fait peut-être bel effet à son bras, mais elle ne peut pas faire d'une maison un foyer, comme vous, dit Bev, tout sourires. Et vous savez que les hommes n'oublient jamais vraiment leur premier amour. Mais je pense qu'il est vraiment heureux pour Grant et vous. C'est adorable.

Emily leva la main. On pouvait dire beaucoup de choses de Ryan Lassiter, mais il n'était pas, et ne serait jamais, « adorable ».

— Ne laissez pas son chien et ses paroles mielleuses vous berner. Il est rusé, machiavélique et persévérant.

Bev balaya sa remarque.

— Un homme peut avoir beaucoup de facettes. Croyez-moi : on ne connaît jamais vraiment un homme avant de l'épouser.

Emily eut un rire forcé.

— Mais que se passe-t-il si on ne l'apprécie pas une fois qu'on est mariés ?

Bev lui tapota la joue.

— Eh bien, vous n'avez pas à vous en faire cette fois-ci. Vous épousez Grant. Que demander de mieux ?


En retournant vers sa chambre, Emily aperçut Melanie debout à l'autre bout du porche de derrière. Le regard perdu sur la pelouse, elle avait les bras croisés, et sa main droite allait et venait devant sa bouche.

Emily marcha bruyamment sur le plancher en bois, essayant de ne pas surprendre sa future belle-sœur.

— Salut !

Melanie ne se retourna pas.

— Salut ! Désolée d'être partie comme ça. J'avais besoin de quelques secondes de calme et de silence.

— Pas de souci. (Emily marqua une pause.) Je ne savais pas que tu fumais.

— Je ne fume pas.

Emily regarda la main de Melanie, qui était effectivement vide.

— Oh, désolée ! Ta façon de bouger la main, on aurait dit que…

Melanie esquissa un petit sourire.

— Je fais semblant de fumer.

Emily hocha la tête comme si c'était logique.

— Tu fais semblant.

— Oui. Je fumais quand j'étais plus jeune. J'ai arrêté quand je suis tombée enceinte d'Alexis. Mais ça me manque parfois.

Elle fit une pause, leva ses doigts à sa bouche et inspira profondément une goulée d'air frais.

— Alors maintenant, quand les filles sont trop déchaînées ou que ma famille me rend dingue, je refais les mêmes gestes. C'est étonnamment efficace. Ce doit être grâce aux profondes inspirations.

Emily se joignit à elle dans la contemplation de la verdure luxuriante.

— Il faut ce qu'il faut pour tenir.

Melanie laissa échapper un petit rire forcé.

— Dans ces réunions de famille, j'ai besoin d'une pause-fausse cigarette toutes les demi-heures.

— Mais pourquoi ? s'étonna Emily. Ta famille est si… si…

— Folle ? Passive-agressive ?

— Non, merveilleuse ! Toutes ces embrassades, ces recettes de famille, et les chansons autour du piano ! Tu as grandi avec tout ça, alors je suppose que tu y es habituée, mais si tu avais grandi dans ma famille…

Ce fut au tour de Melanie d'avoir l'air perplexe.

— De quoi tu parles ? Ta mère a l'air géniale.

— Ma mère est la réincarnation d'Elizabeth Taylor.

— Oui, mais au moins elle n'a pas peur d'être elle-même.

— Ta mère est tellement… (Emily chercha le bon mot.) maternelle. Si aimante. Et elle a une relation si incroyable avec ses sœurs. Toute cette histoire de pulls lundi, c'est formidable.

Melanie s'esclaffa.

— Toute cette histoire de pulls était destinée à rabaisser ma mère. Et ça a marché.

Emily était bouche bée.

—Non.

—Si. Enfin, regarde ma mère. Elle ne fait visiblement plus la même taille qu'au lycée. Elles ont fait ça pour montrer qu'elles sont bien plus minces qu'elle. Et tu remarqueras qu'elles ont fait en sorte qu'elle ne puisse pas le rendre. Elle doit le garder et avoir ce rappel qu'elle a pris du poids.

Emily entendit presque ses illusions juvéniles se briser.

—Tu en es sûre?

—Mes tantes sont expertes dans l'art d'offrir des cadeaux qui te mettent mal dans ta peau. Elles se perfectionnent depuis des décennies. C'est de la méchanceté pure et dure avec un joli ruban par-dessus.

Emily songea à la crème anticernes.

—Waouh! C'est diabolique.

Melanie prit une longue bouffée sur sa fausse cigarette.

—Oui. Elles sont méchantes avec tout le monde, mais surtout avec maman. Elles font toujours des remarques désobligeantes sur son poids, ses vêtements, sa coiffure ou sa cuisine. Et elles lui ont donné une dizaine de paires de boucles d'oreilles, alors qu'elles savent qu'elle ne s'est jamais fait percer les oreilles.

—Mais pourquoi? Je ne vois pas ta mère offenser qui que ce soit.

—Eh bien, pour commencer, ma mère n'a jamais été sûre d'elle. Mais, depuis que mon père est mort, elle est devenue une sorte de paillasson. Elle n'est pas portée sur les fringues et le maquillage, et c'est une cible facile. Elles savent qu'elle ne les critiquera jamais, alors elles continuent.

Emily secoua la tête.

—Elles semblent si gentilles pourtant.

—C'est pour ça que ce sont des expertes. Elles t'offrent des bougies aux parfums que tu détestes…

—Elles m'ont donné une bougie à la rose pour Noël.

—Oui, et ma mère est allergique aux roses. Coïncidence ? Je ne crois pas. Mes gentilles petites tantes t'offrent des ponchos avec des rayures horizontales, des photos de famille encadrées de voyages qu'elles ont faits sans toi, une batterie pour ton enfant de cinq ans. Quand elles ne gavent pas mes filles de sirop fort en fructose ou de couleurs artificielles, elles me donnent des livres d'éducation sur comment « dompter ses enfants rebelles ».

—C'est horrible. Tes filles sont… (Emily toussa.) adorables.

—Elles agiront de la même façon avec toi, une fois que tu feras officiellement partie de la famille. Ne crois pas qu'elles n'ont pas vu le tatouage sur ton doigt.

Instinctivement, Emily couvrit sa main gauche de la droite.

—Vous n'étiez pas censées voir ça.

Melanie se tourna et souleva le bas de son tee-shirt. Elle avait une petite fleur violette tatouée sur la hanche gauche.

—J'en ai un aussi. Ma mère ne le sait pas.

—Grant le sait ? demanda Emily.

Son fiancé n'avait jamais rien dit sur des tatouages en parlant de sa famille amicale et vieux jeu.

—Oui. Mais ça ne me surprend pas qu'il n'ait rien dit.

—Comment ça?

—Grant voit les choses d'une certaine manière. Il a une certaine image des gens, et il est très bon pour ne pas remarquer les détails qui ne collent pas avec cette image.

—Hmm, marmonna Emily.

—Pour lui, je serai toujours sa gentille petite sœur, et mes tantes auront toujours de bonnes intentions, soupira Melanie. Ce n'est pas sa faute. Il a toujours été obligé d'être le bon garçon parce que j'étais une enfant difficile.

—Toi? J'ai du mal à y croire.

—Fais-moi confiance, j'étais une vraie perturbatrice. Grant devait donc avoir de bonnes notes, être délégué de classe et se distinguer en sport. Il devait rendre mes parents fiers. Et c'est ce qu'il a fait. Avant, je pensais qu'il avait peut-être un côté obscur caché quelque part. Mais non. Il est juste bon, totalement bon.

—C'est vrai, dit Emily en baissant la tête, laissant ses cheveux cacher son visage. Je l'ai su la première fois que nous sommes sortis ensemble. Ce n'est pas juste un mec bien : c'est un homme bon.

—Oui. C'est un homme bon, et j'étais une mauvaise fille, et toute la famille fait comme si cela ne s'était jamais passé, dit Melanie en grimaçant. Il ne faudrait surtout pas que quiconque pense que nous ne sommes pas parfaits. La tradition familiale est très importante, je suis sûre que tu l'as remarqué. Nous sommes obligés de venir ici tous les étés, même si mon pauvre mari passe tout le séjour au lit avec ses allergies. Il passe tous ses jours de congés dans un état misérable, coincé dans une chambre d'hôtel. Parce que, tu sais, c'est la tradition.

Elle vit l'expression d'Emily et se mit à rire.

— Mais ne t'inquiète pas. Tu es la femme parfaite pour mon frère parfait. Vous vous entendrez très bien avec les traditionnalistes.

— Sauf pour le tatouage, dit Emily, l'estomac noué. Et ma famille brisée ; ma mère, mariée en série ; mon premier mariage et ma folle jeunesse.

— Certes. Sauf pour ça.

Emily réfléchit à tout cela un instant.

— Je peux prendre une fausse cigarette avec toi ?

Melanie fit semblant d'allumer un briquet imaginaire.

— Ne te gêne surtout pas.

# Chapitre 16

Le feu de camp commença assez innocemment, les adultes racontant des histoires de fantômes et entonnant des chants en chœur tandis que les enfants faisaient fondre des Chamallows dans les flammes. La nuit étoilée était claire et tranquille, et l'air était empli du parfum piquant et citronné du repoussant à moustiques.

Même Ava et Alexis se tenaient bien, calmées par un flot régulier de sucre et l'harmonie des chants.

Emily appréciait la compagnie de tous et s'abstenait du reste. Chaque fois que quelqu'un lui offrait un gâteau fourré, elle prenait une gorgée d'eau et disait : « Je suis au régime pour la robe jusqu'à samedi. » Chaque fois que quelqu'un demandait : « Où est Grant ? », elle répondait : « Grant a dû retourner en ville pour la journée. »

— Ne t'inquiète pas, lui dit Caroline en lui donnant une petite tape dans le dos. Il reviendra bientôt.

— Je sais. Je t'assure, ça ne me dérange pas. J'essaie de le voir comme Clark Kent, dit-elle en souriant. C'est un mec bien qui se balade dans Metropolis, mais qui est plus heureux quand il met sa cape et sauve le monde.

— Oh! dit Melanie. C'est trop mignon.

— Clark Kent n'avait pas des problèmes relationnels? se demanda Summer à haute voix.

— Ta bouche ne devrait pas être pleine de crackers? rétorqua Emily.

Elle se cala entre ses demoiselles d'honneur et passa la soirée à ignorer Ryan, qui séduisait tour à tour les hommes, femmes et enfants séjournant à l'hôtel. Il racontait des histoires à glacer le sang sur des invasions imaginaires de zombies et d'effondrements réels de célébrités dans un restaurant de Hollywood. Il aidait les enfants à faire griller leurs Chamallows et s'assurait que toutes les grand-tantes et oncles avaient des couvertures pour ne pas avoir froid.

— Ryan est formidable, dit Caroline. Il semble si marrant, si spontané. Je n'arrive pas à croire que vous formiez un couple autrefois. (Elle marqua une pause.) Attends. Ce n'est pas ce que je voulais dire.

Mais c'était trop tard. Les autres femmes enchaînèrent.

— Je n'arrive toujours pas à croire que tu l'aies laissé s'échapper, la gronda Georgia. Mais, même si tu ne te sers plus de lui, il me sera utile. Il m'a promis des passes V.I.P. pour sa prochaine avant-première.

— Il a fait livrer tout un carton de DVD dédicacés au patient de Grant, ajouta Bev. Et il a promis d'emmener le mari de Rose faire un tour dans sa jolie voiture.

— Il est top avec Ava et Alexis, ajouta Melanie.

Summer ne dit rien. Elle se contenta de s'appuyer contre Emily, lui offrant un soutien silencieux.

Emily redressa les épaules et se lança dans une version forte et fausse de la chanson *Le lion est mort ce soir*.

Ryan se joignit immédiatement à elle, sa voix se mêlant parfaitement à la sienne.

*Ignore-le, ignore-le, ignore-le.*

Lorsque Bev proposa *Kumbaya* comme chanson suivante, Summer plongea la main dans la poche de son pull à capuche et en sortit une flasque qu'elle offrit à Georgia.

La nuit avança, les flammes moururent, et les invités commencèrent à regagner l'hôtel.

—La fumée me fait pleurer les yeux, dit Bev, qui réprima un bâillement en se frottant le visage. Je sais que j'ai dit que nous devions décorer les biscuits ce soir, mais nous pourrions peut-être le faire plutôt demain matin.

—Eh bien! dit Rose. Si tu es sûre.

—C'est ton mariage, dit Darlene.

—En fait, c'est celui d'Emily, fit remarquer Summer.

Les trois sœurs l'ignorèrent.

—J'ai des choses de prévues ce soir, de toute façon, dit Georgia. On vient me chercher dans une demi-heure.

—Ce qui explique les chaussures, dit Summer en riant, pointant un doigt sur les stilettos roses à franges de Georgia.

—Quoi? Ce sont mes chaussures de camping, dit Georgia. Elles sont robustes. Et elles ont des franges.

—Oui, on dirait presque Davy Crockett.

Summer prit une autre gorgée dans la flasque et rassembla une brassée de couvertures.

—Mais nous devrons commencer tôt demain matin, prévint Bev. Melanie et moi avons prévu un enterrement de vie de jeune fille pour Emily, et nous voulons avoir le maximum de temps.

—Attendez !

Emily n'osa pas regarder Summer.

—Je croyais qu'il n'y avait pas d'enterrement de vie de jeune fille.

—Oh, ce ne sera pas grand-chose ! dit Bev. Juste une petite fête.

—Y aura-t-il des hommes nus à cette petite fête ? demanda Georgia.

—Mon Dieu, non !

—Je ne me lève pas avant 9 heures s'il n'y a pas d'homme nu, déclara Georgia, avant de retourner à l'hôtel d'une démarche fière, maudissant ses talons qui s'enfonçaient dans la pelouse.

Rose secoua la tête.

—Mon Dieu !

—Ne vous inquiétez pas, Emily, dit Darlene. Nous ne vous tenons pas pour responsable pour votre mère.

—Allez vous coucher, Bev, dit Summer en passant son bras sous celui d'Emily. Nous allons commencer à décorer les biscuits ce soir.

—Je ne sais pas, dit Bev, l'air inquiet. Je pense que ce serait mieux que je sois là pour superviser.

—On s'en sortira, dit Summer de sa voix d'hôtesse la plus autoritaire. Vous nous avez montré la photo et expliqué exactement comment faire le glaçage. Nous allons cuisiner pendant une heure ou deux, et ainsi nous n'aurons pas à nous dépêcher demain.

—Mais je…

— Bonne nuit, insista Summer en souriant. N'oubliez pas : vous êtes la mère du marié et vous devez garder vos forces. Un gros week-end vous attend.

Tandis que Bev retournait à l'hôtel avec Melanie et ses filles, Summer pointa le doigt sur Caroline et Emily.

— Beverly Cardin n'a pas le droit d'organiser ton enterrement de vie de jeune fille.

Caroline tendit les mains, les paumes levées vers le ciel.

— C'est la première fois que j'en entends parler.

— Moi aussi, dit Emily.

— Je suis demoiselle d'honneur. Organiser l'enterrement de vie de jeune fille, c'est mon boulot, dit Summer, dont l'expression se faisait de plus en plus mutine. Très bien. Si elle veut la jouer comme ça, je vais faire une descente dans le placard de Georgia. Je vais trouver une robe à sequins, à imprimé léopard, et très courte.

— S'il te plaît, n'alimente pas les médisances des trois mousquetaires, la supplia Emily avant de se tourner vers Caroline. Eh, j'ai regardé les premiers épisodes de Buffy la nuit dernière.

— Et… ? Tu en as pensé quoi ?

— Je pense que je vais revoir mon point de vue anti-vampires.

— Buffy est une drogue d'initiation.

La voix de Ryan les surprit toutes trois.

— Ensuite, tu regarderas des trucs plus forts. *True Blood*, *L'Ombre du vampire*, *Les Vampires de Salem*…

Emily se retourna brusquement, faisant tomber les paquets de Chamallows vides qu'elle avait ramassés.

— Tu es encore là ?

Dans les ombres projetées par le feu, ses yeux semblaient plus sombres que d'ordinaire. Ses dents blanches et régulières brillaient.

— Je suis toujours là.

— C'est ce que je vois.

Elle se pencha pour ramasser les sachets plastique.

— Eh bien, on ferait bien de se mettre au boulot sur les biscuits !

Summer attrapa Caroline et la tira vers les bois.

— *Adios*, vous deux !

— L'hôtel est de l'autre côté, fit remarquer Ryan.

— Bien sûr !

Summer fit demi-tour et partit avec une Caroline perplexe, qui se demandait : *Mais qu'est-ce qu'elle fait ?*

— Vous êtes les pires demoiselles d'honneur au monde ! s'écria Emily.

Elle écouta un instant le bruissement des brindilles, puis elle accorda toute son attention à Ryan.

— D'accord, dit-elle en écartant les bras. Tu as réussi. Tu m'as coincée ici, toute seule.

— En effet.

Il avait l'air ravi mais nullement surpris.

— Il n'y a que moi, toi et le feu de camp, dit-il en donnant un coup de bâton dans les braises rougeoyantes. La vieille flamme brûle encore.

Elle roula des yeux.

— Où est ton fidèle compagnon ?

— Ripley ? La pauvre petite a eu un trop-plein d'air frais. Elle dort dans ma chambre.

Ils restèrent debout en silence près du feu, regardant la cendre et la flamme se battre dans les braises.

Ryan finit par se baisser pour fouiller dans la dernière boîte de biscuits.

— Prends un gâteau.

Elle le regarda assembler des couches de biscuits, chocolat et Chamallows.

— Je ne peux pas. Si je prends ne serait-ce que deux cents grammes, ma robe de mariée me coupera la circulation.

— Ne sois pas cette fille-là.

Après l'avoir laissée une minute sur les braises, il ramassa la sucrerie et la porta aux lèvres d'Emily. La lueur chaude du feu se reflétait dans ses yeux.

— Prends une bouchée.

Elle le regarda et prit conscience que, d'une manière ou d'une autre, elle allait céder à la tentation ce soir, et le biscuit était de loin le moindre des deux maux.

Elle se pencha donc en avant et mordit dans le gâteau, fermant les yeux pour savourer le croquant du cracker, la douceur collante des Chamallows et la richesse coulante du chocolat. Elle prit une autre bouchée, puis une autre.

Lorsqu'elle ouvrit les yeux, elle le trouva tout près d'elle, la regardant avec une intensité qui lui asséchla la gorge.

Elle déglutit difficilement et posa le reste du gâteau.

— Ça n'a aucune valeur nutritionnelle.

— C'est ce qui fait que c'est si bon.

Il avança encore, les yeux rivés sur sa bouche, et elle sut qu'il allait l'embrasser.

Elle attendit, respirant à peine, et il leva la main pour caresser sa lèvre.

— Tu avais du chocolat, dit-il.

Elle entrouvrit les lèvres malgré elle et, lorsqu'il retira sa main, elle suivit du bout de la langue le chemin qu'avait pris son pouce. Elle goûta la douceur du chocolat, ainsi qu'un soupçon de fumée. Elle goûta le danger. Elle goûta la possibilité.

Elle se força à prendre une gorgée d'eau.

Tandis que le liquide froid lui lavait la bouche, elle recula jusqu'à ce que son talon se cogne contre un rondin. Sans le quitter des yeux, elle croisa les bras.

— Qu'est-ce que tu fais, Ryan ? Je veux le savoir. Qu'essaies-tu d'accomplir, au juste ?

Il cessa d'essayer de l'amadouer et de la charmer. Il prit une voix plus grave, et son expression changea.

— Je te demande si tu m'aimes encore.

Elle ne savait pas quoi répondre, et elle s'accrocha à la seule chose dont elle était certaine.

— Je me marie dans trois jours.

Il haussa les sourcils.

— Et alors ?

— Alors, ce que je ressens pour toi ne compte pas.

— Si, ça compte. C'est la seule chose qui compte.

— Non, Ryan. Non.

Elle inspira fébrilement et serra ses bras plus fort contre sa poitrine.

— Tu ne peux pas te pointer comme ça et m'enlever pour partir dans le soleil couchant. Ce n'est pas comme ça que ça fonctionne dans la vraie vie.

— Tu es une experte de la « vraie vie », maintenant ?

— Oui. Et il y a autre chose : je ne suis plus la fille que tu as épousée. J'ai une vie totalement différente, et beaucoup de responsabilités. J'ai un homme incroyable qui m'aime.

Il avança d'un pas vers elle, les mains dans les poches.

— Tu as deux hommes qui t'aiment. Pour info.

Elle se mit à trembler.

— Si tu m'aimais vraiment, tu ne serais pas là. Tu ne me rendrais pas les choses aussi difficiles. Tu me laisserais avancer seule.

— Pourquoi ferais-je une chose pareille ?

— Parce que… (Elle se tut, l'air grave.) Parce que c'est ce qu'il y a de mieux à faire : partir et laisser la personne que tu aimes être heureuse.

— Je n'abandonne pas, Emily. Je ne l'ai jamais fait et je ne le ferai jamais.

Son ton se durcit, et elle se souvint de la façon dont elle avait fui de chez eux, en claquant la porte au milieu d'une phrase de Ryan.

— Et je te veux. Je t'ai toujours désirée et je te désirerai toujours.

— Tu ne me désires pas. (Elle le suppliait presque désormais.) C'est seulement ce que tu penses.

— Tu as raison. Je pense que nous serons heureux ensemble. Je pense que tu te dois de nous donner une autre chance. Et je pense que, si tu aimais Grant autant que tu le dis, tu ne serais pas là à discuter avec moi. Tu serais lovée dans ton lit, en train de regarder Buffy et de faire l'amour par téléphone avec lui.

—Arrête.

Il continua à avancer vers elle, jusqu'à se trouver si près qu'elle pouvait entendre le craquement de sa veste en cuir.

—Je ne dis pas que Grant n'est pas un homme bien. Mais, pour faire court, ce n'est pas le bon pour toi.

—Comment peux-tu dire ça ? Comment pourrais-tu le savoir ? demanda-t-elle.

Elle avait besoin d'entendre sa réponse, car elle n'en avait pas.

—Il pourra tourner la page. Pas moi.

Elle rit et s'étrangla à la fois.

—Tu vas devoir tourner la page, parce que j'épouse Grant. C'est trop tard pour nous. Des années et des années trop tard.

Il ne discuta pas, se contentant de la dévisager avec intensité, sans ciller.

—Tu l'aimes ?

—Bien sûr que oui.

—Tu l'aimes autant que tu m'aimais ?

Emily ne pouvait répondre. Elle aimait Grant, elle en était certaine. Leur amour était le genre de relation qu'elle avait toujours recherché. Confiance et respect mutuels. Pas de drames, pas de surprises, pas de secrets.

Enfin, presque pas de secrets.

Son amour pour Ryan, en revanche…, avait été dévorant et bouleversant. Des hauts et des bas sans juste milieu heureux. Bonheur et désespoir et cris et sexe, et jamais un moment de clarté.

Elle détourna le regard, leva les yeux vers les percées entre les arbres où l'on apercevait le ciel étoilé et dit :

— Je ne peux pas te comparer à Grant. Vous êtes complètement différents. Et je suis complètement différente de ce que j'étais à l'époque.

Ryan rit doucement.

— Alors tu ne peux plus rien faire d'excitant ?

Elle leva le menton d'un air fier.

— Ce n'est pas ce que j'ai dit.

— De quoi as-tu peur, Emily ?

Sa voix devint un murmure.

— Je n'ai pas peur.

— Alors prouve-le. Je te mets au défi. (Il lui tendit la main.) Allons marcher.

Elle se retourna et courut loin de lui.

# Chapitre 17

Emily s'assit sur le bord du ponton, un pied coincé sous sa jambe, l'autre plongeant et sortant de l'eau fraîche du lac. Elle sentit les planches de bois bouger. Quelqu'un approchait.

— Étrange de te retrouver ici, dit Summer. Je peux me joindre à toi ?

— Je croyais que tu t'étais perdue dans les bois après m'avoir abandonnée.

— C'est le cas. Et j'ai atterri ici. Tu sais que je n'ai aucun sens de l'orientation. Alors, qu'est-ce qu'on fait (Le ponton craqua lorsque Summer s'assit.) à hurler à la lune ?

— On gémit, plutôt, dit Emily en se tournant vers sa meilleure amie. On se connaît depuis longtemps, non ?

— Depuis l'époque des permanentes et des pantalons à pinces, acquiesça Summer.

— Alors tu dois me dire quoi faire.

— À propos de… ?

— Tout.

Emily lui résuma la conversation qu'elle venait d'avoir avec Ryan. Elle omit la partie sur le biscuit. Et les lèvres. Et les papillons dans le ventre.

—Je n'ai pas les idées claires en ce moment. Je n'ai pas les idées claires et je ne vois pas clair, et j'ai besoin que tu me redresses et que tu me dises quoi faire du reste de ma vie.

—Mais aucune pression, fit Summer, impassible.

—Oh si, j'ai la pression ! Une pression temporelle, financière, sociale. Organiser ce mariage, ça m'a vidée. Et voilà que Ryan se pointe, grâce à toi.

—Je te l'ai dit, il m'a piégée. Piégée au *Four Seasons*.

Emily secoua la tête.

—Pourquoi je le laisse m'atteindre ? Je suis décidée. On résout ou on oublie. Pas de remise en question. Alors pourquoi envisagerais-je même… ? commença-t-elle, avant de se dire que ce ne serait pas sage de finir sa phrase. J'épouse Grant ce week-end.

Summer hocha la tête.

—C'est ce que dit le beau carton d'invitation que j'ai reçu.

—J'aime Grant, et il m'aime, et nous sommes bien ensemble, dit-elle en agrippant les planches du ponton des deux mains. Nous sommes parfaits ensemble.

—Mmm, hmm.

—C'est un constat, pas une question.

—Je ne le discute pas.

—C'est une soirée privée ou je peux venir ?

Le ponton bougea encore avec l'arrivée de Caroline. Emily lui fit signe de s'asseoir.

—Vous n'êtes pas censées être en train de décorer des biscuits toutes les deux ?

—Nous t'attendons, dit Summer en prenant un chewing-gum avant d'en tendre un à Caroline. Nous lui disons quoi faire du reste de sa vie.

Caroline regarda Emily.

—Tu décides du reste de ta vie en comité?

—Oui. Mon jugement est défectueux. Surtout quand on parle d'hommes.

—C'est donc à propos de Ryan, dit Caroline.

Emily grogna.

—Est-ce si évident?

—Oui, dit Caroline en levant l'index tandis qu'elle réfléchissait. Voilà ce que je sais: j'ai fait tout ce que j'étais censée faire. Je suis allée dans les bonnes écoles, j'ai décroché un travail bien payé, trouvé une maison dans un quartier prisé, épousé un homme que j'aime.

—Et ta vie est merveilleuse, comme dans un rêve? demanda Emily, pleine d'espoir.

—Non. Je suis… Enfin, tu sais ce que je traverse. Et je peux l'accepter. J'ai fait un choix et je dois vivre avec. Mais tu sais ce que je veux vraiment?

Summer se pencha en avant, les yeux grands ouverts.

—Quoi?

—Je veux ce qu'Andrew et moi avions au début. Les regards, les papillons. Trouver des excuses pour se voir, se toucher. (Caroline soupira.) Ces jours-ci, on se voit à peine. Parfois, je suis coincée dans les bouchons ou j'attends dans la queue au supermarché, et je me dis: «Voilà. Jamais je n'aurai un autre premier baiser. Jamais je ne connaîtrai de nouveau ce sentiment, quand un garçon te prend la main pour la première fois.»

Summer mit la main sur son cœur.

—J'adore ce sentiment.

—Mais c'est à double tranchant, dit Emily. J'ai quitté Ryan pour une bonne raison. Et, maintenant que dix ans se sont écoulés, c'est facile de ne pas s'attarder sur tout ce qui foirait et de se concentrer sur les bons moments. Mais, au final, tous les mariages en arrivent à ce que tu décris. Et si je me remettais avec Ryan et que, dans dix ans, je ne pense qu'à Grant et que je me dise que j'aurais dû rester avec lui ?

—Je tuerais pour un week-end cochon à Las Vegas.

Caroline ne faisait même pas semblant d'écouter les autres.

—Dans un hôtel chic avec de beaux draps, du bon champagne…

—Donc, en gros, tu veux une liaison, dit Summer.

—Une aventure amoureuse, corrigea Caroline. Avec mon mari. Je veux qu'il me voie vraiment. Je ne dis pas que je sais tout de l'amour, Em, mais laisse-moi dire ceci : Ryan te voit. Il est incapable de te quitter des yeux. (Elle marqua une pause.) Et il est chaud comme la braise.

Emily s'esclaffa.

—Caroline !

—Quoi ? Je ne suis pas censée le voir ? Il est sexy. C'est indiscutable.

—C'est vrai, dit Summer. Il ne t'attire pas ?

—Je demande le droit de garder le silence, marmonna Emily.

—Oh, allez, tu peux nous le dire ! insista Caroline. Je viens d'avouer que je veux avoir une liaison avec mon propre mari.

—D'accord, j'avoue : il m'attire. Je deviens toute rouge, et mon petit cœur bat la chamade quand il est là. Et alors ? dit-elle en haussant une épaule.

—Eh bien ! dit Summer en faisant claquer son chewing-gum. Ça doit bien vouloir dire quelque chose.

—Non, ça ne veut rien dire. Ce n'est pas parce qu'il m'attire que nous sommes bons l'un pour l'autre. Ça ne veut pas dire que c'est mon âme sœur. Ça ne veut rien dire.

—Mais tu ne peux pas nier qu'il y a une certaine alchimie entre vous, dit Caroline. On ne peut pas avoir de vraie relation, amoureuse ou amicale, sans alchimie.

—Ha ! Tu sais ce que c'est, l'alchimie ? C'est une combinaison d'hormones et d'illusions qui te possède et te fait faire des choses stupides, comme tatouer le nom d'un mec sur ton doigt, dit Emily en tendant la main gauche. Contemplez le résultat d'une formidable alchimie.

—Waouh ! fit Caroline en tendant le cou pour l'inspecter de plus près. C'est gravé profondément.

—Mais on ne peut plus lire ce qui est écrit, ajouta gentiment Summer. C'est juste une cicatrice.

—Oh, la manucure du spa l'a parfaitement déchiffré. Tout comme Melanie. Et Grant.

—C'est ce que tu penses de toute alchimie ? Ou seulement pour celle que tu as avec Ryan ? voulut savoir Caroline. Parce que j'ai la sensation que Grant et toi aussi avez une certaine alchimie.

—Oui, dit Emily. Mais notre alchimie ne me fait pas perdre le contrôle ou faire des folies. Jamais je ne me ferai tatouer le nom de Grant sur le doigt, et il ne voudrait pas que je le fasse.

—Et c'est une bonne chose ? demanda Summer.

—Une très bonne chose. Grant me donne envie de me surpasser. Il m'aide à me recentrer, il croit en moi.

Summer arrêta de faire claquer son chewing-gum et prit un air sérieux.

—C'est comment, au lit ?

—Je vais faire comme si tu n'avais pas posé la question.

—Alors je te le redemande : c'est comment, au lit ?

—Tu l'as vu : il est brillant, sensible, doué avec ses mains. Tu crois que c'est comment ?

—Je ne sais pas.

Summer plongea la main dans l'eau et éclaboussa Emily.

—C'est pour ça que je te demande.

—Eh bien, c'est génial ! Incroyable. Hallucinant. Sujet suivant ?

—C'est mieux qu'avec Ryan ? insista Caroline, que Summer gratifia de deux pouces levés.

Emily enfouit sa tête entre ses mains.

—Je n'arrive pas à croire que j'ai cette conversation.

—Alors ?

Summer et Caroline attendaient.

—Ryan et moi avions vingt-deux ans. On ne peut pas comparer le sexe à vingt ans et le sexe à trente ans.

—Bien sûr que si. On va t'aider.

— Vous en avez déjà assez fait, dit Emily en se levant, mettant officiellement fin à leur entrevue. Maintenant, arrêtez de penser à ça, et allons faire le glaçage des biscuits.

Mettre du glaçage sur des dizaines de biscuits se révéla encore plus fastidieux (et douloureux) qu'Emily ne l'avait pensé.

— Aïe !

Elle fit une pause après avoir mis des pétales sur une minuscule fleur rose.

— J'ai des crampes aux mains.

— N'y pense pas, conseilla Summer. Ça finira par être insensible, et tu ne sentiras plus tes doigts. Un vrai soulagement.

Caroline abandonna à 22 h 30. Elle posa sa poche à douille en bâillant et en s'excusant.

— Je ne vois même plus droit, dit-elle. Alors faire des toutes petites rosettes sur des tout petits biscuits…

— Vas-y.

Emily la serra dans ses bras et la remercia pour son aide.

— On va les mettre dans des petits sachets cadeaux, c'est ça ? demanda Summer en fronçant les sourcils face à son travail.

— Dans des petits sacs transparents avec des rubans, oui. Pourquoi ?

— Tu devrais songer à prendre des sachets opaques. C'est tout.

Summer prit une spatule en silicone pour mettre du glaçage dans sa poche à douille.

— Ce n'est pas pour rien que je n'ai pas été admise en arts visuels.

— C'est joli, dit Emily.

Le glaçage vert et rose était un peu de travers, mais, après avoir passé des mois à exiger la perfection pour chaque aspect du mariage, elle se rendit compte qu'elle était prête à accepter l'« assez bien » en ce qui concernait les biscuits.

— C'est l'intention qui compte.

— On n'en a fait que… quoi ? Trente ? On va y passer la nuit, dit Summer.

Elles entendirent le cliquetis de talons sur le sol en pierre, puis Georgia pénétra dans la cuisine, vêtue d'une robe dos nu bleu marine, des peignes brillants dans ses cheveux roux.

— Te voilà, Summer ! Je t'ai cherchée partout ! Tu dois te changer et venir avec moi. Allez, tout de suite.

— Où allons-nous ?

— Mon prétendant a un ami, répondit Georgia en enfonçant ses ongles roses dans la manche de Summer. Je lui ai dit que tu serais ravie de te joindre à nous pour un rendez-vous à deux couples.

— Holà, holà, pas si vite.

Summer s'accrocha à sa chaise tandis que Georgia essayait de lui faire lâcher prise.

— C'est qui, ce mec ? Il a quel âge ? Il est comment ?

— Est-ce que ça compte ? C'est juste pour quelques heures.

— Aide-moi, supplia Summer en regardant Emily alors que Georgia l'emmenait.

— Mets ton uniforme de travail, conseilla Emily. Aucun homme ne peut résister à une petite hôtesse de l'air.

— Je veux une nouvelle famille! hurla Summer.

Les portes de la cuisine se refermèrent derrière elle; elle était à la merci des machinations de Georgia.

Emily s'assit, évalua leur progrès et regarda les montagnes de biscuits qui attendaient encore d'être décorés. Elle pourrait abandonner, elle le savait. Bev reprendrait le flambeau le lendemain. Les produits finis seraient plus jolis. Personne ne s'attendait à ce qu'elle s'occupe de tout cela toute seule.

Mais, si elle allait se coucher, elle s'allongerait dans le noir et penserait à toutes les choses auxquelles elle essayait de ne pas penser. Elle ressentirait les sentiments qu'elle ne voulait pas admettre.

Elle reprit donc sa poche à douille et se remit au travail. La cuisine était calme et paisible. Elle entendait le léger bourdonnement des réfrigérateurs et des lumières au plafond. Elle n'était pas obligée de prendre une décision tout de suite. Elle n'était pas obligée de penser. Elle devait seulement faire des petites fleurs roses.

Et c'est ce qu'elle fit. Pendant quarante-cinq minutes. Puis elle fut à court de glaçage et se rendit compte, quand elle voulut en refaire, qu'elle ne savait pas où se trouvait le reste de sucre que Bev avait acheté. Elle avait mal aux mains, son esprit bouillonnait, et elle n'avait plus rien pour les occuper.

Elle regarda son téléphone. Toujours pas d'appel ni de message de Grant.

Elle craqua. Elle se mit à pleurer. Elle était choquée par sa propre réaction, mais elle ne pouvait pas s'arrêter. Un flot de larmes silencieux et régulier roula sur ses joues tandis qu'elle nettoyait la cuisine et se dirigeait vers sa chambre.

En traversant l'entrée de l'hôtel, elle entendit la voix de Ryan sous le porche de devant. Elle savait qu'elle aurait dû passer son chemin. Elle aurait dû battre en retraite, comme elle l'avait fait au feu de camp.

Pourtant, elle ouvrit la grande porte et se dirigea droit sur lui.

Il faisait les cent pas et hurlait dans son téléphone.

— La réception est merdique ici.

Dès qu'il la vit, il raccrocha.

— Eh ! Ça va ?

Elle hocha la tête.

— Je n'ai plus de sucre.

— Et pourquoi ça te fait pleurer ?

Son ton était tendre, indulgent.

Elle enfouit son visage dans ses mains, tout en sachant qu'elle avait l'air ridicule. C'était la caricature de toutes les mariées-monstres histrioniques qu'on voyait à la télé.

Elle était aussi sur le point de faire une autre crise de panique.

Ryan ne dit rien d'autre. Il l'amena sur un grand banc en bois, s'assit à côté d'elle et attendit patiemment tandis qu'elle s'efforçait de retrouver son calme.

Il ne lui demanda pas quel était le problème et comment il pouvait aider. Il se contenta de passer son bras autour d'elle et de la serrer contre lui.

Elle ferma les yeux et le laissa l'étreindre. Elle se sentait totalement en sécurité, et savait que ce sentiment était incroyablement dangereux.

Les nœuds dans son estomac commencèrent à se défaire, et la montée d'adrénaline disparut. Elle retrouva ses esprits et prit conscience de la stridulation des criquets et de la lueur de la lune. Elle sentait le parfum puissant et frais des pins, et un soupçon de…

Elle ouvrit brusquement les yeux.

—Tu portes Drakkar Noir?

Ryan sourit et la pressa rapidement contre lui.

—Tu as remarqué.

—Tu plaisantes? Tu es un adulte. Qui vit à Los Angeles et foule les tapis rouges huppés. Il serait peut-être temps de passer à un parfum qui ne s'achète pas au supermarché… quand on est au collège! dit-elle en riant.

—Quand je foule les tapis rouges, je porte des parfums de créateurs dont je n'arrive même pas à prononcer le nom. Je garde l'artillerie lourde pour toi, dit-il en la serrant contre lui.

—C'est Drakkar Noir, l'artillerie lourde?

—Je sais que tu adores.

C'était vrai. Bon sang! Ce parfum lui évoquait le souvenir parfait de cette nuit où ils s'étaient rencontrés, et de toutes les nuits qui avaient suivi.

Elle se força à s'écarter de lui.

—Tu es maléfique.

—Je suis stratégique, corrigea-t-il.

À en croire son sourire, il savait que la stratégie fonctionnait.

— Et résoudre les problèmes, c'est mon travail. Si tu as besoin de sucre, je vais te trouver du sucre.

— Tu veux vraiment parler de sucre tout de suite ?

— Non, dit-il en lui adressant un regard qui l'obligea à détourner les yeux. Mais tu fais une dépression nerveuse à cause du sucre, alors je suis sur l'affaire du sucre tout de suite.

— Il est presque minuit, fit-elle remarquer. On est au milieu de nulle part.

— J'ai un GPS et une volonté à toute épreuve. Je suis ton homme.

— Ryan, dit-elle en se relevant, tu n'es pas mon homme.

— Il y a une épicerie ouverte vingt-quatre heures sur vingt-quatre à quatre-vingt-dix minutes d'ici. Viens, on y va à moto.

Et, d'un coup, Emily McKellips, comptable raisonnable, fut remplacée par Emily McKellips, conteuse professionnelle.

# Chapitre 18

Emily sut, alors même qu'elle enfilait le casque lisse et brillant, que c'était une mauvaise idée.

Grant voyait la moto d'un mauvais œil. Comme la plupart des médecins. Ils voyaient, aux urgences et au bloc opératoire, le carnage et les blessés qu'elle causait. Emily avait un jour demandé : « Mais ça ne protège pas, de porter un casque ? », et Grant avait ri et expliqué que son équipe qualifiait les casques de moto de « seaux à cerveau ».

« De plus, avait-il ajouté, garder des fonctions cérébrales est un piètre réconfort quand tout le corps en dessous du cou est en morceaux. »

Grant n'aimerait pas l'idée que sa future femme monte sur une moto. Non pas qu'ils en aient déjà discuté ; mais l'Emily qu'il connaissait ne ferait jamais une chose pareille.

Elle resta debout à côté de Ryan, une main posée sur la moto, et elle se dit que c'était sa dernière chance de changer d'avis et de renoncer.

Mais, lorsqu'elle ouvrit la bouche pour expliquer qu'elle ne pouvait pas faire ça, les mots qui en sortirent furent :

— Promets-moi que tu n'iras pas trop vite.

Ryan prit l'air innocent d'un jeune scout.

— Je jure solennellement que je n'irai pas trop vite.

— Et pas de virages en épingle ou d'arrêts brusques.

— Entendu.

— Et si la route est mouillée ou qu'il se met à pleuvoir…

— Tout va bien se passer, dit-il en avançant vers elle pour vérifier que son casque était bien mis. Je ne permettrai pas que tu te blesses, Em. Tu le sais.

— Oui, mais il y a tant de facteurs que tu ne maîtrises pas, soutint-elle. Les nids-de-poule, le brouillard et, je ne sais pas, les taches d'huile qu'on ne voit qu'au dernier moment.

Ryan enfourcha la moto.

— Tu viens ou pas ?

Emily jeta un dernier regard coupable vers *Le Pavillon*, puis elle grimpa derrière lui. Il tourna la clé, et l'engin se mit en marche en grondant. Elle sentait le battement lent et régulier de la puissance du moteur, et, lorsqu'il fit pencher sa moto pour sortir du parking en gravier, elle sut qu'elle devait s'accrocher à lui.

Elle le serra, timidement d'abord, se tenant du bout des doigts à sa veste noire en cuir usé. Puis il accéléra, et elle resserra son étreinte, faisant avancer ses doigts autour de sa taille.

Ryan prit sa main dans la sienne et tira fermement son bras autour de lui. Sa main se glissa sous le rabat de sa veste, contre son tee-shirt doux en coton. Elle sentait ses abdos, fermes et chauds, sous sa paume.

*C'était une mauvaise idée*, pensa-t-elle.

Puis elle arrêta de penser et se mit à apprécier le voyage.

Elle n'entendait rien d'autre que le souffle du vent et le grondement du moteur. Elle ne sentait rien d'autre que le battement de son cœur, la chaleur du dos de Ryan contre elle et l'air frais de la nuit sur ses doigts nus tandis qu'elle s'agrippait à lui. Elle ne se souciait pas d'éventuels nids-de-poule ou d'accidents de voiture dévastateurs.

Entre le temps passé et les histoires horrifiantes de Grant sur les « seaux à cerveaux », elle avait oublié la sensation de liberté indissociable de ces virées en moto. Cette sensation d'immédiateté et la certitude que certaines choses de la vie en valaient la peine. Elle se colla contre Ryan alors qu'il se penchait dans un virage.

Elle l'entourait de ses bras désormais, mais ce n'était ni sexuel ni déplacé. Elle ne faisait que s'accrocher à lui pour un petit moment, pour reconnecter.

Pour se souvenir.

Lorsqu'ils rentrèrent enfin au *Pavillon*, Emily se sentait dynamique, pleine de vitalité. Ryan porta les sacs pleins de sucre à la cuisine pour elle, puis il regarda la recette de Bev.

— Oh, tu n'es pas obligé de rester ! dit-elle en abandonnant l'espoir de recoiffer ses boucles défaites par le vent. Je peux continuer seule.

— Hors de question, dit-il en mettant du sucre dans un verre mesureur. Si tu restes debout toute la nuit, moi aussi.

— Vraiment ? (Elle mesura l'eau et la lui donna.) Tu vas m'aider ?

Il haussa une épaule.

— Comme le dit Val Kilmer dans *Tombstone* : « Je suis ton homme. »

— Mais tu détestes les trucs de fille comme ça.

— Je suis producteur. Ce qui veut dire que je fais ce qui doit être fait, dit-il en allumant le mixeur. Alors, si ce que nous faisons implique du glaçage rose et des paillettes comestibles, passe-moi la poche à douille.

Elle leva un sourcil.

— Tu ne vas même pas faire de commentaire sur les paillettes comestibles ?

Il jeta un coup d'œil dans le grand saladier en inox.

— Pas maintenant. Je suis en mode travail.

— Je vois ça.

Tandis que Ryan confectionnait le glaçage en suivant les informations précises de Bev, Emily préparait les poches à douille.

Il tira une chaise et se mit à décorer les biscuits avec concentration, comme s'il était en salle de montage, imagina-t-elle. Elle essaya de suivre son allure rapide et régulière, mais ses yeux se fermaient, et elle se laissa sommeiller un instant, pour se réveiller en sursaut lorsqu'elle vacilla vers l'avant.

— Désolée.

Elle tendit la main pour prendre sa poche à douille, mais Ryan la saisit avant elle.

— Ne sois pas désolée. Fais une pause, dit-il sur un ton qui ne tolérait aucun refus. Tu fais du travail bâclé quand tu es fatiguée.

Il se leva, trouva une pile de serviettes en tissu dans un placard et les étala sur le plan de travail devant elle.

— Pose ta tête une minute.

C'est ce qu'elle fit ; elle avait l'intention de se reposer les yeux cinq minutes.

Quand elle se réveilla, les lumières étaient éteintes, et la lueur dorée du lever de soleil illuminait la cuisine.

Ryan était parti. Mais la pile de biscuits non décorés avait été remplacée par des tas de sachets enrubannés contenant des petits gâteaux de mariage décorés à l'identique et avec précision.

# Chapitre 19

Emily sauta son footing ce matin-là. Pour la première fois depuis des mois, elle fit la grasse matinée. Son sommeil fut profond et sans rêves, et ne fut brisé que par des coups insistants à sa porte. Elle se réveilla en sursaut.

Elle enfila rapidement sa robe de chambre et entrouvrit la porte. C'était Summer, qui tremblait de colère.

— Une dégustation de glaces ? dit-elle en montrant l'invitation calligraphiée à l'enterrement de vie de jeune fille d'Emily. C'est ça, la grande surprise de Bev ?

— Oh, mon Dieu ! dit Emily en examinant l'invitation en se mordant la lèvre. Mais tu aimes la glace, non ?

— J'aime ça quand je suis en pyjama en train de regarder *Clueless* pour la soixante-treizième fois. Je n'aime pas la glace quand je suis obligée de socialiser avec une brochette de rabat-joie qui ne cessent de me regarder avec pitié et me disent de ne pas m'inquiéter, que ce sera bientôt mon tour.

— Laisse-leur une chance. Ce sera peut-être amusant.

—À moins que les glaces ne soient faites à partir de White Russian, ça va être l'enfer, et on le sait toutes les deux.

—Summer, allez! Sois fair-play. Bev et ses sœurs prévoient ça depuis des semaines.

—J'ai été fair-play. J'ai pris une semaine de congé, j'ai participé au grattage de guitare et aux chansons autour du feu, j'ai acheté une robe qui va à l'encontre de toutes mes règles de style personnelles, avec des nœuds, des pastels, et qui arrive en dessous du genou, et j'ai avalé des sandwichs au concombre. Je suis même allée à un rendez-vous avec mon ex-belle-mère et deux mecs qu'elle connaît à peine.

—Comment ça s'est passé, d'ailleurs? demanda Emily.

Summer était trop énervée pour dévier de sa diatribe.

—Mais les glaces pour un enterrement de vie de jeune fille, c'en est trop. Tu m'entends? On a dépassé les limites.

Elle déchira l'invitation, jeta les morceaux sur le sol et s'éloigna furieusement vers la réception.

Emily enfila un jean et un débardeur, ramassa les morceaux déchirés de l'invitation et suivit son amie en toute hâte. Elle rattrapa Summer sous le porche de devant.

—Ne crise pas, la supplia-t-elle. Je comprends que tu sois sur les nerfs. Je sais que ce n'est pas ton truc. Et franchement j'apprécie profondément tout ce que tu as fait pour moi cette semaine, mais…

—Pas de mais!

Summer écumait de rage, et elle descendit les marches du porche pour se rendre sur la grande pelouse verte.

—Georgia a raison : Bev s'est emparée de ce mariage. Et tu la laisses faire. Qu'est-ce qui cloche chez toi ?

Une famille de canards bifurqua et s'éloigna de Summer en se dandinant.

—Je veux juste que tout le monde soit heureux.

—C'est impossible de contenter tout le monde, décréta Summer. Exemple parfait : moi, tout de suite.

—Je te le revaudrai après le mariage, promit Emily. Ce que tu veux. C'est pour moi. Tu dis où et quand.

—Non ! s'écria Summer en levant le poing. La révolution a commencé. J'exige un enterrement de vie de jeune fille digne de ce nom. Je veux de l'alcool, je veux des mecs et je veux de quoi te faire chanter.

Ripley choisit cet instant pour venir voir pourquoi on criait. Ryan la suivait, laisse en main. Il semblait reposé et détendu, malgré la nuit marathonienne de décoration de biscuits. Dès qu'elle le vit, Emily regretta de ne pas avoir pris le temps de se coiffer et de se maquiller. Ou d'avoir mis un soutien-gorge.

—Quel est le problème ? demanda-t-il en regardant les canards qui fuyaient. Vous faites peur à la faune.

—C'est elle, dit Summer en pointant son pouce vers Emily avec une grimace de dégoût. Elle laisse Bev organiser son enterrement de vie de jeune fille.

—C'est plus une soirée entre filles, répondit Emily. Nous sommes toutes des femmes adultes. Des dames, même. Ce n'est pas une beuverie de sororité.

— C'est une dégustation de glaces, et je ne suis pas une dame, dit Summer, qui semblait au bord des larmes. Ryan, aide-moi. Fais-lui entendre raison.

— J'ai déjà eu ma chance et je n'ai pas réussi, dit Ryan.

Il trouva un bâton sur le sol et le lança à Ripley.

— Mais je peux faire en sorte d'annuler la dégustation de glaces.

— Trop tard, tout est déjà organisé, dit Emily. Bev et ses sœurs en parlent depuis hier.

— Seulement parce qu'elles n'ont rien d'autre d'intéressant en vue.

Ryan sortit son téléphone.

— Je peux arranger ça.

— Je veux de l'alcool, des mecs et de quoi la faire chanter, l'informa Summer.

— Entendu.

— Non, non, non. Je vais devoir mettre mon veto là-dessus, dit Emily.

— Refusé, contra Summer.

— Cela va leur faire de la peine, soutint Emily. Et regarde le temps qui reste. Il faudrait tout réorganiser en seulement quelques heures.

Ses objections semblaient galvaniser Ryan.

— Quelle chance ! Je vis pour les décisions difficiles et les délais impossibles.

— Je ne veux pas d'une grosse production, avertit Emily.

Ryan lui adressa un sourire carnassier.

— Trop tard, bébé. C'est ça, mon créneau.

Rose et Darlene délivrèrent l'ultime cadeau passif-agressif ce midi-là.

—Bonjour, Georgia.

Parées de chapeaux de paille et de chaussures plates, elles se faufilèrent dans le restaurant jusqu'à la table où Emily, Summer, Georgia, Bev et Melanie finissaient leur repas.

—On vous a cherchée partout!

—Oui, minauda Darlene. Nous avons d'abord regardé au bar, évidemment.

Rose sortit une boîte de son grand sac.

—Nous vous avons apporté un cadeau.

—Pour moi? Oh, les filles, vous n'auriez pas dû!

Georgia semblait à la fois flattée et perplexe en acceptant le paquet enrubanné de rose que Darlene lui tendait.

Bev agitait ses doigts autour de sa gorge. Melanie accrocha le regard d'Emily et fit mine d'enfiler un casque sur sa tête.

Georgia attendit d'avoir l'attention de tout le monde, puis elle ouvrit le paquet de manière théâtrale. Elle repoussa les couches de papier blanc pour révéler…

—Des collants?

Elle souleva le tissu magenta avec un sourire hésitant.

—Des bas, corrigea Rose avec douceur. Des bas spéciaux. Nous avons remarqué que vous aviez quelques… euh…

—Taches, poursuivit Darlene.

—Sur vos mollets.

Le sourire de Georgia se mua en un rictus d'horreur.

—Je vous demande pardon?

Mais les tantes demeurèrent légères, insouciantes.

—Nous avons remarqué des varices sur vos jambes hier, murmura Rose.

—Quand vous portiez cette jolie petite minijupe.

Darlene prononça le mot «jolie» avec un peu trop d'insistance.

—Et ces bas sont censés être très bons pour la circulation.

—Nous nous sommes dit que cette couleur vous plairait. Puisque votre personnalité est si vive.

À cet instant, Emily la vit : la lueur malveillante dans les grands yeux bruns de Rose. Le sourire suffisant entre les deux sœurs qui faisaient équipe contre la nouvelle venue qui ne savait pas où était sa place.

Bev leva les yeux au plafond, priant certainement pour une intervention divine. Melanie leva son index et son majeur, et tira sur une cigarette invisible.

Et Georgia… Georgia était sur le point d'exploser.

Elle saisit les bas blessants entre son pouce et son index, et les tint à bout de bras. Puis elle prit une profonde inspiration et se prépara à ouvrir le feu avec l'équivalent verbal d'un fusil d'assaut.

Summer entra en action.

—On y va.

Emily prit Georgia par le bras droit, Summer par le gauche, et Bev les suivit tandis qu'elles se dépêchaient de faire sortir Georgia dans le couloir.

En partant, elles entendirent Rose et Darlene s'écrier :

— Ah, ma foi, je n'en reviens pas ! Il m'a fallu du temps et de la réflexion pour les choisir. Un simple « merci » n'aurait pas été de trop.

— Pff ! Elle est seulement jalouse de ne pas être une des trois mousquetaires. Pas étonnant qu'elle n'ait aucune amie.

— Calme-toi, maman, lui dit Emily. Respire.

— Des bas de contention ?

Le teint de Georgia semblait taché et marbré sous ses couches de poudre, de blush et de fond de teint.

— Des bas de contention ?

— Ils sont roses, dit Summer. C'est fabuleux, non ?

— Les bas de contention, c'est pour les personnes âgées, cracha Georgia. Pour les personnes âgées avec des varices. Pourquoi ne m'ont-elles pas simplement planté un couteau de boucher dans le cœur ?

— Bon Dieu ! dit Bev. Je suis sûre qu'elles ne voulaient pas…

Georgia tourna sur elle-même pour faire face à Bev.

— Comment vous êtes-vous sentie quand elles vous ont offert ce pull trop petit ?

Bev baissa les yeux.

— Je suis sûre que ce n'était pas délibéré.

— Comment vous êtes-vous sentie ?

La voix de Bev était à peine audible.

— Comme si elles m'avaient planté un couteau de boucher dans le cœur.

— Et voilà !

— Bev ? fit la voix de Rose depuis la salle à manger. Bev, ma belle, on a besoin de toi !

— J'arrive.

Bev retourna auprès de ses sœurs.

Georgia se tourna vers Summer et Emily, les sourcils froncés par la colère.

— Permettez-moi de mettre les choses au clair : je ne suis pas vieille.

— On le sait, maman.

— Je suis toujours jeune. Les hommes viennent de loin pour me faire la cour et m'emmener dîner.

— On sait, dit Summer.

— Je ne suis que glamour et élégance. Ma peau est nette et pure. Regardez ! dit-elle en soulevant le bas de sa jupe. Ce sont les jambes d'une fille de vingt ans.

— Tu es splendide, lui assura Emily.

— Un vrai canon, dit Summer.

— Et laissez-moi vous dire une chose, dit-elle en pointant sur elles un ongle rose. J'ai été agréable et conciliante cette semaine, pendant que les « trois mousquetaires » m'en faisaient voir de toutes les couleurs. Certes, je ne suis peut-être pas la matriarche d'une grande famille. Je n'envoie peut-être pas des cartes de Noël chaque année en vantant les réussites de ma famille. Je me suis peut-être mariée quatre fois et n'ai eu qu'un enfant, alors mes opinions ne comptent pas. Mais je suis quand même la mère de la mariée et je mérite un peu de respect.

Summer leva son poing avec solidarité.

— Alléluia, ma sœur.

Emily fit les gros yeux à sa mère.

—Bien sûr que tes opinions comptent.

—Ha! Autant que celles de Bev?

—Oui! Vous avez seulement différents…

—Tu portes la robe de qui? demanda Georgia. La bague de qui? C'est l'hôtel préféré de qui ici?

—De Bev! répondit Summer.

—Exactement. Les Cardin essaient de te débaucher et de t'aspirer dans leur famille. Mais tu étais d'abord ma fille. Toi et moi, Emmy. Nous sommes aussi une famille.

—Euh, coucou! dit Summer en agitant la main. Ne m'oublie pas.

—Et toi aussi.

Georgia tira les deux filles contre elle pour un câlin de groupe au parfum de jasmin.

—Les filles, dit Emily en les serrant plus fort contre elle, je ne change pas d'équipe. C'est juste que… j'ai toujours voulu ça, vous savez? La sécurité, la stabilité et des divertissements sains, où tout le monde s'entend bien.

Georgia eut une grimace de dégoût.

—Berk! Ça a l'air épouvantable.

—N'est-ce pas? dit Summer en riant. Je m'ennuie déjà.

—Maintenant, si vous voulez bien m'excuser, je vais aller trouver un bel homme musclé pour faire du feu afin de pouvoir brûler tout ça.

Georgia mit son cadeau en boule.

—Essaie de ne pas le prendre personnellement, dit Emily. Melanie dit qu'elles sont comme ça. Elles font les méchantes filles avec les autres femmes de la famille avec des cadeaux qui mettent en évidence les défauts de chacune.

—Attends, fit Summer en feignant l'incrédulité. Elles ne sont pas saines et fonctionnelles chaque minute de chaque jour ?

—En fait, tu avais raison, admit-elle. Ça n'existe pas, une famille parfaite.

—Eh bien, c'est un comportement vindicatif ! dit Georgia. Et enfantin. (La ride de colère se creusa entre ses sourcils.) Bev tolère peut-être ces niaiseries, mais pas moi !

—Oh non ! soupira Emily en se massant les tempes. Nous y voilà.

—Cachez les armes à feu, dit Summer.

—Elles ont voulu la guerre et elles l'auront ! s'écria Georgia en agitant les bas roses comme si c'était un étendard. Elle vont maudire le jour où elles s'en sont prises à moi, parce que, croyez-moi, je suis la fille la plus méchante que cette terre ait jamais connue.

# Chapitre 20

— Je ne suis jamais montée dans une limousine.

L'excitation et l'inquiétude se mêlaient dans la voix de Bev. Ryan chassa le chauffeur et ouvrit lui-même la portière.

— Mesdames.

— Dis-moi où nous allons, demanda Georgia qui descendait l'allée en pierre à petits pas jusqu'à la voiture, perchée sur des talons si hauts que ses chevilles se tordaient à chacun de ses pas. Ce suspense est insoutenable.

Ryan la prit par le bras et l'aida à avancer.

— Pas d'inquiétudes ; le champagne devrait vous détendre.

Emily se figea, un pied sur le sol, l'autre dans la limousine.

— Le champagne ?

— J'ai mis une caisse entière dans le minibar. (Il se pencha vers elle pour lui murmurer à l'oreille.) C'est du bon. Ton préféré.

Les femmes montaient dans la limousine l'une après l'autre, et Emily entendait des sifflements et des rires aigus, des bouteilles qu'on ouvrait et le tintement léger des flûtes en cristal qui s'entrechoquaient.

Elle regarda Ryan.

— Tu sais que je ne bois plus de champagne.

— Je me suis dit que tu ferais une exception pour du Dom Pérignon.

Quand elle se retourna, son épaule et son bras nu l'effleurèrent. Elle ne s'était pas rendu compte qu'il était si près.

— Tu as acheté une caisse entière de Dom Pérignon ?

— Pourquoi pas ? Suis un peu, Em, la gronda-t-il. Je ne suis plus un petit assistant de production non rémunéré.

— Mais tu es toujours aussi fou, visiblement.

— Je préfère « spontané ».

Il lui tendit la main pour l'aider à monter dans la voiture. Elle la repoussa et grimpa seule dans la limousine.

— Eh bien, merci ! J'apprécie le mal que tu t'es donné, et je suis sûre que les filles savoureront chaque gorgée. Mais je ne bois pas ce soir.

— Oh que si ! intervint Summer qui s'était matérialisée derrière elle. Si, elle va boire, assura-t-elle à Ryan. Je suis sur le coup.

— J'en suis persuadé.

— Arrêtez de conspirer contre moi, dit Emily, irritée. Vous perdez votre temps.

Ryan se pencha et s'adressa aux passagères.

— Amusez-vous bien. Appelez-moi si vous avez besoin que je paie une caution pour vous sortir de prison.

— Ne vous inquiétez pas, répondit Bev depuis les profondeurs de cet intérieur en cuir noir. Nous allons toutes bien nous tenir.

— Parlez pour vous, marmonna Summer.

— Si elle nous fait jouer au jeu des plaques d'immatriculation, je saute par la fenêtre, dit Georgia.

— Soyez gentilles, vous deux, dit Emily, avant de se retourner vers Ryan. Tu ne viens pas avec nous?

— J'agis seulement en coulisses, dit-il en souriant avant de refermer la portière. De plus, je pense qu'il y aura déjà bien assez de testostérone comme ça.


— Il faut bien accorder ça à Ryan, dit Summer, dont les yeux brillaient d'un mélange de désir et d'émerveillement. Il sait choisir un club de striptease masculin.

— Je vais le tuer, siffla Emily.

Cependant, elle devait admettre que son amie n'avait pas tort. Quand elle pensait à un bar à striptease, elle imaginait un trou miteux et sombre avec de la musique assourdissante et de la fumée de cigarette. Mais la revue exclusivement composée d'hommes nus que Ryan avait sélectionnée tenait plus du club select et raffiné que du strip-club miteux. L'atmosphère était presque semblable à celle d'un spa, calme, pure, et grouillant de beaux hommes élégants à divers stades de nudité.

— Qui aurait cru que de tels lieux existaient? Et juste à côté de la frontière canadienne? se demanda Summer. Comment fait-il?

— Il a des sbires, soupira Emily. Beaucoup de sbires. Et aucune honte.

— Je ne savais pas qu'un homme pouvait avoir un tel physique, s'émerveilla Caroline. On dirait qu'ils font tous partie de l'équipe olympique de natation.

Les mâles musclés et galants se mêlant aux clientes féminines affichaient leurs mâchoires, leurs pommettes, leurs dents blanches et leur peau lisse bronzée à la perfection.

— Quelle méthode d'épilation vous utilisez, les mecs ? demanda Summer. Je dois le savoir.

— C'est comme s'ils n'étaient même pas humains, dit Caroline. Comment peut-on ne pas avoir un seul bouton ? Ni même une tache de rousseur ?

— Très bien, approchez-vous. Vous pourrez toutes vous remettre à baver dans une seconde, dit Summer en faisant signe à toutes de se rassembler. Je veux juste faire une petite annonce rapide. Ryan a appelé avant et s'est arrangé pour que nous ayons toutes un accès libre et illimité au bar.

— Bon Dieu, j'aime ce garçon ! dit Georgia.

— Et nous avons la limousine aussi longtemps que nous le voulons, donc nous ne sommes pas pressées.

Summer renvoya tout le monde, attrapa Emily et se dirigea droit sur le bar.

— Je vais prendre encore cinq verres de champagne. Et toi ?

— Juste de l'eau citronnée, merci.

Summer secoua la tête.

— Inacceptable. Tu es dans un club de striptease.

— Je suis dans un club de striptease avec ma mère et ma future belle-mère.

—Raison de plus pour prendre un verre, dit Summer. On peut faire ça de deux manières, Em : soit tu te prends un verre de ton plein gré et tu profites du buffet d'hommes à disposition, soit je te commande les Quatre Cavaliers et je te les verse dans la gorge.

Emily retint son souffle. Les « Quatre Cavaliers » étaient une série de verres frappés remplis de Johnnie Walker, de Jim Beam, de Jack Daniels et de Jameson.

—Tu n'oserais pas.

—Oh si ! Je l'ai déjà fait. Tu te souviens de ton vingt et unième anniversaire ?

—Non.

Summer hocha la tête.

—À cause des Quatre Cavaliers.

—D'accord, d'accord. Je vais prendre une coupe de champagne.

Summer passa leur commande au barman (qui ressemblait étrangement à Jon Hamm) et s'assit sur une banquette circulaire recouverte de velours, au centre de la pièce.

—Arrête de faire la tête et profite de la vue.

Summer ronronna presque lorsqu'un des hommes lui prit la main, la monta à ses lèvres, puis maintint un contact visuel intense et constant en murmurant :

—Vous êtes magnifique.

Lorsqu'un autre homme s'approcha d'Emily, elle lui fit signe de passer son chemin.

—Ça va, merci. Et je suis fiancée.

—Ça valait le coup d'annuler mon rendez-vous ! dit Georgia en se glissant à leurs côtés avec une flûte de champagne en cristal dans une main et des billets dans l'autre. Venez, les filles, on va s'amuser.

—Impossible, dit Summer en battant des cils pour l'olympien torse nu. Ta fille unique s'est engagée comme agent de répression du divertissement.

Georgia désapprouva.

—Chérie, c'est ton enterrement de vie de jeune fille. Tu n'en auras peut-être pas d'autre avant très longtemps.

—Voire jamais, dit Emily.

—Bien sûr, ma puce. Alors viens et donne l'exemple. C'est ce que voudrait Emily Post.

Georgia lui donna une poignée de billets et commença à s'éloigner vers le fond du club.

Emily resta sur ses positions.

—Maman, je ne vais pas glisser des billets sous des ficelles de string avec toi. Tu m'entends ? Je serais condamnée à des thérapies à vie.

—D'accord, dit Georgia en repoussant ses cheveux en arrière. Si tu veux faire ta prude, je vais devoir retourner seule dans la salle privée.

Emily observa la scène, assumant son rôle d'hôtesse.

—Je vais parler à Bev. Elle ne semble pas s'amuser du tout.

—Cette femme a plus besoin que quiconque d'une lap dance, dit Summer. À part toi, peut-être.

Elles s'approchèrent toutes deux de Bev.

—Bonsoir, Bev. Comment allez-vous ?

—Très bien, ma chère.

Bev se cramponnait des deux mains au bouton du haut de sa blouse, et ses yeux parcouraient sans cesse la pièce, comme si elle ne savait pas où regarder.

— Vous savez, tout ceci est très… charmant, mais je pense que je vais attendre dans la voiture.

— Ne faites pas ça, dit Summer en la conduisant vers le bar. Restez. Asseyez-vous. Vous allez vous habituer dans quelques… Mon Dieu, regardez les abdos de ce mec !

— Non, je vais me retirer, dit Bev qui était devenue très pâle. Vous êtes d'une autre génération, je le sais. Mais les femmes de mon âge ne sont pas habituées à tout cela.

À cet instant précis, Georgia hurla : « Enlève ça ! » à un stripteaseur.

— Ce n'est rien, dit Emily en passant son bras autour de Bev. Vous êtes une vraie dame, et il n'y a rien de mal à ça. Mais je ne veux pas que vous restiez toute seule dans la voiture. Vous savez quoi ? Vous et moi pourrions…

— Venez avec moi.

Georgia se matérialisa à côté de Bev avec un cocktail pétillant rose à la main.

— Où allons-nous ?

Bev avait l'air terrifiée.

— Vous le saurez dans une minute, dit Georgia en enroulant les doigts de Bev autour du verre. Prenez une gorgée. On dirait de la limonade rose, non ?

Emily se tourna vers Summer.

— Ma mère et toi êtes comme des brutes de cour de récré.

— Tu n'as encore rien vu. Après on va taguer les toilettes des filles et terroriser la surveillante remplaçante.

—Par ici, dit Georgia à Bev en la menant vers la salle du fond. J'ai une surprise pour vous.

Emily suivit sa mère en protestant.

—Je ne pense pas que ce soit une bonne idée.

Georgia la repoussa avec son sac de soirée argenté.

—C'est moi la mère, ici. Je décide ce qui est une bonne idée ou non.

—Ça va mal finir, prédit Emily.

—C'est le but, ma puce.


Quelques heures plus tard, elles étaient toutes éméchées et à court de billets.

—Ça, c'est un véritable enterrement de vie de jeune fille, dit Summer, pleinement satisfaite. Même si aucun autre homme ne sera plus jamais à la hauteur pour moi.

—Vous êtes prêtes à partir? demanda Emily.

—Oui, dit Caroline, dont le teint semblait un peu enfiévré. Rentrons avant que les choses dérapent complètement.

Elles étaient toutes sorties du club et s'étaient attroupées dans la limousine lorsque Emily remarqua qu'il manquait quelques personnes.

—Attendez une minute. Où est ma mère? Et où est Bev?

La bouche de Melanie forma un «O» parfait.

—Elles doivent être dans la salle privée.

—Quoi?

Rose et Darlene se bousculèrent presque dans leur précipitation pour annoncer la scandaleuse nouvelle en premier.

— Oui, Emily, ma chère, nous ne voulions pas jouer les trouble-fêtes pour votre soirée spéciale, mais votre mère…

— Dieu la garde !

— … a engagé un imposant homme aux allures nordiques pour harceler sexuellement la pauvre Bev. Je crois que son nom était Sven ?

— Il n'avait pas de tee-shirt, ajouta Rose. Et portait un pantalon très moulant.

Darlene hocha la tête.

— Elle doit être catatonique à présent.

Summer regarda l'heure sur son téléphone.

— Oui, elles sont là-bas depuis un moment maintenant. Elles doivent avoir dépensé une petite fortune.

— Oh, mon Dieu ! Nous devons la sauver, dit Emily en attrapant sa demoiselle d'honneur pour retourner dans le club. On pourrait être à une dégustation de glaces en ce moment.

— Je sais ! C'est pas cent fois mieux ?

Elles durent dépenser encore 50 dollars pour entrer dans la salle privée du club (ou, comme Summer l'appelait, la « salle à champagne »), et Emily se prépara au pire.

Des hommes nus.

Georgia en train de se faire arrêter pour racolage.

Bev en train d'appeler Grant en geignant tandis que Georgia la tenait captive près de l'entrejambe d'un homme.

Pourtant, si elles virent bel et bien une parade d'hommes bien faits et de nombreuses femmes en train de crier de joie, elles ne virent ni Georgia ni Bev.

Puis Summer donna un coup de coude à Emily et lui montra une petite table dans un coin sombre.

—Les voilà.

Emily soupira de soulagement.

—Pas de stripteaseur, pas de traumatisme… (Elle plissa les yeux dans la pénombre.) Mais pourquoi pleurent-elles ?

Quand elles s'approchèrent, Bev se moucha et prit une petite gorgée de son cocktail.

—Je ne savais pas que votre mère était veuve, Emily.

—Deux fois, dit Georgia. La seconde, c'était Walt, je savais que ça allait arriver. Walt était plus âgé et il avait des problèmes de santé. Mais Cal était jeune, dans la fleur de l'âge. Une collision frontale en rentrant du travail un soir.

—Toutes mes condoléances.

Bev ouvrit son sac à main brodé et en sortit une photo de feu son mari.

—Je n'imagine pas à quel point ça doit être horrible, de perdre son mari à vingt ans comme ça, sans prévenir. Mon Stephen est mort l'année dernière. Cancer du pancréas.

—Oh, mon chou, c'est terrible !

Georgia se frotta les yeux, sans se soucier de son maquillage.

—Il est mort trois mois après le diagnostic, dit Bev en caressant la photo du bout des doigts. On prévoyait de faire un voyage pour notre quarantième anniversaire. Une croisière en Alaska.

— La première année est si dure, dit Georgia. Mais après ça devient plus facile.

Bev inspira avec fébrilité.

— Vraiment ?

— Promis. Mais il faut passer par toutes les étapes. D'abord, le choc, puis le tracas de toutes les corvées dont on n'avait jamais eu à s'inquiéter auparavant, quand on avait un homme à la maison.

— Les gouttières ! s'écria Bev. Et balayer les feuilles.

Georgia hocha la tête et avala son verre d'un trait.

— Je me suis dit que j'allais faire une crise nerveuse quand les tuyaux sous l'évier se sont mis à fuir.

— Et les fêtes, soupira Bev.

— La première Saint-Valentin après la mort de Cal, j'ai passé la matinée allongée sur le sol de la salle de bains.

— J'ai pleuré des seaux d'eau à Thanksgiving l'année dernière en épluchant les patates douces, confia Bev. C'étaient les préférées de Stephen.

— Mais vous avez surmonté la première année, toutes les crises, le choc.

Georgia fit signe de partir à un stripteaseur qui approchait.

— Puis la réalité s'installe. C'est là qu'on fait son vrai deuil.

— J'en suis là, dit Bev. J'essaie de rester occupée : j'ai mon club de lecture, mon groupe de bridge, mon cercle de patchwork et mon église. Mais, au final, je rentre seule à la maison.

Georgia tapota ses joues avec une serviette en papier.

— Dans une maison vide.

— Exactement, dit Bev en faisant signe au barman torse nu qu'elle voulait un autre verre. C'est si triste. Même quand je mets la télé, c'est si vide. Et mon Stephen me manque.

— Mon Cal me manque.

Elles se tombèrent dans les bras, en pleurs.

Summer et Emily se regardèrent, puis se tournèrent de nouveau vers les deux femmes.

— Eh bien ! dit enfin Summer. Ta mère et celle de Grant ont fini par se rapprocher.

— Bev boit de l'alcool, murmura Emily. Et ma mère ne regarde même pas les hommes à moitié nus.

Melanie les rejoignit, avec le hoquet, et marmonna :

— Tout va bien ?

Summer leva son pouce en montrant la table de deux.

— Sa mère et ta mère sont sur le point d'aller sur le parking pour s'épancher sur leurs maris défunts.

Bev ne s'arrêtait plus.

— … puis on regarde les autres hommes et on pense : « Comment l'un d'eux pourrait-il rivaliser ? Je préfère être seule pour le restant de mes jours. »

À ces mots, Georgia sortit de sa rêverie larmoyante.

— N'exagérons rien. Tous ne seront pas votre âme sœur, mais ce n'est pas la peine de tous les repousser. Vous savez ce qu'on dit : le meilleur moyen d'oublier un homme est d'en trouver un autre.

—Oh, je ne pourrai jamais! dit Bev en agitant les deux mains. Stephen sera toujours le seul et l'unique pour moi. C'était mon premier petit copain, mon premier baiser…

—Vous n'avez connu qu'un seul homme? De toute votre vie? s'étonna Georgia en posant son verre. Beverly Cardin, il n'y a pas de temps à perdre! Vous devez vous lancer. Dès maintenant. Je vais vous aider.

—C'est gentil de vous proposer, mais je vous assure: je ne suis pas prête.

—Je ne le propose pas, je vous l'ordonne. Vous! fit Georgia en claquant des doigts à l'intention d'un beau jeune homme musclé. Comment vous appelez-vous? Thor? Thor, voici mon amie Bev. Je veux que vous lui fassiez passer un bon moment.

Georgia ouvrit son portefeuille et en sortit une poignée de billets.

Emily intervint avant qu'ils puissent changer de main.

—Eh! Maman! C'est l'heure d'y aller!

—Déjà? demanda Bev.

—On vient juste de commencer, protesta Georgia. Bev a plein de choses à apprendre.

—Désolée, dit Caroline en aidant Bev à se lever. La limousine s'en va.

—Ce n'est pas grave! dit Georgia. On prendra un taxi. Ou, encore mieux, l'un de ces gentils messieurs nous ramènera à l'hôtel.

Summer secoua la tête.

— Ne me force pas à te faire la leçon ce soir comme quoi on ne « monte pas avec des étrangers ». On y va, mesdames. Hop !

— Ces talons sont ridicules. J'ai atrocement mal aux pieds, dit Georgia en prenant les sandales qu'elle avait retirées. Vous pouvez nous laisser encore dix minutes, avec un Advil ?

— Tout de suite.

Les mères cédèrent, non sans soupirer lourdement.

— Voilà deux meilleures amies en herbe, murmura Summer à Emily. Une autre victoire pour Ryan Lassiter.

— Cela n'a rien à voir avec Ryan, répondit Emily. Mais plutôt avec le fait que ma mère a une très mauvaise influence.

— Elle se prend pour une moralisatrice ?

— Tu montes dans le coffre pour rentrer.

— Du moment que tu me donnes une bouteille de champ et une paille, je suis heureuse.

# Chapitre 21

Lorsque la limousine se gara devant l'entrée du *Pavillon*, la moitié des invitées de la soirée n'avaient plus de voix à force d'avoir trop ri et trop chanté *Private Dancer*, de Tina Turner.

Encore et encore et encore.

C'était Bev, qu'Emily n'avait jamais entendue élever la voix, qui chantait le plus fort. À cet instant, elle n'était plus la mère, grand-mère, ni la veuve réservée et raisonnable.

Mais elle était heureuse.

Ryan attendait sur les marches du perron pour aider le chauffeur à faire sortir les passagères, dont la plupart avaient suivi l'exemple de Georgia et retiré leurs chaussures.

— On n'a plus d'alcool, annonça Summer en sortant de la voiture.

— Alors vous avez passé un bon moment ? répondit Ryan.

Summer regarda Caroline, et elles éclatèrent de rire.

— Je vais prendre ça pour un oui.

Il passa un bras autour de Georgia, l'autre autour de Bev, et les aida à monter les marches à bras-le-corps.

— Ryan ! Quel gentleman ! s'écria Bev en lui claquant une bise sur la joue. En parlant de gentleman, attendez de savoir ce qu'on a fait ce soir. Georgia et moi avons rencontré un jeune homme fringant nommé Sven, et il…

— Un peu de discrétion, s'il vous plaît, intervint Georgia. Une dame ne révèle pas ses secrets d'alcôve.

— Pff ! Ne parlez pas de ce que fait ou ne fait pas une dame, s'exclama Rose d'un air hautain.

— Nous avons essayé de les en empêcher, intervint à son tour Darlene. Mais on ne peut arrêter quelqu'un qui n'a aucune honte.

— Bonne nuit, dit Ryan en les confiant au concierge, qui regardait Bev avec un mélange d'amusement et de stupéfaction. À demain matin, au petit déjeuner.

— Nous ferons la grasse matinée, dit Georgia en se jetant dans les bras du concierge. Brad chéri ! Comment allez-vous ? Voudriez-vous prendre un dernier verre avec nous ?

— Excellente idée ! s'exclama Summer.

Caroline et les autres poussèrent des cris de joie, et elles se précipitèrent à l'intérieur en riant et en envoyant des baisers à Ryan au passage.

— Emily ! s'écria Melanie en lui tenant la porte. Tu as le meilleur ex-mari du monde !

Emily leur fit signe jusqu'à ce que la porte se referme derrière elles, les laissant, Ryan et elle, seuls dans le noir. Dans la nuit ne résonnaient que les chants des criquets et le clapotis du lac contre le rivage.

Elle ne distinguait pas son visage dans l'ombre des pins, mais elle entendit son sourire dans sa voix.

—Tu es rentrée.

—Oui.

—Vous vous êtes toutes amusées.

—Certaines plus que d'autres.

—Tu as bu du champagne.

—Un demi-verre, dit-elle en penchant la tête. Comment le sais-tu ?

Il ne lui répondit pas. Il attendit qu'elle enlève ses lourdes boucles d'oreilles et admette :

—C'était le parfait enterrement de vie de jeune fille. Tu as accompli l'impossible. J'ai transgressé toutes mes règles à cause de toi. Ma mère et celle de Grant se sont même rapprochées. Content ?

—Pas encore.

Elle leva les mains, sur la défensive, même s'il n'avait pas avancé.

—Nous avons passé une bonne soirée. Restons-en là, ne gâchons pas tout avec… Tu sais.

Il laissa ses mots s'étendre entre eux.

—Je sais, oui.

Une lueur d'argent attira son œil dans le clair de lune. L'épaisse bague à tête de mort sur sa main gauche. Lorsqu'il remarqua qu'elle la regardait, il plongea sa main dans sa poche.

—Pourquoi l'as-tu toujours ? demanda-t-elle, sachant qu'il savait qu'elle parlait du tatouage. J'étais persuadée que tu l'aurais fait enlever, par tous les moyens nécessaires.

—J'ai essayé.

Pour une fois, il ne la regardait pas.

—Je suis allé trois fois à la clinique. La première fois, je suis allé jusqu'à la salle d'attente ; la deuxième fois, j'ai atteint la salle d'examen. Mais, au final, je n'ai pas pu le faire, dit-il en riant doucement. Et cela m'a mis encore plus en colère contre toi.

—C'était notre spécialité. Se rendre dingues l'un l'autre. C'est pour ça que je suis partie, Ryan.

Il secoua la tête.

—Tu es partie parce que tu pensais que je n'étais pas assez bien pour toi. Et, toutes ces années, en Californie, je n'ai cessé de penser qu'un jour je te retrouverai. Je te retrouverai et je te montrerai qui j'étais, ce que j'avais fait. Puis j'ai vu Summer sur ce vol pour New York, et j'ai su que je devais agir. C'était maintenant ou jamais.

Le cœur d'Emily se serra en entendant la douleur et les reproches dans sa voix.

—Je ne suis pas partie parce que je pensais que tu n'étais pas assez bien pour moi.

—Alors pourquoi ?

—C'est juste que nous…, essaya-t-elle d'expliquer, autant pour elle-même que pour lui. Ce n'était pas le bon moment. Nous étions si jeunes, si passionnés par tout. Nous n'étions pas prêts.

—Et maintenant ?

—Maintenant, je suis sur le point de me marier.

Un vent froid leur arriva du lac, la faisant frissonner. Puis tout s'immobilisa à l'exception du bruit d'une voiture passant au loin.

—Si on était dans un de tes films, dit-elle, ce serait le moment où le tueur fou sortirait des bois en courant pour nous démembrer avec sa hache.

Il y eut un bruit de jet d'eau derrière elle. Les arroseurs automatiques se mirent en marche dans un gargouillis, les trempant tous deux dans une douche d'eau glacée.

Elle cria et se retourna pour courir vers l'hôtel, mais Ryan la rattrapa, la prit par la main et bifurqua pour aller droit sur les arroseurs.

—Qu'est-ce que tu fais ?

L'eau l'entourait déjà, et elle sentit ses sens s'aiguiser. Son cœur battait à grands coups dans sa poitrine, tandis que sa peau absorbait l'eau et que ses sandales patinaient sur l'herbe devenue glissante.

—On va être trempés.

—On est déjà trempés.

Les cheveux d'Emily étaient plaqués contre ses joues, et ses talons fins se plantaient dans le sol.

—Attends.

Elle se tint à son bras d'une main, tandis que, de l'autre, elle retirait ses chaussures. Pieds nus, ruisselante, elle eut l'envie soudaine d'écarter les bras et de tourner sur elle-même comme une enfant.

C'est ce qu'elle fit. Elle fit un tour complet, puis son pied glissa. Elle tomba et se retint sur les paumes, mais le bas de sa robe neuve en soie se coinça entre ses genoux et la boue.

Emily se mit à rire et s'assit, abîmant également l'arrière de sa robe. Elle rit jusqu'à en avoir mal à la poitrine, et ses larmes se mêlèrent à la bruine des arroseurs.

Ryan l'observait en secouant la tête.

—Combien de coupes de champagne tu as bues?

—Je te l'ai dit, un demi-verre, répondit-elle. Je ne suis pas bourrée. Je suis juste… Je suis juste…

Elle ne pouvait pas s'empêcher de rire. Elle ne pouvait pas s'empêcher de pleurer.

Les arroseurs s'éteignirent aussi brusquement qu'ils s'étaient allumés, et, dans l'accalmie qui suivit, elle se rendit compte à quel point elle semblait hystérique.

Elle se sentait gaie et terrifiée et libre et vivante. Pour la première fois depuis longtemps, elle ne pouvait dissocier son cœur et son esprit.

—Debout, dit Ryan en l'attrapant par les coudes pour l'aider à se relever. Je sais de quoi tu as besoin.

Il l'emmena vers le lac, où se reflétait, sur les vaguelettes argentées, l'énorme lune blanche.

—Où allons-nous?

—À l'eau.

Il s'arrêta sur la plage pour retirer ses chaussures et ses chaussettes.

Elle fit tomber ses sandales à côté de ses tennis, remuant les orteils dans le sable qui recouvrait les brins d'herbe sur ses pieds.

—Je ne prends pas de bain de minuit avec toi, le prévint-elle.

—Personne ne t'a demandé d'enlever tes vêtements.

Oh!

Bien.

—C'est insensé, dit-elle, hésitante au bord de l'eau. On n'est plus au lycée.

—Mais on n'est pas encore morts, non plus.

Il avança dans le lac en retirant son tee-shirt.

Elle pataugea dans l'eau à son tour, essayant de se concentrer sur les étoiles, le ciel… Sur n'importe quoi, excepté la peau nue de ses épaules et de son dos.

Lorsqu'elle eut de l'eau jusqu'à mi-mollet, elle s'arrêta, ajustant sa jupe autour de ses genoux.

Ryan avançait encore, sans se retourner.

—Qu'est-ce que tu attends ?

—Je ne sais pas.

Elle baissa les yeux vers l'eau noire. Plus elle avançait, moins elle y voyait clair. Pourtant, elle avança d'un pas. Elle effleura quelque chose de visqueux du pied et frissonna.

—J'espère qu'il n'y a pas de sangsues là-dedans.

—J'en doute. Mais ça me rappelle un tournage en Caroline du Nord. On s'installait pour une scène à côté de cette mare connue pour ses énormes serpents d'eau, et…

—Je t'interdis de raconter la suite de l'histoire.

Il arrêta de parler, elle fit de même et, instinctivement, alors que l'eau immergeait ses cuisses, puis sa taille, puis sa poitrine, elle s'approcha de lui.

Elle ne savait pas ce qui représentait la plus grande menace : les sangsues assoiffées de sang, les serpents d'eau, ou un ex-mari charmant et persévérant.

—D'accord.

Ryan s'arrêta. Elle avait de l'eau jusqu'aux épaules. Elle regarda autour d'elle.

—On fait quoi maintenant ?

—Maintenant, on se détend.

Il inspira lentement et laissa son corps se relâcher jusqu'à ce qu'il flotte sous la lune.

Elle fronça les sourcils.

— C'est tout ?

— Essaie, dit-il.

Elle suivit son conseil. Elle laissa ses muscles se décontracter, un par un, jusqu'à couler jusqu'au menton. Là, les forces naturelles de son corps prirent le contrôle, la maintenant à la surface de l'eau sous les étoiles.

Distraitement, elle se dit que l'eau était froide et qu'elle allait certainement attraper une pneumonie et que ce serait dommage d'être malade le jour de son mariage et blablabla. Puis une sensation de tranquillité l'envahit.

Elle aurait aimé pouvoir rester là pour l'éternité, suspendue entre ciel et terre. Entre le célibat et le mariage.

Entre Ryan et Grant.

Pourtant, si Grant était une ancre, Ryan était une bouée, et elle ne pouvait avoir les deux. Elle ne pouvait à la fois flotter à la surface et rester attachée au sable.

Soudain, un tiraillement sur le haut de sa tête l'arracha de son moment de relaxation.

— Aïe !

Elle essaya de reposer les pieds au fond de l'eau, mais elle ne parvenait pas à sortir la tête de l'eau. Ses boucles s'étaient emmêlées dans une corde délimitant la zone de baignade de l'hôtel. Chaque fois qu'elle essayait de se redresser, ses cheveux la retenaient.

—Un peu d'aide, s'il te plaît, demanda-t-elle à Ryan, qui nagea immédiatement dans sa direction.

Il se mit debout et analysa la situation.

—Waouh! Tu es bien encordée, comme une pouliche devant un saloon.

—Merci pour la comparaison. Tu peux me sortir de là, s'il te plaît?

—Dans une seconde.

Il la dévisagea, mais n'esquissa aucun geste pour la libérer.

—Quoi? Il va falloir me couper les cheveux? demanda-t-elle. Encore? Summer me les a déjà coupés ce matin.

—Non, je peux te libérer.

—Bon, alors? dit-elle en agitant les bras. Vas-y.

—Je veux d'abord que tu répondes à une question pour moi.

—Tu es sérieux? Tu vas me faire un quiz alors que je suis coincée, sur le point de me noyer?

—On est dans un mètre cinquante d'eau, fit-il remarquer. Et je préfère appeler ça un échange amical d'informations.

—Rien à foutre.

Elle redoubla d'efforts pour se libérer, mais, comme elle ne voyait pas ce qu'elle faisait, elle s'emmêla encore plus, et cela commença à lui arracher les cheveux.

—Aïe!

—Je vais t'aider, dit-il sur un ton à la fois apaisant et amusé. Mais tu dois m'aider d'abord.

—C'est pour ça que ça n'a pas marché entre nous, tu sais. Le mariage n'est pas une transaction impliquant manigances, négociations, et la volonté de faire accepter tout ce qu'on veut.

—Bien sûr que si, répondit-il. C'est un contrat légal.

—Pas en ce qui concerne l'amour. L'amour est altruiste et généreux, et… et… non soumis à des termes et conditions.

—C'est noté.

Il demeura immobile, patient.

—D'accord, dit-elle en serrant les dents, levant les yeux vers les étoiles. Qu'est-ce que tu veux savoir ?

—Qu'est-ce que tu trouves à Grant ?

Elle se débattit si vivement qu'elle faillit s'arracher un morceau de cuir chevelu. Mais cela lui donna du temps pour réfléchir à sa réponse.

—Je vais te dire ce que je lui trouve : tout. Il est doux, intelligent, fort et respectable. Il est aimant, attentionné, sentimental et romantique. Il est beau, élégant, courtois et…

Ryan l'interrompit en levant les yeux au ciel.

—Tu es fiancée à un homme, on est d'accord, pas à un dictionnaire des qualificatifs ?

—Il sauve des vies, Ryan. Et il m'a sauvée.

—De quoi ? la défia-t-il.

*De moi-même*, voulut-elle répondre, mais elle s'arrêta à temps.

—Il m'a empêchée de faire une autre bêtise. De ne pas passer ma vie avec le bon.

Elle avait enfin trouvé une faille dans son apparence calme et décontractée. Son expression changea durant l'espace d'une seconde avant qu'il enchaîne.

— Qu'est-ce que tu me trouvais ?

— Tu as dit une question.

— C'est une question en deux parties.

Son sourire, d'ordinaire si brillant et insouciant, s'était assombri.

— Qu'est-ce que tu me trouvais ?

— Je ne sais pas, dit-elle lentement. Entre nous, ce n'était pas comme ça. C'était une question de sensations. De s'emboîter parfaitement.

— On s'emboîtait parfaitement, c'est vrai.

Elle ignora le sous-entendu sexuel et ramena la conversation sur un terrain sûr.

— Quand j'avais vingt-deux ans, je n'avais pas de check-list pour évaluer mes partenaires potentiels.

— Et tu en as une maintenant ?

— Bien sûr. J'ai fait une fiche sur Excel. Pour de vrai.

— Tu as donc beaucoup de règles.

Il tendit la main et se mit à démêler ses cheveux.

Elle ferma les yeux tandis qu'il passait ses doigts dans ses boucles pour les trier. Ce faisant, il effleurait sa joue. Puis, quand elle fut libre, il recula et annonça :

— Moi aussi, j'ai des règles, tu sais.

Elle se redressa, essora ses cheveux et sourit.

— Des règles pour choisir entre toutes tes actrices et mannequins ?

— Ça oui. C'est obligatoire. Les règles de fréquentation sont très strictes à Hollywood. Tu n'as jamais vu *Swingers* ?

— Très bien. C'est quoi les règles ?

— Il faut entretenir la communication à un ratio de deux pour un.

Elle cligna des yeux.

— Je ne suis pas.

— Si j'envoie un message à une femme, elle doit m'en envoyer deux avant que je lui réponde, expliqua Ryan. Si je l'appelle deux fois, elle doit m'appeler quatre fois avant que je rappelle. Si je…

— C'est consternant.

Il haussa les épaules.

— Le jeu est détestable, pas le joueur.

— C'est si antagoniste. C'est une torture psychologique.

Elle savait qu'il la taquinait, mais elle était tout de même scandalisée.

— Si un mec essayait ça avec moi, je le quitterais.

— Je n'essaierai jamais ça avec toi.

— Je n'arrive pas à croire que tu aies un ratio de fréquentation. Le Ryan Lassiter que je connaissais n'aurait jamais fait ça.

Bien sûr, l'Emily McKellips qu'il connaissait couchait avec un mec sexy le premier soir. Quinze minutes après l'avoir rencontré.

— Ouais, eh bien, après que ma femme m'a quitté, beaucoup de choses ont changé. (Sa voix devint plus rêche.) Mais certaines choses n'ont pas changé. Laisse-moi te demander quelque chose. Si Grant est si fantastique, pourquoi n'est-il pas là ?

— Il revient demain matin, dit Emily, sur la défensive. Il donne de nouveaux poumons à l'un de ses patients. C'est littéralement une question de vie ou de mort.

— Alors il t'a laissée ici toute seule avec ta famille de dingues et sa famille de dingues, et ton ex-mari qui est toujours amoureux de toi ?

Emily ouvrit la bouche pour protester, mais Ryan l'interrompit.

— Je me fiche qu'il soit intelligent, respectable et brillant. Le fait est que c'est un moment critique et que je suis là, et pas lui.

— C'est juste la cérémonie du mariage, répliqua Emily. C'est l'union réelle qui compte. La cérémonie, c'est juste une fête.

— Mais c'est ta cérémonie de mariage. Dans trente-six heures. Alors pourquoi passes-tu la soirée avec moi et non avec lui ?

— Ça suffit, Ryan. Ce n'est pas un débat. Tu ne me feras pas dire oui là-dessus.

— Ça suffit, répéta-t-il.

— Oui, ça suffit. C'est trop tard. Nous devons arrêter ce que nous faisons là, quoi que ça puisse être.

Elle repoussa une mèche de cheveux détrempée qui lui tombait dans les yeux et adopta le ton professionnel et détaché qu'elle utilisait avec les clients difficiles.

— Je te demande de partir, s'il te plaît.

— Mais nous…

— Au revoir, Ryan.

Avant qu'il puisse répondre, elle se retourna et s'éloigna dans un flot d'éclaboussures pour retrouver la sécurité de la plage. Elle laissa ses chaussures sur le sable et partit en courant vers *Le Pavillon*.

Ryan n'essaya pas de la suivre. Il la laissa partir, et elle ne se retourna pas. Toutefois, elle sentit le lien entre eux s'étirer et se renforcer, attirant son cœur comme la marée.

# Chapitre 22

Nue et tremblante, Emily s'emmitoufla dans sa robe de chambre douillette et se regarda dans le miroir de sa chambre d'hôtel. Ses joues étaient pâles et ses yeux fiévreusement brillants.

Elle se laissa tomber au sol, le dos contre le mur, tout en composant un numéro sur son portable. Elle retint son souffle. Une sonnerie…, deux…

—Allô ?

Grant semblait fatigué, content, et incroyablement loin. Elle attrapa le chambranle de la porte et se remit debout.

—Dieu merci, tu as décroché !

—Tu as choisi le moment parfait. Je suis sur le point de retourner au bloc. Je sais que j'étais censé avoir fini, mais… c'est une longue histoire.

—Je suis si contente d'entendre ta voix.

Elle marcha vers le lit, chancelante, ressentant à la fois un sentiment de soulagement et de culpabilité.

—Qu'y a-t-il ? Tu as l'air contrariée.

—C'est juste que… j'ai besoin que tu sois là. (Elle s'éclaircit la gorge.) J'ai besoin de toi.

—Je sais… Toute cette histoire de mariage, c'est de la folie.

Elle entendait l'agitation de l'hôpital à l'autre bout du fil et sut qu'il ne l'écoutait qu'à moitié.

— Comment ça se passe ?

— Eh bien…, je suis allée nager ce soir, dit-elle avant de prendre une profonde inspiration. Avec Ryan.

Il rit.

— Tu dis ça comme si c'était une chose horrible.

Elle enfonça ses ongles dans sa paume et essaya d'être honnête. Avec Grant, et avec elle-même.

— Je pense que c'était déplacé.

Elle entendit davantage d'agitation de son côté. Puis il demanda :

— Vous preniez un bain de minuit ?

— Non. J'étais même tout habillée.

— Alors où est le problème ? Je comprends que tu as des ex, Em. Ce n'est pas grave. Je te fais confiance.

Elle ramena ses genoux contre sa poitrine.

— S'il te plaît, reviens.

— Tout de suite ?

— Oui. Ce soir, dit-elle en penchant la tête, pressant son front contre les petites bosses du tissu éponge. S'il te plaît.

— Calme-toi. Je rentre, mon ange. Promis.

— D'accord.

Elle revenait peu à peu à la réalité.

— D'accord, répéta-t-elle.

Il attendit une seconde.

— Dès que possible. Dès que j'ai fini ici, je prends la voiture.

— Ce soir ? insista-t-elle, détestant son ton plaintif.

— Je t'aime, mon ange.

Elle le laissa raccrocher et enfila une nuisette en soie bleue. Après trois épisodes de Buffy, elle rappela Grant. Il ne répondit pas, et elle ne laissa pas de message. Il serait là. À tout instant, elle entendrait sa clé dans la serrure. En attendant, elle guetta le grondement du moteur de la voiture de Ryan sur le parking. Une fois qu'il serait parti, la vie reprendrait son cours normal. Elle redeviendrait normale. Elle attendit qu'il parte. Mais tout ce qu'elle perçut fut un petit « ouaf » étouffé.

# Chapitre 23

Emily dormit jusqu'à 7 heures, courut difficilement trois kilomètres sur les cinq prévus, puis se rendit à la chambre de Summer et frappa à la porte jusqu'à ce qu'elle entende des signes de vie.

Summer ouvrit avec l'attitude et l'allure d'un opossum coincé dans une poubelle. Elle regarda Emily, les yeux à demi fermés.

— Ça a intérêt à être bon.

— Debout ! Allons prendre un café.

— Reviens dans cinq heures.

Summer commença à fermer la porte, mais quelque chose dans l'expression d'Emily l'arrêta.

— Que se passe-t-il ?

— Oh, rien ! dit Emily en s'appuyant contre l'encadrement de la porte. J'avais juste envie de parler.

Summer adopta le même air de désinvolture exagérée.

— De quelque chose en particulier ?

— Pas vraiment. Juste du fait que j'ai peur de faire la plus grosse erreur de ma vie.

— Oh ! dit Summer en se frottant les yeux. Rien que ça !

— Ouais. Tu vois, comme d'hab.

—Entre, dit Emily en la laissant passer. Mais, avant de commencer, j'appelle le service d'étage et je commande des gaufres, une pataugeoire de jus d'orange et quatre croissants.

—Laisse-moi faire.

Emily décrocha le téléphone et commanda en demandant à ce que la note soit mise sur son compte, sans oublier de commander une omelette blanche pour elle-même.

—Une omelette blanche, se moqua Summer en allumant la machine à café. Combien de fois dois-je te dire que tu ne peux pas traverser une crise existentielle avec seulement des protéines maigres ? Tu as besoin de sucres lents.

—Ryan m'a déjà gavée de biscuits et d'alcool, dit Emily. Ma discipline personnelle a été anéantie. Plus de beurre, ce n'est pas la réponse.

—Le beurre, c'est toujours la réponse.

Elles s'installèrent sur le petit porche de la suite de Summer, emmitouflées dans les couvertures pour se protéger de la brume venant du lac. La brise matinale sentait l'herbe mouillée de rosée et les feux de camp mourants.

Juste après avoir reçu la commande du service d'étage, Emily remarqua une femme en anorak rouge marchant énergiquement sur le chemin de terre, en direction de la plage.

—Caroline ! appela-t-elle en levant le bras.

Caroline vint vers elle en trottinant, l'air frais et énergique.

— Bonjour, mesdemoiselles. Vous êtes bien matinales.

— Toi aussi, dit Summer avant de prendre une gorgée de jus d'orange. Argh, j'ai encore mal à la gorge d'avoir tant chanté hier soir.

— Je vais faire un petit tour du lac. Vous voulez venir ?

Emily réfléchit un instant. Pas Summer.

— Qu'est-ce que vous avez avec les omelettes blanches et le cardio ? On est en vacances !

— Faire de l'exercice, c'est un excellent régime détox, dit Caroline.

— Ce n'est pas le moment de faire un régime détox. On doit soigner notre gueule de bois. Bon Dieu ! Je ne peux pas gérer autant de conneries de bon matin. Vous deux : asseyez-vous et mangez des gaufres, dit Summer en ouvrant la porte moustiquaire du porche pour Caroline. Et enlève ce coupe-vent. Ça me fait mal aux yeux.

— Mais…

— Discute avec moi, et je te ferai bouffer ce croissant de force.

— Elle ne bluffe pas, dit Emily. Fais ce qu'elle dit.

Caroline céda avec une étonnante rapidité. Elle ouvrit la fermeture Éclair de sa veste cramoisie, attrapa un coussin sur le canapé en rotin et se pelotonna sur le sol.

— Qu'est-ce que tu bois ? demanda-t-elle à Emily.

— Un Earl Grey. Pur.

— On tape dans l'alcool fort, hein ?

—L'eau chaude est juste là. Et les sachets de thé datant des années 1990 sont à côté, dit Emily en montrant la bouilloire d'un signe de tête.

Summer tapota la cheville d'Emily.

—Alors, qu'est-ce qui ne va pas, choupette? Dis-nous ce que tu as sur le cœur. J'espère que ça vaut la peine de m'avoir réveillée.

—Eh bien…

Emily se laissa tomber sur le côté jusqu'à ce que sa joue soit plaquée contre l'accoudoir du sofa en osier.

—J'ai eu une longue conversation avec Ryan la nuit dernière pendant que vous autres faisiez la fermeture du bar.

—Et…? demanda Summer. Il t'a fait un petit striptease? Tu as pu dévorer ses tablettes de chocolat?

Emily prit Caroline à témoin tandis qu'elle s'installait dans un fauteuil avec une tasse en plastique et un petit sachet de thé au citron.

—Tu vois ce que je dois supporter?

Caroline semblait captivée.

—On attend, dit-elle. Tu as dévoré ses tablettes?

—Bien sûr que non! s'écria-t-elle en levant la main gauche pour leur montrer sa bague. Pour l'amour du ciel, je suis fiancée!

—C'est ce que tu n'arrêtes pas de dire.

Emily ne voulait pas s'engager sur ce terrain, mais les vannes étaient ouvertes.

—Cela aurait peut-être été plus facile s'il avait arraché mes vêtements, en vérité. Mais il n'a fait que parler.

Summer tira la langue.

—Nul.

—Et ce qu'il y a, c'est que…

Emily prit sa tasse chaude entre ses deux mains.

—Quoi ? dirent en chœur Summer et Caroline. Qu'est-ce qu'il y a ?

Elle ne pouvait avouer la suite avant d'avoir pris un morceau de croissant.

—Ce qu'il y a, c'est que j'avais oublié. J'avais oublié combien je l'aimais.

Summer se tourna vers Caroline et lui expliqua :

—Pense à Bella et à Edward de *Twilight*, et monte de quelques crans.

Caroline écarquilla les yeux.

—Waouh !

—Oui. On pourrait alimenter toute une ville.

Emily mordit de nouveau dans son croissant.

—On a eu une rupture si horrible, puis j'ai refusé de le revoir. Quand je pensais à lui, je ne pensais qu'à la fin. Les disputes. La mesquinerie. Mais parler avec lui hier soir m'a rappelé les débuts.

Summer attrapa un croissant pour elle-même, puis elle en passa un à Caroline qui en prit une grosse bouchée.

Elles mâchèrent toutes trois en silence pendant un instant.

—J'avais même oublié que j'étais capable d'aimer comme ça.

Emily sirota son thé. Le liquide brûlant lui brûla la langue et le palais.

—Je ne pense pas avoir encore en moi cette capacité.

Caroline posa son croissant avec précaution, comme si c'était une arme chargée.

—L'amour est différent à vingt et à trente ans. Tu es plus mature. Tu te connais mieux.

—Tu portes des jupes plus longues, ajouta Summer.

—Tu avais raison, Summer, quand tu as dit que j'avais perdu mon étincelle, soupira Emily. Mais ce n'est pas la faute de Grant. Je l'ai perdue bien avant de le rencontrer. Quand nous sortions ensemble, je m'inquiétais de faire les choses bien et de passer à l'étape suivante. Comme si c'était un *Tétris*. Va-t-il m'appeler ? Va-t-il m'inviter à sortir ? Veut-il que nous soyons exclusifs ? Va-t-il me demander en mariage ?

Elle replaça la couverture sur ses pieds en entendant la bruine taper sur le toit du porche.

—Je ne me souciais jamais d'être blessée. Mais, à présent, je m'inquiète tout le temps. J'ai tellement peur de tout faire foirer.

—Tu as bien plus à perdre que quand tu étais à l'université, lui rappela Caroline. Plus tu vieillis et t'installes, plus les enjeux sont importants. Quand tu as rompu avec Ryan, qu'as-tu perdu ?

Emily réfléchit.

—Quelques CD et des bouquins que je n'aurais jamais relus. Des meubles achetés dans des associations de charité. Oh, et un chien dont je ne voulais même pas.

—Sorcière sans cœur ! dit Summer. Ripley est parfaite.

—On peut ne pas reparler du chien s'il te plaît ?

Caroline refusait qu'on s'éloigne du sujet.

— Donc tu n'as rien perdu de valeur?

— Seulement ma dignité, dit Emily. Et mon idéalisme juvénile.

— Tu as reconstruit ta dignité avec le temps. Et tu allais perdre ton idéalisme un jour ou l'autre de toute façon. Une rupture, ça signifiait que tu perdais un futon et un coffret de Dave Matthews. Mais maintenant, souffla Caroline en se laissant tomber contre le coussin, si tu te maries et que ça ne marche pas, tu perdras beaucoup plus. Ta maison, ta famille, ton argent. L'amour n'est plus un jeu.

— Non, c'est vrai.

Emily se mordit la lèvre.

— Laisse-moi te poser une question, dit Caroline. Est-ce que tu aimes Grant?

— Oui. Mais je ne l'aime pas de la même façon que j'aimais Ryan.

Caroline hocha la tête.

— Et ce n'est pas grave. Ce n'est pas l'alchimie nucléaire qui entretient un mariage. Le respect, l'intégrité et les bonnes manières, c'est important.

— Écoutez-vous, toutes les deux, dit Summer en les regardant tour à tour. Les bonnes manières? Je ne sais pas ce qui est le plus effrayant. La perspective d'être seule pour le restant de mes jours ou celle d'être mariée avec seulement des bonnes manières pour me tenir chaud la nuit.

— Ma grand-mère disait que la décision la plus importante de toute ma vie que je prendrai serait le choix de mon mari, dit Caroline avant de poser sa tasse d'un air pensif. Elle disait que c'était plus important que l'endroit où j'irai à l'université ou que la carrière que je choisirai. Je levais les yeux au ciel et l'envoyais promener en lui disant qu'elle était vieux jeu. Pourtant, elle avait raison. On voit son mari tous les jours. C'est la première personne qu'on voit le matin, et la dernière le soir. (Elle sourit avec ironie.) Enfin, sauf si on épouse un chirurgien accro au travail, évidemment. Mais, quand on passe chaque jour de chaque mois de chaque année avec quelqu'un, cette personne commence à façonner qui vous êtes.

Summer frissonna.

—C'est encore plus terrifiant qu'un roman de Stephen King. Serre-moi fort.

—J'ai changé mes habitudes alimentaires et de sommeil pour m'adapter à Andrew. J'ai décalé mon envie d'avoir des enfants parce qu'il voulait attendre. J'ai déménagé à l'autre bout du pays pour son travail. Mais bon, voilà. On s'est engagés l'un envers l'autre.

Emily et Summer échangèrent un regard.

Caroline les vit et elle se redressa.

—Quoi?

—Rien, dit Emily. C'est juste que… euh… on dirait bien qu'Andrew et toi traversez un moment difficile.

—C'est le cas, soupira Caroline. Un moment difficile aussi long et large que notre mariage lui-même.

Summer fit passer les pâtisseries.

—Qui veut un autre croissant?

Caroline perdit un peu de son sang-froid.

— Je sais de quoi ça a l'air. On croirait que je ne l'aime pas. Je me plains toujours qu'il est en retard et, quand il finit par rentrer, je lui fais des réflexions. Je suis l'épouse exigeante qui n'est jamais satisfaite.

— Non, non ! s'exclama Summer. Ce qu'elle voulait dire, c'est que ce que tu ressens pour ton mari après dix ans est différent de ce que tu ressentais lors de votre lune de miel.

— Je sais de quoi ça a l'air, répéta Caroline. Je le sais. Mais je l'aime. Et ce serait plus facile si je ne l'aimais pas. Parce que, pour lui, je ne passerai jamais en premier.

Elle adressa un regard sans équivoque à Emily. Un regard qui disait : « Il ne faut pas que cela t'arrive. »

Emily essaya de lui sourire.

— Il y a toujours la retraite, n'est-ce pas ?

— Son premier amour sera toujours le travail. C'est ce qu'il est. Tout mon mariage est fait d'attente. D'abord, j'ai attendu qu'il finisse son internat, puis sa résidence, puis sa bourse.

— Et maintenant ?

Caroline regarda son téléphone.

— J'attends encore. Un message, un appel, qu'il se montre. Et j'aurais aimé que quelqu'un me prévienne que cette attente ne s'arrête jamais. Si tu penses que ça va s'arranger et que tout ce que tu dois faire, c'est t'accrocher un an ou deux…

— Oui ? demanda Emily, le ventre noué de peur.

— Les fiançailles, ces quelques mois à préparer le mariage ensemble ? C'était ça, ta lune de miel.

— Nous ne l'avons pas préparé ensemble, dit Emily. J'ai presque tout fait toute seule.

Caroline hocha la tête.

— C'est exactement ce que je veux dire. Tu es une assistante. Comme moi. Et nous sommes bonnes dans ce rôle. Mais l'attente, la déception, ça use.

— Donc tu es en train de dire que Bora Bora est le seul voyage exotique qu'on fera ensemble.

— Je suis en train de dire que tu dois revoir tes attentes à la baisse et cultiver tes propres intérêts. Fais-toi beaucoup d'amis.

Caroline leva les yeux vers le ciel, où les nuages de pluie commençaient à se dissiper.

— Je connais certaines femmes qui ont des liaisons.

Emily leva la main, sur la défensive.

— Holà! Je ne suis pas du genre à avoir une liaison.

Caroline se tourna vers elle et la regarda avec discernement.

— Tu as passé la soirée d'hier avec un autre homme que ton fiancé.

— Elle n'a rien fait de mal! s'écria Summer en recrachant presque son croissant. Il n'y a eu ni flirt, ni badinage, ni dégustation de tablettes de chocolat!

Emily se devait d'intervenir.

— « Badinage »?

Summer haussa les épaules.

— Je lis beaucoup de tabloïds quand je vais à Londres, se défendit-elle avant de s'insurger de nouveau contre Caroline. Ce n'est pas sa faute si Ryan est là. Elle ne lui a pas demandé de venir.

— C'est toi qui le lui as demandé, lui rappela Emily.

— Exactement ! Tu n'es qu'une spectatrice innocente, lui dit Summer avant de se retourner vers Caroline. Elle était simplement en train d'essayer sa robe de mariée, à s'occuper de ses propres affaires, quand Ryan…

— Il est parti, dit Emily. Je lui ai demandé de partir hier soir.

— Donc Ryan n'est pas là parce que tu lui as demandé de partir, et Grant n'est pas là alors que tu lui as demandé de rester, dit Caroline.

Emily se souvint immédiatement de Ryan, qui avait fait le même constat. « Si Grant est si fantastique, pourquoi n'est-il pas là ? »

— N'exagérons rien, dit-elle. Il ne s'agit que d'une semaine. Une semaine très stressante et très remplie.

— Qui donne le ton pour le reste de ta vie, dit Summer.

Caroline acquiesça d'un signe de tête.

— Faux. Cette semaine est une exception. Une bizarrerie de la nature. Je ne vais pas passer le reste de ma vie à repousser mon ex-mari, à porter des corsets et à regarder ma mère corrompre ma belle-mère. (Elle marqua une pause.) J'espère.

Et elle prit la décision, à cet instant précis, de se contenter de ce qu'elle avait. Elle se comporterait comme l'adulte responsable qu'elle était devenue et non comme la fille imprudente qu'elle avait été autrefois. Elle arrêterait de poser des questions dangereuses et de saboter son avenir. Et elle arrêterait de s'interroger sur ce qui ne pourrait jamais être.

—Où est-il?

Emily ouvrait et fermait son petit sac noir en faisant les cent pas entre le lit et la salle de bains dans la suite de Georgia.

—Ne t'inquiète pas, Em. Il sera là, dit Summer. Et, au fait, ta coupe de cheveux est top.

Emily se tourna vers sa mère.

—Maman?

Georgia ne détourna pas les yeux du miroir grossissant qu'elle utilisait pour appliquer des faux cils.

—Grant est un homme de parole. Il sera là.

Emily regarda Caroline, trop occupée à envoyer des messages sur son téléphone pour pouvoir la rassurer.

Puis elle entendit la voix de Bev derrière elle.

—Ne vous inquiétez pas. Mon fils ne décevrait jamais l'amour de sa vie la veille de leur mariage.

Quand Emily se retourna, elle fut si ébahie par l'apparence de Bev qu'elle en oublia son anxiété quant à son fiancé absent. Le carré strié de gris de Bev avait été dégradé en couches audacieuses d'un bel auburn. Son pull rose avait laissé place à un tailleur cintré vert émeraude orné d'une broche en diamant.

—Mon Dieu, Bev! s'écria Emily. Vous êtes magnifique!

—Maman! dit Melanie en souriant. Tu es splendide!

—Merci, dit Bev en baissant la tête, gênée par toute cette attention. Georgia m'a emmenée en ville ce matin et m'a convaincue d'essayer de nouvelles choses. Mais j'arrive à peine à marcher dans ces chaussures. Je devrais peut-être en mettre des plus confortables.

— Retirez ça tout de suite ! dit Georgia en se levant, un pinceau de maquillage à la main. « Confortable » est un gros mot ici. Et on ne marchera pas une fois au dîner. Vous devrez simplement rester jolie, assise sur votre chaise toute la soirée et laisser ces messieurs aller chercher ce dont vous avez besoin.

Emily remarqua un pendentif autour du cou de sa mère.

— C'est mes yeux, maman, ou tu as un nouveau bijou ?

Georgia toucha le collier d'émail rose et argenté.

— Oh, Bev a insisté ! N'est-il pas mignon ?

— Très.

Emily tenta de minimiser son étonnement. Georgia était depuis longtemps contre tout bijou « mignon ». « Je ne porte que trois types d'accessoires : classiques, Art déco et avec carats. » Tout ce qui comportait des fleurs, des nounours ou des cœurs allaient tout de suite à une œuvre de charité.

— Je voulais lui offrir un cadeau, un joli cadeau, pour la remercier pour toute son aide, dit Bev, rayonnante. Elle a vraiment le sens du style.

Georgia fit gonfler ses cheveux.

— Que voulez-vous ? C'est un don.

Bev fit signe à Emily de s'approcher.

— Votre mère a une vraie joie de vivre. Je me sens mieux que depuis que… eh bien, depuis Stephen. Je me sens vivante. Vous avez de la chance de l'avoir.

—Tu entends? dit Georgia en se pressant contre Summer. Qui a une famille parfaite maintenant?

Bev sortit de son sac une boîte renfermant un collier identique.

—J'en ai pris un aussi. On est jumelles!

—Donc vous êtes amies? dit Emily en souriant à Summer. Tu as une vraie amie? Oh, maman, je suis si fière de toi!

—Ouste, ma puce, je travaille là.

Georgia poussa Emily et concentra son attention sur sa nouvelle protégée.

—Asseyez-vous devant le miroir, vos joues ont besoin d'un peu de couleur.

Summer regarda l'heure.

—Il est presque 19 heures. On devrait y aller.

—Oui, l'hôtesse et la mariée devraient être présentes pour accueillir les invités, dit Bev.

Summer adressa un regard compatissant à Emily. Caroline avait toujours les yeux rivés sur son téléphone, une expression neutre sur le visage.

—Il ne vient pas, murmura Emily.

—Ne dites pas ça, dit Bev en attachant son nouveau collier scellant une amitié. Il sera là. Je vous assure. Il est juste…

—Occupé, murmura Emily. Je sais.

Grant était toujours occupé, il l'avait toujours été, et il le serait toujours.

Mais cela ne faisait-il pas partie de son charme? Elle se souvenait de ce que Summer avait dit à propos des dîners aux chandelles et du mythe du « couple parfait ». Son fiancé était brillant, beau et amoureux…

quand il était là. Mais il était si souvent absent. Et elle l'aimait malgré cela.

Ou peut-être à cause de cela ?

Elle se tourna vers Caroline, mais, avant de pouvoir prononcer la moindre syllabe, on frappa à la porte, et elle entendit la voix de Grant, claire et forte.

—Je suis là, Em. J'y suis arrivé. Je suis là.

# Chapitre 24

— Je lève mon verre, dit Grant en prenant sa flûte de champagne, imité par tous les invités. À ma magnifique fiancée.

Emily lui prit la main et se leva. Main dans la main, ils firent face à la mer de visages familiers, leurs amis et familles qui s'étaient rassemblés pour assister à la création d'une nouvelle famille.

— J'ai été contraint de retourner en ville quelques jours, mais on dirait que vous vous êtes bien amusés sans moi.

Tout le monde applaudit comme pour confirmer.

Grant pressa le dos de ses doigts contre la joue d'Emily.

— Merci d'être mon ange. Depuis que je t'ai rencontrée, tu as été patiente, altruiste et incroyablement compréhensive. Tu as réussi à organiser tout ce mariage en deux mois alors que je loupais tous nos rendez-vous en prévenant à la dernière minute. Ce qui est certainement pour le mieux : j'ai des goûts affreux en matière de fleurs.

Quelqu'un, probablement Melanie, lui jeta un lis pris dans l'un des vases.

Grant leva la main pour faire revenir le silence, puis il poursuivit.

— Tu ne t'es jamais plainte quand j'arrivais tard et que je partais tôt. Tu fais passer mes besoins avant les tiens. Tu es douce et sophistiquée à la fois.

Emily entendit une quinte de toux au fond de la salle et jeta un regard noir à Summer.

— Je ne te mérite pas, mais j'espère que tu ne t'en rendras compte que trop tard.

La foule soupira d'émotion quand il l'embrassa. Emily se prépara à se lancer dans un discours tout aussi démonstratif quand elle vit la petite boîte bleue dans ses mains.

— Qu'est-ce que c'est ?

— Ton quelque chose de bleu, dit-il en lui mettant la boîte dans les mains, attentif à sa réaction. Ouvre.

Emily se figea un instant, submergée par l'émotion. Elle sentait sa vie se dérouler devant elle, belle et fraîche et nette, comme les collines vertes qui les entouraient.

— Oh, Grant, ce n'était pas la peine !

— Je sais. Je l'ai fait quand même. Ouvre.

— Oui, ouvre ! cria Georgia. Mets fin au suspense !

Emily tira sur le ruban de satin blanc et souleva le couvercle de la boîte pour y trouver une petite boîte à bijoux en velours. Elle caressa le dessus du bout des doigts, désireuse d'arrêter le temps pour préserver cet instant.

Mais elle sentait l'impatience de Grant et se rendit compte que, pour lui, la satisfaction serait dans la révélation plutôt que dans l'anticipation. Et cet instant était autant pour lui que pour elle.

Elle ouvrit donc la boîte de velours. À l'intérieur se trouvait un bracelet magnifique, une fine chaîne d'or blanc entrecoupée de petits diamants, de saphirs bleu foncé et d'aigues-marines bleu clair.

—Tu n'es pas obligée de le porter demain, dit Grant. Je sais que tu portes déjà les perles de ma mère. Mais je me suis dit…

Emily voulait rire et pleurer en même temps.

—Tais-toi. Bien sûr que je vais le porter. Il est parfait.

—Je t'aime.

—Moi aussi, je t'aime, dit-elle en tendant le bras vers lui. Tu me le mets ?

Il enroula le bracelet autour de son poignet et le ferma de ses mains sûres et habiles.

Elle l'embrassa encore et se prépara à l'assaut féminin qui déferlait sur elle. Tout le monde voulait inspecter le bracelet, se pâmer devant la sensibilité de Grant et dire à Emily combien elle avait de la chance d'épouser un tel homme.

Lorsqu'elle parvint enfin à s'extirper de la foule, Grant était dans un coin de la pièce, penché sur son téléphone. Alors qu'il revenait vers elle, elle aperçut une lueur de culpabilité dans ses yeux.

—Oh non ! dit-elle.

Il regarda derrière lui avant de scruter son visage, à la recherche d'indices.

—Quoi ?

—Je reconnais cette expression. Tu as quelque chose d'horrible à me dire.

—Rien d'horrible, lui assura Grant. Juste un petit contretemps.

Emily agrippa le dossier d'une chaise en bois blanc.

—Je t'écoute.

Il tripota ses boutons de manchette et parcourut la salle du regard, souriant d'un air absent à ceux qui le félicitaient.

Emily engloutit ce qui lui restait de champagne.

—Faut-il que je m'assoie?

Il finit par reporter toute son attention sur elle.

—Tu sais que nous devons aller à Bora Bora?

—Oh non!

—Nous y allons! Ne t'inquiète pas, nous irons. Je veux que ce soit clair. Nous allons à Bora Bora.

Emily baissa le menton, essayant de déchiffrer son expression.

—Mais?

—Mais nous devrons peut-être reporter le voyage. Juste un peu. Il y a des complications avec mon patient.

—Le mec aux poumons?

Il hocha la tête.

—Le mec aux poumons. Je sais que tu es déçue…

Elle voulait lui dire qu'elle n'était pas déçue, qu'elle comprenait, qu'elle pouvait être altruiste et prête à faire des sacrifices, comme lui.

Mais elle ne pouvait pas. Ce qu'elle pouvait faire de mieux était d'en appeler calmement à ses sentiments.

—Grant, ce n'est pas simplement un week-end tranquille de dernière minute. C'est notre lune de miel. Tu m'as demandée en mariage en utilisant Bora Bora comme appât.

— Et nous allons y aller.

Elle voyait dans ses yeux qu'il y croyait dur comme fer.

— Nous serons toujours en phase de lune de miel dans quelques mois. Mince, ce sera encore mieux, car tu ne seras pas aussi claquée à cause des préparatifs du mariage.

Elle se laissa tomber sur une chaise, croisa les chevilles et posa ses mains sur ses genoux.

— Il doit y avoir une équité. J'ai peur que tu ne la trouves jamais si tu ne la trouves pas maintenant.

— Allons, dit-il en s'accroupissant à côté d'elle. Tu veux que je trouve une équité entre sauver la vie de quelqu'un et me la couler douce sur une plage à boire des bières ? Ce n'est même pas un choix.

— Là est tout le problème, n'est-ce pas ? Ce n'est pas un choix, pour toi. C'est le choix que je dois faire.

Techniquement, elle savait que sauver une vie devait toujours passer avant quelques bières sur une plage. Mais pourquoi cela ne pourrait-il jamais suffire ? Pourquoi devait-elle choisir ?

Chirurgie ou plage ? Travail ou vacances ?

Grant ou Ryan ?

Elle tressaillit à cette pensée, mais Grant était là pour la réconforter.

— Je sais que c'est difficile, Em. Mais tu prends toujours la bonne décision. C'est aussi pour ça que je t'aime.

— Ne dis pas ça, je t'en prie, dit-elle en nouant ses doigts. Et si je n'étais pas aussi altruiste que tu le penses ? Et si j'étais impulsive et compliquée ?

Elle se força à lever la tête pour le regarder dans les yeux.

— J'aimerais pouvoir être le parangon parfait que tu as décrit dans ton toast ce soir. Mais je ne le suis pas. J'avoue : avant de te rencontrer, ma vie était un vrai désastre.

— Arrête, dit-il en posant son doigt en travers de ses lèvres. Ce que tu étais avant de me rencontrer ne compte pas. Donne-nous encore cinquante années comme celle que nous venons de passer, et tu feras de moi l'homme le plus heureux au monde.

Des scènes de l'année passée lui traversèrent l'esprit : des scènes de cour et de romance, de travail en équipe et de tendresse. Mais aussi des accès de stress et de solitude.

Il semblait si confiant, si certain qu'ils faisaient ce qu'il fallait.

— Sois patiente, mon ange. Aie foi en moi.

— J'ai foi en toi, dit-elle d'une voix claire et ferme. Je crois en toi, à cent pour cent.

— Alors tu sais que je te le revaudrai. Nous irons à Bora Bora, même s'il faut que je t'y emmène à coups de rame dans ce petit canoë troué près du lac.

— Ce truc est dangereux, dit Emily en secouant la tête. L'hôtel va se retrouver avec un procès.

— Si le canoë coule, je nagerai jusqu'à Bora Bora en te tirant derrière moi. Je ferai la planche.

Emily battit des cils.

— Ah, ce sont les mots que toute mariée rêve d'entendre !

— Toi. Moi. Bora Bora. On ira, dit Grant en la prenant dans ses bras.

— On ira, répéta-t-elle contre son torse. Mais pas la semaine prochaine.

— On ira. Tu me crois ?

Elle le voulait. Elle le voulait vraiment.

— Je te crois.


Après le dîner de répétition, les hommes sortirent fumer sous le porche, les femmes se rassemblèrent au bar, Georgia et Bev disparurent Dieu sait où, avec Dieu sait qui, et Emily essaya de partir en douce sans que personne la remarque.

Summer, bien sûr, la remarqua. Et était apparemment partie en douce également pour un petit rendez-vous avec le côté obscur.

— Tiens, dit-elle en tirant Emily dans le patio attenant au bar avant de lui mettre un sac en papier marron entre les mains. On dirait que tu as bien besoin de ça.

Emily ouvrit le sac et faillit se mettre à pleurer en sentant l'odeur de la graisse et du ketchup.

— Tu vois le mec avec qui je suis sortie l'autre soir ? Je lui ai demandé d'aller en ville. Tu avais l'air d'avoir besoin d'un double cheeseburger et d'un milkshake à la vanille. Ce n'est pas du vrai fast-food, c'est la version du Vermont, alors c'est tout nourri à l'herbe et élevé en plein air.

— Je t'adore.

— Je sais.

Summer commença à s'éloigner, mais Emily l'attrapa par le bras.

— Pas si vite. Ce mec, il a un nom ?

— Oui.

— Tu veux bien me le dire ?

— Non, dit Summer en inspectant la foule. Maintenant, mange tant que c'est chaud. Je te couvre.

Emily remonta le chemin dallé jusqu'au coin de l'hôtel, où des moustiques essaimaient sous une lumière pâle et où la vue se limitait aux voitures sur le parking.

Où se trouvait une Triumph Spitfire argentée.

Elle se figea, le burger à mi-chemin de sa bouche, en entendant le tintement des médailles de Ripley derrière elle.

— Je t'ai demandé de partir, dit-elle.

La voix de Ryan réveilla les papillons dans son ventre.

— En effet. Mais je n'ai pas fini ce que j'étais venu faire.

— Moi si.

Sa propre réaction à sa présence la rendait furieuse, et elle se força à rester froide.

— On en a fini.

— Je ne fuirai pas cette fois-ci, Emily. Et toi non plus. Quand tu as demandé le divorce, tu as dit que je n'allais jamais au bout des choses, que je n'avais aucun sens des responsabilités. J'ai tout ça aujourd'hui. Je me fixe des objectifs et je les atteins.

Elle froissa le haut de son sac en papier et lui fit face.

—Écoute-moi, Ryan. Je ne suis pas un objectif à atteindre. Je ne suis pas atteignable.

Il ne discuta pas. Au lieu de ça, il s'appuya contre la palissade les séparant de la forêt et fit signe à Ripley de s'asseoir à côté de lui.

—Laisse-moi te raconter une histoire.

Elle montra *Le Pavillon* d'un signe de tête.

—Mes invités m'attendent.

—Je vais faire court. Quand j'essayais de faire mon premier film, c'était au milieu d'une crise financière. Il n'y avait plus de financements. Plus d'investisseurs. Alors j'ai fini par discuter avec des Russes un peu louches.

Elle roula des yeux.

—Un peu ?

—Il paraît.

Il faisait trop noir pour voir son expression, mais Emily entendait son sourire dans sa voix.

—Quoi qu'il en soit, je leur ai parlé du film, et ils ont dit non. Alors j'ai organisé un autre rendez-vous avec eux la semaine suivante, et je leur ai dit que mon projet précédent avait gagné des tas de prix, et ils sont restés sur leur refus. (Il marqua une pause.) Je ne vais pas mentir. J'ai insisté.

—C'est choquant. Je suis choquée.

—Le lendemain, je suis retourné à leurs bureaux. Sans y être vraiment le bienvenu. Et le président, un mec de plus d'un mètre quatre-vingts avec une grosse cicatrice sur la joue, a dit que si je revenais ils me couperaient le doigt.

Emily soupira et sortit le milkshake du sac.

—Alors, évidemment, tu y es retourné.

—Oh que oui ! Je voulais réaliser ce projet. Je devais revenir. Et j'ai amené mon ami Joe, un caméraman costaud que j'avais rencontré sur mon dernier tournage. Quand on a frappé à la porte, le Russe n'en revenait pas. Il a dit : « On vous a prévenu une fois, maintenant on va vous couper le doigt. » J'ai répondu : « Je sais. » Il a dit : « Votre ami ne pourra pas vous sauver. » J'ai rétorqué : « Oui, c'est pour ça que nous avons apporté une caméra plutôt qu'une arme. Vous allez me couper le doigt, et on va filmer. Ce sera super comme scène d'ouverture. »

Il tendit la main et gratta Ripley derrière les oreilles.

—Le mec s'est mis à rire, et ils ont financé le film.

Emily plissa les yeux dans le noir pour le regarder.

—Tu es taré. Genre dérangé. Tu le sais, non ?

—Je voulais faire le film plus que garder mon doigt. Et je te veux plus que je ne veux garder ma fierté. Tu veux de la stabilité ? De l'engagement ? Très bien. Je peux te les offrir désormais.

—Ryan, arrête. Tu n'es pas en train de monter un film. Tu es en train de mettre le bordel dans la vraie vie de vrais gens.

—Oui, dont la mienne. Et la tienne.

—Tu ne me veux pas. Pas vraiment. Tu as cette image de moi, mais…

—Si, je te veux, répliqua-t-il. Et tu me veux.

Ils restèrent un instant silencieux, se regardant l'un l'autre tandis que les lucioles brillaient et que les sons de la soirée leur parvenaient depuis l'hôtel.

Il finit par se redresser et rejoignit le parking.

—Si tu ne veux pas en parler, nous n'en parlerons pas. Mais nous savons tous les deux.

Le cœur d'Emily bondit dans sa poitrine.

—Qu'est-ce qu'on sait ?

—Que les gens qui n'ont pas de doute ne traînent pas dans les parkings à parler à leur ex la veille de leur mariage.

Elle ne pouvait rien répondre à cela. La vérité (elle avait faibli face à la tentation) était trop évidente pour qu'elle la nie et trop douloureuse pour qu'elle la reconnaisse.

—Je serai là demain matin, dit-il.

Elle fit tout son possible pour répondre sur un ton indifférent.

—Si tu te montres à l'église, tu vas vraiment perdre un doigt.

—Très bien. Tu peux prendre celui qui porte déjà ton nom, dit-il en levant la main gauche. Et, si tu épouses ce gars, je te laisserai partir. Je sortirai de ta vie pour toujours. Mais je ne pense pas que tu l'épouseras.

Elle déglutit avec difficulté, reconnaissante aux ombres de dissimuler son visage et ses mains tremblantes.

—Tu as tort.

—Nous verrons.


En retournant à sa chambre, elle entendit des bruits de pas et des rires féminins au bout du couloir. Avant qu'elle puisse se cacher dans un recoin, elle se retrouva face à face avec Georgia et Bev. Elles portaient toutes deux des brassées de ce qui semblait être…

—Des chaussures? demanda Emily en s'arrêtant net. Pourquoi avez-vous toutes ces chaussures?

Sa question causa une nouvelle crise de rire.

—On joue un tour à Rose et à Darlene, répondit Georgia. J'ai piqué la clé de leur chambre dans le sac de Rose au bar. On a pris toutes les chaussures droites de Rose et toutes les chaussures gauches de Darlene.

Elle se laissa tomber contre Bev.

—Elles seront obligées de porter des chaussures dépareillées au mariage demain. Même si elles ne font pas exactement la même pointure, ça ne devrait pas poser de problème!

Emily inspecta l'assortiment de chaussures plates roses, de ballerines noires et de sandales brun clair.

—Vous avez bien fait les choses.

Bev lui fit signe d'approcher et lui confia:

—Et nous avons fait leurs lits en portefeuille.

Emily se mit à rire à son tour.

—Vous avez douze ans? C'est la colo?

—Attends, attends, dit Georgia en levant un bras, faisant tomber quelques chaussures. Je ne t'ai pas encore dit le meilleur.

—Laisse-moi deviner. Tu as mis du papier film sur le siège des toilettes.

—Non, dit Bev. Mais je m'en souviendrai pour Noël.

—On a caché cinq réveils un peu partout dans leur chambre, fanfaronna Georgia. Sous le canapé, sous les coussins, dans les tiroirs, en haut de l'armoire.

—Sans oublier celui qui est collé derrière la table de nuit.

— Oui, elles vont le chercher celui-là. Du génie, je vous le dis !

— Cinq réveils, répéta Emily.

— Qui vont sonner à des heures différentes cette nuit, gloussa Bev. À 2 h 30, 3 heures, 3 h 18, 4 h 48…

Emily secoua la tête.

— Rappelez-moi de ne jamais vous contrarier.

— Ce sont elles qui ont commencé, dit Georgia en levant le poing, faisant tomber le reste des chaussures. Si vous m'offrez des bas de contention, vous le paierez.

— Vous ne devez le dire à personne, souffla Bev qui pleurait de rire et s'essuya sur son épaule. Grant n'est pas avec vous, si ?

— Non. Non, j'étais juste… euh… (Elle se sentit rougir.) Vous feriez mieux de retourner au bar et de remettre les clés dans le sac de Rose avant qu'elle se rende compte qu'elles ne sont plus là.

— Nous devons d'abord cacher toutes les chaussures ! Mais où ?

— Ah, je sais ! Dans la benne à ordures ?

— Filez, ma chère, lui dit Bev en secouant la main. Vous avez une grosse journée qui vous attend demain et vous avez besoin de vous reposer.

— On sait que ce ne sera pas le cas de Rose et de Darlene !

Elles rirent de plus belle.

— Il ne faut le dire à personne. Jamais.

— Je n'ai rien vu, je n'ai rien entendu.

— C'est gentil.

Georgia ramassa les chaussures et se tourna vers Bev.

— Allons-y. La soirée ne fait que commencer ! Et je crois que Brad le concierge a parlé de strip-poker.

Emily mit ses mains sur ses oreilles.

— Je ne veux pas entendre ça.

— Ne fais pas ta prude. Ce serait un crime que ce garçon porte un tee-shirt ! dit Georgia avant de se mettre pratiquement à ronronner. Je te le dis, Emmy : je suis allée au Louvre, au MET, à la Tate Gallery, et jamais je n'ai vu un torse pareil.

— On pourrait jouer aux cartes, dit Bev. Ou nous pourrions simplement aller pousser des vaches.

— Waouh, c'est si rustique !

— Moi, je vais me coucher, dit Emily en remontant le couloir. Essayez de ne pas violer d'autres lois avant demain matin.

— On essaiera, dit Bev.

— Mais on ne fait aucune promesse, ajouta Georgia. De toute façon, je serai à ta porte de bon matin pour te pomponner.

— Et souriez, petite biche ! dit Bev en souriant. Dans moins de douze heures, vous serez Madame Cardin.

# Chapitre 25

Grant était de nouveau porté disparu.

Emily cligna les yeux dans la lumière vivace du soleil matinal qui filtrait à travers les stores et fronça les sourcils en regardant le lit vide. Elle ne savait pas où il était allé.

La nuit précédente, elle avait été certaine qu'elle allait se tourner et se retourner d'impatience. Mais, lorsqu'elle s'était glissée dans le lit, Grant dormait déjà profondément, et elle avait synchronisé sa respiration sur la sienne : lente, régulière et paisible.

Mais maintenant il était parti.

Elle chercha son téléphone sur la table de nuit et commença à composer son numéro, imaginant des catastrophes médicales qui auraient réquisitionné son attention au milieu de la nuit. Mais, avant que l'appel aboutisse, Grant passa la porte, respirant la confiance et la vitalité dans son short de course. Il avait une tasse de café à la main et lui sourit.

— Bonjour, mon ange. Bon jour de mariage.

Combien de femmes tueraient pour être à sa place ? Pour recevoir ce sourire faisant tourner la tête de la part d'un homme sur le point de lui promettre sa vie ?

Il s'assit sur le lit et l'embrassa sur le front.

—Désolé, je pue. J'ai fait quelques kilomètres en plus.

—Tu ne pues pas ; tu sens bon.

Emily s'étira et bâilla.

—À quelle heure tu t'es levé ? Tu aurais dû me réveiller. Je serais venue courir avec toi.

Il secoua la tête.

—Hors de question. Ta mère et ma mère m'ont pris à partie hier soir et m'ont dit ce qu'elles me feraient si tu trébuchais sur une racine et que tu te tordais la cheville avant de remonter l'allée de l'église. (Il marqua une pause.) Quand est-ce qu'elles sont devenues meilleures amies, d'ailleurs ? Ne te méprends pas, je trouve ça extra. Ma mère a toujours été si prise avec mon père et moi, et à s'occuper de la maison, qu'elle n'a jamais trouvé le temps d'aller dans des clubs de lecture, de faire des sorties entre amies ou ce genre de choses. Mais quand ces deux-là sont ensemble…, elles font un peu peur, dit-il avec un regard hanté.

—À qui le dis-tu ? dit Emily en s'asseyant avant de prendre une gorgée de café. Je n'arrive toujours pas à croire que tu es allé courir. Tu n'arrêtes pas depuis quelques jours. Tu n'es pas épuisé ?

—J'ai passé ces douze dernières années à dormir quinze minutes par-ci par-là dans des salles de garde. Je peux survivre indéfiniment avec du café et de l'adrénaline.

Emily rit.

—Je ne sais pas si les mariages et l'adrénaline vont vraiment ensemble.

— Si, lui assura-t-il en retirant son tee-shirt trempé. J'ai l'impression d'être un commando de marine prêt à aller en territoire ennemi.

— C'est si romantique.

— Eh, je suis chirurgien, pas poète !

Il alla dans la salle de bains et fit couler la douche.

— Et toi ? Comment te sens-tu ?

Elle réfléchit et guetta ses réactions instinctives.

— Je me sens bien. *(Étonnamment.)* Très bien, même.

— Tu n'es pas nerveuse ?

— Non.

Elle voyait sa robe de mariée, fraîchement passée à la vapeur, pendue au dos de la porte dans une housse à vêtements en plastique transparent.

— Pas de crise de panique ?

— Je ne panique pas. Je m'attendais à être nerveuse, mais je ne le suis pas, dit-elle en sortant du lit. On est sur le coup. Je suis chargée à bloc et prête à y aller.

— Comme un commando de marine.

— Exactement.

Elle ouvrit un tiroir et sortit une chemise propre pour Grant.

— Maintenant, va te doucher et sors d'ici. Ça porte malheur de me voir maintenant.

Il rit.

— On dirait ma mère.

Emily plaqua la chemise contre sa poitrine en feignant l'horreur.

— Ça suffit, on annule le mariage.

—Tu dis ça maintenant, dit-il en l'attirant contre lui pour l'embrasser dans le cou. Mais j'ai de quoi te faire changer d'avis.

—Tu vas élaguer mon arbre de décision ?

Les mots passèrent ses lèvres avant qu'elle puisse les retenir.

Il se figea, l'air perplexe.

—Quoi ?

—Rien. (Elle toussa.) Oublie. C'est juste un truc stupide que Ryan…

—C'est à propos de Ryan ? Encore ?

Mais, avant qu'elle puisse répondre, il recula d'un pas et se passa la main dans les cheveux.

—Ne réponds pas. Ce n'était pas juste de te demander ça.

—Non, je pense qu'on devrait en parler.

Elle tendit la main vers lui.

—Ce n'est rien, mon ange. Nous sommes tous les deux en surcharge d'adrénaline.

—Mais…

Il retourna dans la salle de bains et coupa l'eau de la douche.

—Je crois que je vais faire un autre tour du lac. Tu veux venir ?

Elle laissa tomber ses bras.

—Oui, mais je dois me faire coiffer et maquiller, et en gros faire comme si je me préparais pour les Oscars.

—C'est bon d'être un mec. On se voit dans quelques heures.

— Je suis revenu. Je suis revenu, mais je ne te regarde pas. J'ai oublié mon costume.

Une demi-heure plus tard, Grant était de retour, encore plus en sueur qu'auparavant. Il avait une main sur les yeux, et l'autre tendue devant lui, à la recherche de son costume.

Emily, à moitié vêtue de ses sous-vêtements de mariée, repéra son costume gris dans le placard.

— Ne pars pas, j'ai besoin d'aide. Ma mère est censée m'aider, mais elle est en retard. Sûrement en train de récupérer après le strip-poker avec ta mère.

Grant laissa tomber la main qui couvrait ses yeux.

— Quoi ?

— Rien. Tu peux m'aider une seconde ?

Elle se tourna pour lui montrer son corset et tous ses rubans croisés.

— Je ne peux pas fermer ce truc toute seule.

La plupart des hommes auraient été découragés par la toile compliquée de lacets, mais Grant avait l'habitude de travailler avec les filaments les plus fins et de nouer les nœuds les plus complexes. Il posa son costume et se mit au travail avec efficacité.

— Ça n'a pas l'air confortable.

— Pas vraiment, dit Emily en retenant son souffle alors que les baleines lui rentraient dans les côtes. Peut-être un peu.

— Ça doit être serré comment ?

— Plus que ça, dit-elle en agrippant le chambranle de la porte tandis qu'il laçait le corsage. Plus serré. Plus serré.

Elle ne put s'empêcher de rire en voyant son reflet dans le miroir de la coiffeuse.

— Ce n'est pas très sexy. C'est le contraire du sexy.

Il se mit à rire aussi.

— Lacer ton corset ? C'est un peu sexy.

— Délacer mon corset pour me prendre, ça, ce serait sexy, répliqua-t-elle. Me ligoter dans ce machin horrible, c'est... Holà !

Elle souffla lorsqu'il sangla le bas de son corset.

— Presque fini, dit-il en reculant d'un pas pour évaluer leur progrès. Tu peux rentrer un peu plus le ventre ?

— Je rentre le ventre.

Toutefois, elle redoubla d'efforts, inspirant, soulevant sa poitrine et pressant son buste jusqu'à ce que sa cage thoracique soit sur le point de craquer.

— Ce truc m'allait il y a cinq jours.

— On y est presque.

Avec un dernier coup sec, Grant attacha le crochet du bas.

— C'est bon. Tu es parée.

— Tu es sûr ?

— On pourrait sécuriser tout ça avec quelques tours de chatterton, proposa-t-il. Mais je pense que ça va tenir.

Ils entendirent le clic de la poignée, puis la voix de Georgia, forte et voilée.

— Je suis là, Emmy. Je suis là. Ne t'inquiète pas. J'ai juste été prise par...

Elle fut muette d'horreur en voyant les mariés ensemble.

—Grant, que diable faites-vous là ? Déguerpissez !

Georgia le mit dehors, claqua la porte et se tourna vers sa fille, l'air furieux.

—Tu étais censée être là il y a vingt minutes, dit Emily pour se défendre. Je ne veux pas être en retard pour mon propre mariage.

—Je ne t'ai donc rien appris ? demanda Georgia. Ton mari ne devrait pas t'aider à rentrer dans ce corset. Ce n'est pas comme ça qu'on allèche un homme.

—En tout cas, il a réussi à le fermer, ce qui m'était impossible, dit-elle. (Elle tira sa mère vers elle.) J'ai pris un kilo, lui confia-t-elle.

Georgia la regarda de la tête aux pieds d'un œil critique, avant de hocher la tête d'un air satisfait.

—Ne t'inquiète pas, ça ne se voit pas.

—C'est parce que j'ai mangé des gâteaux et bu du champagne. Avec Ryan. Puis Summer m'a apporté un milkshake.

—Du moment que les boutons se boutonnent, ce n'est pas un problème.

Georgia ouvrit la housse de la robe et sortit l'ensemble délicat de tulle et de dentelle.

—Tu vas être parfaite, ma puce.

Emily leva les bras et essaya de demeurer immobile tandis que Georgia lui enfilait la robe et l'arrangeait. Elle regarda leurs reflets dans le miroir, une mère et une fille achevant un rituel intemporel, et fut soudain rongée par le désir douloureux que son père soit présent avec elles.

—J'aimerais que papa soit là, dit-elle doucement. Pour m'accompagner jusqu'à l'autel.

—Moi aussi, dit Georgia, qui arrêta de se battre pour placer correctement les coutures de la robe sur les épaules. Il serait si fier de toi.

Elle marqua une pause et entrouvrit ses lèvres roses. Emily savait qu'elle cherchait des mots qu'elle ne trouverait jamais. Des mots pour s'expliquer et s'excuser pour les décisions qu'elle avait prises depuis la mort de Cal.

Dans un élan d'amour et de gratitude, Emily prit les deux mains de sa mère dans les siennes.

—Merci, maman. Merci pour tout.

Georgia retira une main et s'éventa le visage.

—Ne me fais pas pleurer.

Elles essayèrent toutes les deux de se retenir, reniflant, riant et se morigénant l'une l'autre ; elles étaient encore en train d'essuyer les traces de mascara sous leurs yeux quand Bev entra.

—Ça va les filles ? demanda-t-elle.

—Oh, ça va super, comme toujours, dit Georgia en mettant de l'anticerne. Juste un peu d'émotion.

Bev toucha le rang de perles autour du cou d'Emily et sourit.

—Ma chère, vous êtes époustouflante. Vraiment époustouflante.

—Vous n'êtes pas mal non plus, dit Georgia à Bev. Vous allez vous trouver un canon à la réception, croyez-moi !

Bev regarda Emily.

—Votre mère a vraiment beaucoup d'imagination.

Emily sourit.

—C'est sûr.

Georgia reposa l'anticerne et prit de l'ombre à paupières.

—L'une de vous a-t-elle vu Rose et Darlene ce matin ?

—Croyez-le ou non, elles étaient en retard pour le petit déjeuner, dit Bev en leur décochant un clin d'œil. Mais Melanie les a vues aller en ville. Apparemment, elles avaient un besoin urgent de s'acheter des chaussures.

Georgia afficha un sourire carnassier.

Bev essaya, sans succès, de cacher un petit sourire satisfait.

—Mel a dit qu'elles avaient l'air épuisées.

—Elles auraient dû venir me voir, dit Emily. J'aurais été ravie de partager ma crème anticernes au concombre avec elles.

—Mission accomplie, dit Georgia avant de passer à l'ordre du jour suivant. Avez-vous invité Brad à la réception ?

Bev devint tout agitée.

—Oui. Et j'ai fait en sorte que l'organisateur de mariage le mette à notre table. Juste entre vous et moi.

—Vous apprenez vite, petite sauterelle.

Georgia maquilla Emily en quelques minutes, puis elle recula pour jauger son œuvre.

—Presque prête à te marier ?

—Plus que jamais.

Emily se pencha en avant pour enfiler ses chaussures et sentit quelque chose céder dans son corset.

—Oh, oh !

—Attendez, dit Bev en faisant craquer ses doigts. Je m'en occupe.

L'espace d'un instant, Emily vit des points noirs tandis que Bev resserrait son corset avec une force surprenante pour une femme aussi petite.

—Voilà.

Bev referma les délicats boutons de perle de la robe avec une précision et une rapidité hallucinantes.

—C'est réparé, dit-elle avant de pointer son index sous le nez d'Emily. Maintenant, vous y allez doucement. C'est le secret de cette robe. Ne bougez pas, ne respirez pas, ne vous penchez pas. Contentez-vous de sourire et d'être belle.

Emily passa ses doigts le long de la soie légère et fine autour de sa taille, s'assurant que tout était intact. Jusque-là, les coutures tenaient.

—J'essaie.


—Allez, qu'on commence enfin ce défilé!

Summer faisait les cent pas dans le vestibule de la petite chapelle blanche et se tapotait la nuque avec un mouchoir. Entre sa robe de demoiselle d'honneur verte et les fleurs fraîches dans ses cheveux, elle ressemblait en tout point à une dame raffinée. Cependant, il suffisait qu'elle parle pour qu'on la retrouve.

—Je meurs de chaud, là.

—Je n'arrive pas à croire que cette église n'ait pas la climatisation, dit Georgia en ouvrant la veste de son tailleur magenta en soie. Mon maquillage coule.

Elle tendit le cou vers les portes qui les séparaient du sanctuaire, où un quatuor à cordes était en train de terminer une sélection bien choisie de morceaux de Mozart et de Bach.

Caroline parvenait à avoir l'air majestueuse et raffinée malgré la transpiration qui perlait sur sa lèvre supérieure.

— Tu tiens le coup, Emily?

Emily s'efforça de desserrer sa poigne sur son bouquet de muguet.

— Ça va.

Elle n'avait même pas remarqué la chaleur avant que Summer en parle. Elle avait presque un peu froid. Elle était engourdie, même.

— J'ai chaud!

Ava et Alexis se lançaient des fleurs.

— J'ai soif!

— Les filles! s'écria Melanie en ramassant les pétales au sol pour les remettre dans les paniers enrubannés. Gardez-en pour l'église.

Elle se glissa jusqu'à Emily et murmura:

— Tu me retrouves derrière pour une pause-fausse cigarette après la cérémonie?

— J'y serai, lui répondit Emily dans un murmure.

Bev se lissa les cheveux.

— Je sais qu'il fait un peu chaud, mais cette chapelle est si charmante et pittoresque.

— Un peu chaud? dit Summer en soufflant sur sa frange. Il doit faire quarante degrés là-dedans!

— Un peu de patience, s'il vous plaît, dit Bev en réajustant son corsage. La cérémonie ne sera pas longue, et la salle de réception du *Pavillon* sera agréable et fraîche.

— Mon mascara est en train de fondre, dit Georgia. J'aurai l'air d'un raton laveur sur les photos.

Bev ne tint pas compte de sa remarque et mit tout le monde en ligne.

— En place, les filles ! L'organisateur de mariage va ouvrir ces portes dans deux minutes. Tout le monde est prêt ?

— Oui, dirent-elles toutes en chœur.

— Bien. Et n'oubliez pas de sourire.

Quand Emily baissa les yeux pour s'assurer que son bouquet était dans le bon sens, elle vit que son poignet était nu. Elle sortit de son hébétement en sentant l'angoisse monter en elle.

— Mon bracelet est tombé. Je dois le retrouver !

— Pas maintenant, dit Bev en secouant la tête. On commence dans deux minutes.

— J'ai promis à Grant de le porter pour le mariage.

Elle ferma les yeux, essayant de retracer le chemin qu'elle avait emprunté pour venir.

— Je sais que je l'avais en partant du *Pavillon*. Il a dû tomber en chemin. Allez dire aux musiciens de rejouer le morceau de Bach.

Elle donna son bouquet à Summer et se dirigea vers la sortie.

— Reste ici, dit Melanie. Je vais le trouver.

— Non, je sais exactement où chercher, dit-elle en bousculant le mur humain de demoiselles d'honneur. Ne commencez pas sans moi.

— Emily ! s'écria Bev. Attendez !

Summer se dépêcha de rejoindre le sanctuaire.

— Un remix prolongé de Bach. Entendu.

— Je reviens !

Emily sortit en vitesse de la chapelle et fouilla des yeux le chemin dallé. Il n'y avait que quelques centaines de mètres entre *Le Pavillon* et l'église, mais la pelouse s'étendait devant elle comme un océan. Désespérée mais déterminée, elle se pencha en avant pour regarder l'herbe de plus près.

— Un haut-le-cœur ? dit une voix masculine familière. Symptôme classique quand on a des doutes.

Emily leva la tête. Ryan approchait. Elle ne l'avait jamais vu en costume, et elle fut stupéfaite de voir comme il était imposant. Il portait du serge bien taillé avec la même assurance qu'il dégageait en jean et veste de cuir. Quelque chose dans la coupe du tissu donnait l'impression qu'il était plus grand et que ses épaules étaient plus larges. Mais, avec ses yeux noisette tachetés d'or dans la lumière du soleil, elle retrouva sous toute cette virilité autoritaire le garçon qu'il avait été.

— Je n'ai pas de haut-le-cœur, rétorqua-t-elle. J'ai fait tomber mon bracelet dans l'herbe et je n'arrive pas à le trouver alors que c'est censé être mon quelque chose de bleu et que tout le monde m'attend, et…

— Holà ! Calme-toi.

Il posa sa main sur son épaule, mais elle secoua le bras pour qu'il la retire.

— Je dois le trouver maintenant !

Elle se mit à genoux, sans se soucier de ses bas et de sa robe, et ratissa l'herbe avec ses doigts.

— Le mariage est dans deux minutes !

—Arrête, dit Ryan en la prenant par le coude pour la remettre debout. Je vais trouver le bracelet. Respire.

—Tu ne sais même pas à quoi il ressemble. Et il pourrait être n'importe où, dit-elle, consciente qu'elle bafouillait. Il pourrait être sur les marches du porche ou près de l'église, ou…

—Inspire. Expire.

Il attendit qu'elle le regarde pour lui montrer comment faire.

—Tu peux le faire.

—Non, je ne peux pas ! Cette stupide robe est comme un boa constricteur, et c'est ta faute.

Il s'agenouilla, à la recherche d'une lueur d'or dans la pelouse.

—Je veux bien prendre la responsabilité de beaucoup de choses, mais la robe de mariée n'en est pas une.

—Ce truc m'allait dimanche dernier, rétorqua-t-elle. Ça faisait des mois que je comptais les calories et que j'évitais les glucides, et toi, tu arrives avec ton chocolat et ton champagne. Tu sais combien de calories il y a dans un verre de champagne ?

Il ne leva pas les yeux de la pelouse.

—Tu avais besoin de champagne, je t'ai trouvé du champagne.

—Non. Faux. Je n'avais pas besoin de champagne. J'avais besoin de manger sainement et d'être sage, et toi… Et moi…

Elle se tut, essayant de stabiliser sa voix et les battements de son cœur.

Comme par magie, Ryan ramassa un filament de gemmes sur le sol.

— Tiens.

— Tu l'as trouvé.

Son angoisse déclina lorsqu'elle vit les diamants et les saphirs brillants dans sa paume.

— Je n'arrive pas à croire que tu l'aies trouvé.

— De rien.

Il lui souleva le poignet et ferma le bracelet. Lorsque ses doigts effleurèrent sa peau, si sensible à cet endroit, il la regarda dans les yeux sans faillir. Elle détourna le regard et rougit, et, lorsqu'elle releva la tête, il avait toujours les yeux rivés sur elle.

Ils restèrent ainsi immobiles, debout au milieu de la pelouse parfaitement taillée, si proches sans pourtant se toucher.

Puis elle entendit le « pop » de son corset qui cédait.

— Oh non !

Il repassa en mode producteur.

— De quoi as-tu besoin ?

Elle remit une mèche de cheveux derrière son oreille.

— Très bien, écoute, c'est gênant, mais il faut que tu déboutonnes ma robe et que tu refermes le…

— Non.

Elle s'arrêta net.

— Pourquoi pas ?

— Parce que tu es à bout de souffle comme Ripley après une bonne course.

Elle n'en revenait pas. Elle sentit un autre crochet céder dans le dos de son corset.

— J'ai dû rêver, tu ne m'as pas comparée à ton chien.

— Et toi, tu n'as pas besoin que je te coupe davantage la circulation.

— Regarde-moi, Ryan, dit-elle en attrapant sa veste de costume. Je te demande une faveur. Resserre mon corset.

Il secoua la tête.

— Hors de question.

— Mais j'aurai l'air mal fagotée !

— Tu es superbe. Tu es toujours superbe.

Il recula, et son sourire insouciant s'évanouit. Il semblait presque en colère.

— Parfois, on ne peut pas forcer les choses à coller.

Il lui adressa un regard qui était clairement un défi, puis il se dirigea vers l'église sans se retourner.

# Chapitre 26

Malgré toutes les plaintes des demoiselles d'honneur, Emily n'avait pas remarqué la chaleur qui pesait dans l'église.

À présent, elle la sentait.

L'intérieur de la petite chapelle était étouffant, presque suffocant. La sueur ruisselait dans son dos. Le parfum entêtant des fleurs qui fanaient emplissait l'air.

Elle agrippa les tiges fraîches de son bouquet. Les brides de ses sandales commençaient à lui serrer les orteils. Elle sentait le bracelet de Grant glisser le long de son poignet. Mais, intérieurement, elle ne sentait que la pression. Ses poumons, son cœur et son ventre étaient compressés à l'extrême grâce à Bev, qui avait réajusté le corset quand Emily était revenue à l'église.

— Alors, dit Bev en reprenant sa place à la tête de la procession, on est prêtes ?

Emily leva fièrement la tête et prit le bras de sa mère.

— Prête.

Georgia se regarda une dernière fois dans son miroir de poche, puis elle tira Emily contre elle.

— Écoute, chérie, j'ai fait cette marche… combien de fois ?

—Quatre fois, dit Emily.

—Quatre. Oui. Et parfois, tandis que j'avançais, je savais dans mon cœur que je prenais la mauvaise décision. Le cœur ne ment jamais, dit-elle en regardant sa fille. Donc si tu n'es pas absolument sûre…

—On ne discute pas, gronda Bev. On y va.

—On peut partir maintenant, murmura Georgia. J'ai mes clés de voiture dans mon sac.

—Tout le monde attend, maman. Allons-y.

Les portes s'ouvrirent, et les demoiselles d'honneur entamèrent leur marche synchronisée en file. Georgia avait dit à tout le monde qu'elle préférait glisser que défiler, et Emily glissa donc à ses côtés, essayant d'avoir l'air sereine et angélique.

Elle gardait les yeux rivés sur Grant qui l'attendait au bout du tapis de satin blanc. Il était incroyablement beau, mais son expression était teintée d'une émotion qu'elle ne put identifier tout de suite. Il semblait… nerveux ? Elle ne l'avait jamais vu ainsi.

Même si elle essayait de regarder droit devant elle, elle reconnut Ryan dans son champ de vision. Il était assis au tout dernier rang, les bras croisés sur le dos du banc blanc patiné. Tandis que tous se penchaient pour pousser des « ooh ! » et « aah ! » en voyant sa robe, il se retourna. Pourtant, dans la lumière du soleil filtrant à travers les vitraux, elle crut voir son visage s'adoucir.

Elle s'agrippa au bras de sa mère et fit un effort pour être présente dans l'instant, pour sourire aux invités, pour écouter la musique et, surtout, pour ne pas trébucher.

Ses yeux brillaient-ils ?

Elle était arrivée à mi-chemin de l'autel, à mi-chemin entre les deux seuls hommes qu'elle avait jamais aimés, quand elle céda à la tentation et se retourna.

Ryan avait lâché le rebord du banc. Ses cils étaient en épi, ses mains étaient posées l'une sur l'autre, et, du pouce de la main droite, il caressait son annulaire gauche.

Et elle sut.

Tous ses doutes la quittèrent, et la certitude l'envahit, ainsi qu'une chaleur écrasante, l'humidité, puis le son du tulle qui se déchirait alors qu'elle s'écroulait sur le sol.

# Chapitre 27

Emily n'ouvrit pas tout de suite les yeux. Elle demeura immobile, reprenant peu à peu conscience. Les voix qui l'entouraient semblaient lointaines et troubles, comme si elle était sous l'eau.

Elle attendit. Elle respira.

Elle reconnut d'abord la voix de sa mère. La cadence féminine aiguë et dramatique suivie par un murmure grave, masculin. C'était Grant. Son fiancé. L'homme qui l'avait attendue à l'autel. Tout lui revint, et elle ouvrit les yeux en inspirant une grande goulée d'air.

— Je peux respirer, s'étonna-t-elle.

Elle tourna la tête sur l'oreiller et découvrit une chambre d'hôtel similaire à la sienne.

— Où suis-je ?

— Oh, ma puce ! Dieu merci, tu es réveillée ! dit Georgia, l'air soulagé et furieux, en épongeant son front avec un gant de toilette mouillé d'eau froide. J'ai eu la trouille de ma vie.

Emily humecta ses lèvres.

— Que s'est-il passé ?

— Tu t'es écroulée comme un sac de ciment, voilà ce qui s'est passé, dit Georgia. Un centimètre plus à gauche, et tu t'ouvrais la tête sur un banc.

—Mais ce n'est pas arrivé.

Grant prit le gant de toilette des mains de Georgia et observa Emily.

—Je peux respirer, répéta-t-elle.

Les détails de la chambre se précisèrent lentement. Elle était couchée sur un lit défait, entourée de tabloïds et de papiers de bonbons.

—Qu'est-ce que je porte?

—Un tee-shirt à Summer, dit Georgia. C'est sa chambre. C'était la plus proche de l'entrée.

—On t'a enlevé la robe de mariée et le corset, précisa Grant. Tu as tout de suite retrouvé des couleurs. (Il marqua une pause.) Même si je pense que ce n'était pas seulement à cause de la robe.

Georgia comprit le ton de sa voix et prit son sac à main.

—Je vais vous laisser un moment pour parler.

Elle se pencha pour embrasser Emily sur la joue, avant de lui murmurer à l'oreille:

—Ryan est devant en train de tourner en rond comme un fauve en cage.

Georgia ouvrit la porte avec enthousiasme et annonça à ceux qui se pressaient dans le couloir:

—Elle va se rétablir. Elle a seulement besoin d'un peu d'amour et d'eau fraîche.

Emily se redressa sur les coudes et regarda Grant. Elle ressentait la même chose que quand il était venu la chercher pour leur premier rendez-vous. Cette timidité soudaine la surprit. Elle ne savait pas quoi dire.

Il s'assit sur la chaise en bois à côté du lit. Même si sa veste était déboutonnée et son nœud papillon défait, il avait l'air tout à fait calme et maître de lui.

Elle scruta son visage, mais son expression était illisible.

La chaise craqua lorsqu'il s'appuya contre le dossier.

— On ne va pas se marier, n'est-ce pas ?

Avant qu'Emily puisse répondre, il se releva et lui tourna le dos. Il baissa la tête et, pendant un instant, elle pensa qu'il l'ignorait ostensiblement.

Puis elle se rendit compte qu'il répondait au téléphone.

— Oui, oui, marmonna-t-il. D'accord. Essayez d'augmenter le dosage et tenez-moi au courant. Merci.

Elle n'en revenait pas.

Il raccrocha et se tourna vers elle, un sourire triste aux lèvres.

— Je sais, je sais. Tu me quittes devant l'autel, et je me préoccupe encore de travail.

— Tu sais quoi ? Tu as complètement le droit de me laisser tomber pour le travail, dit-elle en s'asseyant dans le lit. Tu as complètement le droit de dire et de faire ce que tu veux. Vas-y. Crie. Maudis-moi. Gifle-moi. Je peux le supporter.

Il sembla interloqué par la passion dans sa voix.

— Je ne crie jamais, tu le sais. Et je ne vais certainement pas te gifler.

— Enfin, tu dois bien ressentir quelque chose, dit-elle. On était censés se marier aujourd'hui. Ce n'est pas rien. Tu es en colère ? Triste ? Frustré ? Tout ça à la fois ?

Il réfléchit, fronçant les sourcils. Il finit par lui répondre :

— Je ne sais pas.

Elle haussa les sourcils.

— Que veux-tu que je dise ? lui demanda-t-il sur le même ton que s'il lui avait demandé ce qu'elle aimerait manger à dîner.

— Je ne sais pas non plus, dit-elle. Mais, après la semaine que nous venons de passer, on aurait pu penser qu'on aurait des choses à se dire.

— C'est vrai qu'il y a eu des surprises, admit Grant. Je n'avais rien vu venir.

Elle attendit.

Il s'éclaircit la gorge et, pour la première fois, parut mal à l'aise.

— Je suppose que je devais penser que tu étais plus…, que j'étais plus… ou qu'on était plus…

— Altruistes, gentils, patients, parfaits ?

Il haussa les épaules.

— Je suis vraiment désolée, Grant. Pour tout.

Emily remarqua la belle robe de mariée posée en travers du canapé et baissa les yeux sur sa bague de diamant. Elle retira le délicat anneau d'or et le lui rendit.

Il enfouit la bague dans la poche de son pantalon et tendit la main pour prendre la sienne. Il se pencha, comme pour embrasser sa main.

Puis elle se rendit compte qu'il était en train d'observer la cicatrice blanche gravant le nom de Ryan sur sa peau.

Il leva les yeux pour la regarder.

—Toujours là.

—Oui, dit-elle en retirant la main pour la mettre sous la couverture. J'ai toujours essayé de me convaincre que tu ne l'avais pas remarqué.

Il esquissa un sourire narquois.

—J'avais remarqué.

—J'ai essayé de le faire enlever au laser. Mais ça n'a pas marché. Je suis marquée à vie, dit-elle en remontant ses genoux contre sa poitrine. J'ai fait tellement d'erreurs. J'essayais tant d'être quelqu'un que je ne suis pas.

—Attends, dit Grant en faisant mine de s'asseoir pour finalement rester debout. Je peux dire quelque chose d'abord ?

—Bien sûr.

Elle se prépara à recevoir un flot de critiques.

—Mon patient ne va pas bien, dit-il, le visage tendu, inquiet. Il a de la fièvre, et ses poumons ne fonctionnent pas aussi bien qu'ils le devraient à ce stade.

—C'est horrible.

Elle ferma les yeux en sentant une nouvelle vague de culpabilité.

—Et être là, pour toi…

—Eh bien, justement, dit-il en souriant, mais sérieusement cette fois. Je suis là, mais je parle de lui. Tu es là, mais toi aussi, tu penses à quelqu'un d'autre.

—Grant…

Il la fit taire en levant à peine la main.

—Il y a certaines choses qu'on ne peut pas comprendre. Dans la vie. En médecine. Ce patient que j'ai suivi toute la semaine, il… (Il soupira lourdement.)

Les greffes ne fonctionnent pas toujours. Des patients meurent. On sait dès le départ que cela fait partie du boulot. Je me souviens encore d'un patient que j'avais pendant mon internat. Il était en pleine forme. La trentaine, ancien marathonien, il mangeait sainement, était en excellente santé. Sauf en ce qui concernait son cœur.

— Qui est plutôt un organe important.

— Oui. Il n'est pas resté longtemps sur la liste avant qu'on trouve un donneur compatible. Et c'était une correspondance idéale : même type de tissu, même taille, jeune, athlétique. Opération tranquille, sans complications. Le meilleur scénario possible, dit-il avant de marquer une pause. Il aurait dû se remettre et aller courir un autre marathon. Mais non. Son corps a rejeté un organe parfaitement compatible. C'est rare, et incroyablement frustrant, mais ça arrive.

Emily leva les yeux vers lui. Il regardait à travers elle, au-delà d'elle. Il alla à la fenêtre pour continuer son histoire.

— Et puis il y a des cas comme celui que j'ai vu l'année dernière. Le mec avait fumé pendant vingt ans avant d'arrêter pour de bon. Il a dû plaider sa cause devant trois équipes de chirurgiens avant d'en convaincre une de le prendre comme candidat pour une greffe de rein. Le donneur était compatible, mais juste. Nous l'avons prévenu qu'il était probable que le résultat ne soit pas terrible.

— Ça a marché, dit Emily.

— Parfaitement. Sans anicroches, dit Grant. C'était comme s'il était né avec ce rein. On ne comprendra jamais pourquoi certaines relations marchent et d'autres non. Ce n'est pas bien ou mal. C'est juste comme ça.

Il la regarda par-dessus son épaule.

—Ce matin, quand tu voulais parler de Ryan?

Sa poitrine se serra.

—Oui?

—Cela aurait peut-être été une bonne idée.

Elle pencha la tête et cligna des yeux.

—Tu plaisantes?

—Un peu.

Même dans cette situation, il restait un gentleman. Il était prêt à tirer sa révérence avec dignité.

Il était prêt à tourner la page.

Emily mit sa main sur son cœur et dit doucement:

—Cela ne veut pas dire que je ne t'ai pas aimé. J'espère que tu le sais.

Il revint vers elle.

—Je sais.

—Parce que tu es un mec génial. Tu es parfait. Mais nous…

Elle se tut, incapable de trouver les bons mots.

Il reprit où elle s'était arrêtée.

—Nous aurions été mariés longtemps, et ça aurait été bien.

—Bien, répéta-t-elle.

—Oui. Un long mariage plaisant. Mais pas une histoire d'amour.

—Bien sûr que non, dit-elle en redressant les épaules. Les histoires d'amour, c'est pour les contes de fées et les comédies romantiques.

Il secoua la tête.

—C'est faux. Le mariage de mes parents était une histoire d'amour. Jusqu'à la mort de mon père.

—Celui de mes parents aussi, admit Emily.

—Tu mérites une histoire d'amour, Em. Et moi aussi.

Il se pencha et posa sa tête contre la sienne, et, même s'il la tenait dans ses bras, elle savait qu'il la laissait partir.

Dans le silence qui suivit, ils entendirent des tintements de verre, et de la musique retentit, faisant vibrer les murs.

—On dirait qu'ils ont commencé la réception sans nous.

—Oh, mon Dieu ! dit Emily en tordant les draps entre ses deux mains. La réception. Devrais-je aller y faire un tour ? Ou est-ce que ce serait déplacé ? Je ne sais pas quoi faire.

—Ne t'en fais pas. Nous avons payé, nous ne sommes pas obligés d'y aller. Considère ça comme le parrainage d'une réunion de famille.

Son téléphone vibra de nouveau.

—Je retourne à l'hôpital.

Cela la fit rire.

—Tu as l'air plutôt content de partir.

—Je le suis. C'est mal ?

—Pas du tout. Tu n'as pas à avoir honte de ce que tu aimes.

Il l'embrassa sur le front et baissa les yeux vers elle. Elle le regarda et cette fois-ci, enfin, elle reconnut l'émotion dans ses yeux bleus : le soulagement.

Son téléphone vibra une nouvelle fois, et il sortit en courant. Avant même que la porte se referme derrière lui, Ryan entrait dans la chambre.

# Chapitre 28

Ryan souriait en entrant dans la chambre, mais Emily sentait l'intensité profonde qui brûlait sous cette apparence de décontraction. Elle comprenait pourquoi sa mère l'avait comparé à un fauve en cage.

Il n'avait rien besoin de dire. Un regard, et elle sut exactement ce qu'il pensait.

Elle sortit du lit et se mit face à lui, prenant conscience en voyant ses yeux s'attarder sur ses cuisses que le vieux tee-shirt de Summer couvrait à peine sa culotte.

—On dirait bien que Grant a un nouveau plan, dit-il enfin.

Elle tira sur le bas du tee-shirt, ce qui ne fit qu'attirer encore plus son attention sur ses dessous.

—Il est en route pour l'hôpital.

—Alors le mariage est annulé?

—Le mariage est annulé.

—Les invités ont quand même commencé la réception, dit-il en faisant un signe de tête vers le mur qui vibrait. Bev est à la tête d'une chenille.

Emily rit.

—Tu mens.

—Elle a presque été obligée de pousser ta mère à coups de hanche, mais c'est elle la meneuse maintenant.

Il se rapprocha, s'arrêtant près d'une colonne du lit à baldaquin

—Au moins, elles passent un bon moment.

—Tout le monde semble s'entendre à merveille, dit-il avant de devenir plus sérieux. Comment te sens-tu ?

Elle réfléchit un instant, à tout ce soulagement et ces regrets.

—Je suis submergée. Je suis tout à la fois.

—Moi aussi.

—Alors nous revoilà, là où nous avons commencé, dit-elle en baissant les yeux vers le tee-shirt de Summer. Je porte même des fringues de l'université.

—J'ai remarqué.

Il attendit, bouillonnant d'impatience dans son costume fait sur mesure.

Elle passa ses mains autour d'une colonne de son côté du lit.

—Où allons-nous à partir de là ?

Comme toujours, il avait une réponse toute prête.

—Toi, moi et Ripley partons sous le coucher de soleil dans une Triumph Spitfire argentée.

Maintenant qu'il l'avait dit, elle ne pouvait plus s'enlever cette image de la tête. D'un doigt, elle parcourut le cadre lisse et verni du lit en faisant un pas vers lui. Puis un autre, et un autre.

—Il faut que tu sois sérieux.

Il guettait ses moindres mouvements.

—Je suis très sérieux.

—Depuis que tu t'es pointé samedi, j'essaie de nous comprendre.

—Tu as fait une fiche Excel ?

—J'ai essayé, dit-elle en avançant encore vers lui. Mais il s'avère que nous défions les formules mathématiques.

—Qu'es-tu en train de dire ?

—Tout ce que je sais, c'est ça : nous n'en avons pas fini.

—Jamais, dit-il (Ses yeux s'assombrirent dans les ombres projetées par le soleil.) Je te veux dans ma vie. Je t'ai toujours voulue. Et je te voudrai toujours.

Elle prit une profonde inspiration, consciente qu'elle se tenait au bord d'un précipice. Il tendit la main et l'attira vers lui.

—C'est à toi de parler, dit-il.

Elle leva la main et ajusta le petit carré blanc qui sortait de la poche de sa veste.

—Je t'aime. Et j'aime ta petite chienne aussi.

Il posa sa main sur la sienne. Elle sentait son cœur battre sous les fines couches de laine et de coton.

—Je t'aime aussi. Ma tentatrice en tee-shirt.

Cette fois-ci, son sourire était le sourire lent et malicieux qui lui faisait tourner la tête.

—Lève les bras.

# Chapitre 29

*Un an plus tard*

— Chérie, je suis rentré.

La voix de Ryan résonna de l'entrée jusque dans la grande chambre, où Emily se prélassait dans une baignoire remplie de bulles.

Elle entendit les pattes de Ripley piétiner le parquet tandis que Ryan la saluait, puis elle perçut le bruit distinctif d'une bouteille qu'on ouvre. Une minute plus tard, Ryan apparut à la porte avec deux flûtes de champagne.

— Il y a de la place pour moi là-dedans?

— Toujours.

Elle se poussa d'un côté.

— Je voulais te parler de cette baignoire.

Il posa les verres sur le rebord de la baignoire et huma l'air.

— Pêche?

— Hibiscus.

— Je ne voulais rien dire, mais tu as besoin d'une intervention concernant cette baignoire, dit-il, la voix un peu étouffée tandis qu'il retirait son tee-shirt. C'est sérieux, Em. Je veux que tu admettes que tu as un problème.

Elle rit et ouvrit le robinet pour ajouter de l'eau chaude.

— On dirait bien que tu le nies.

— Je nie, dit-elle. Et ne fais pas semblant de ne pas être mon complice. Tu as vu comment j'ai réagi en voyant la baignoire la première fois que l'agent immobilier nous a montré la maison.

— Ta réaction vis-à-vis de la baignoire est la raison pour laquelle on a acheté la maison.

Il se glissa dans le bain avec elle, sans se soucier de l'eau qui débordait.

— Il en faut beaucoup pour que tu te mettes toute nue.

— Alors quel est le problème ?

Elle l'embrassa, lentement, longuement. Il caressa son corps sous les bulles.

— Quel problème ? De quoi on parle ?

Lorsqu'ils reprirent leur souffle, il lui tendit une flûte de champagne, et elle en prit une gorgée.

— Miam ! Qu'est-ce qu'on fête ?

— On a fini le tournage aujourd'hui. Juste à temps. Et en dessous du budget, grâce à notre productrice de génie.

— Genre 2 dollars en dessous.

Elle feignit la modestie.

Il lui mordilla l'oreille.

— Tu es si sexy quand tu surpasses tes objectifs financiers.

— J'essaie.

Il regarda les pages de scénario empilées sur sa robe de chambre pliée.

— Tu as fini de lire la dernière réécriture ?

— Presque. Cette version est top. Très flippante et dégueulasse, mais top. Cette scène avec ce truc hybride et les vampires ! Je vais sûrement devoir dormir avec la lumière du placard allumée cette nuit.

Il s'appuya contre la porcelaine fraîche et s'étira.

— Si j'engage le bon réalisateur, tu ne dormiras peut-être plus jamais.

— Tu me donneras les chiffres, et je commencerai à monter un budget préliminaire, dit-elle en posant la tête sur son épaule. Tu es tellement plus confortable que ces oreillers gonflables. Oh, et en parlant de vamps, maman a appelé aujourd'hui : Bev se marie.

Il l'entoura de son bras.

— Laisse-moi deviner : avec Brad le concierge ?

— Non, avec un gars qu'elle a rencontré sur une croisière en Alaska qu'elles ont faite en septembre. Un veuf. Maman dit qu'il est charmant. Enfin, ses mots exacts étaient : « Un peu indigeste pour moi mais parfait pour Bev. » Elle dit qu'ils sont pleinement heureux ensemble. Ils se marient à Valentin, dans le Vermont.

— Bev va porter la robe boa constricteur ?

— Ce n'est pas ce genre de mariage. Ce sera un petit mariage.

— On est invités ?

Emily leva la tête et lui lança un regard noir.

— J'ai quitté son fils à l'autel. D'après toi ?

— Techniquement, tu t'es évanouie avant d'arriver à l'autel, corrigea Ryan. Et Grant semble s'en être remis.

C'était vrai. Six mois après le Mariage-Qui-Ne-Fut-Pas (c'était le nom qu'on avait donné à cet événement), Grant avait rencontré une administratrice d'hôpital adorable et redoutablement efficace, nommée Heidi, et ils étaient inséparables depuis. Même les billets pour Bora Bora n'avaient pas été perdus : Andrew avait surpris Caroline en l'emmenant pour une lune de miel tardive au paradis. (« Je crois que tu lui as fait peur, avait confié Caroline à Emily. Il a vu ce qui était arrivé à Grant, et il s'est dit que ce serait peut-être lui le prochain. »)

Ryan prit la flûte des mains d'Emily et but une gorgée.

— Demande-moi ce qu'on fête d'autre.

Elle reprit son verre et prit elle aussi une gorgée.

— Dis-moi.

— J'ai une semaine de congés avant d'aller à Vancouver pour commencer la pré-production de *Matière noire*.

— Sept jours complets ?

— Sept jours complets. Je me disais que nous pourrions faire quelque chose d'amusant.

— Waouh ! Comme quoi ? On dit tout le temps qu'on va aller à Carmel.

Elle lui repassa le champagne.

— Je pensais à quelque chose d'un peu plus fou.

Quelque chose dans son ton la fit se redresser, et son pouls s'accéléra.

— Fou comment ?

Il posa le verre vide.

— Veux-tu m'épouser ?

Elle mit ses deux mains sur sa bouche. Des bulles sentant l'hibiscus s'élevèrent en l'air.

—Oh, mon Dieu!

—Je voulais attendre demain pour te le demander. J'avais l'intention de t'emmener dans une suite au Ritz, avec des fleurs et des bougies et tout, mais tu sais que je ne sais pas maîtriser mes impulsions.

Il la dévisagea, dans l'expectative.

—Alors?

Elle avait mal aux joues tant elle souriait.

—Redemande-moi.

—Quoi? Pourquoi?

—Le ratio deux pour un, tu te rappelles?

—Tu plaisantes? Ça ne s'applique pas à toi!

—Eh! Si c'est bon pour une brochette de mannequins, c'est bon pour moi.

—Ce n'était qu'une seule mannequin, dit-il en laissant tomber sa tête en arrière, les yeux rivés au plafond. Tu me tues.

Elle mit la main derrière son oreille et attendit.

—Très bien, dit-il avant d'attraper l'autre coupe de champagne pour en prendre une gorgée. Veux-tu m'épouser? Ou suis-je obligé d'élaguer ton arbre de décision?

—Oui. Oui, oui, oui.

Elle prit son visage entre ses mains et l'embrassa.

—Quatre «oui» pour tes deux demandes, pour préserver le ratio deux pour un.

—Du moment qu'on est au carré, mathémati-quement, dit-il en la prenant sur ses genoux pour l'embrasser à son tour. Tu sais, il y a un salon de tatouage ouvert vingt-quatre heures sur vingt-quatre pas loin.

Elle écarquilla les yeux.

— Je ne suis pas sûre de pouvoir refaire ce tatouage-bague.

— Moi si. C'est très cinématographique. Scène d'ouverture : une petite beauté rentre dans un salon de tatouage. Derrière elle se tient notre héros, brillant, talentueux et super beau.

— Et puant le Drakkar Noir.

Ryan ne répondit pas à sa pique.

— Notre héroïne ne peut contenir son désir pour lui. Ils dégoûtent même le tatoueur, un gros fumeur grisonnant, avec leurs démonstrations publiques d'affection.

Emily tendit sa main gauche, étudiant la gravure pâle de son nom sur son annulaire.

— Donc tu proposes une suite.

— Pas seulement une suite. Une suite mieux que l'original.

— Est-ce seulement possible ?

— C'est rare, mais ça arrive. *Evil Dead 2* était bien mieux que le premier.

— *Evil Dead 2* ? (Elle explosa de rire.) Tu prends pour modèle pour notre mariage les pires démons des forces du mal ?

— C'était du génie ! Le héros avait une tronçonneuse à la place du bras !

— C'est le truc le plus romantique que j'aie jamais entendu.

— Eh, je veux relever le défi si tu le veux.

— Si tu en es, moi aussi, lui assura-t-elle. Pour toujours. À une fin parfaite à la Hollywood.

— À nous.

« Clink. »

— Baiser fougueux, fondu, générique.

CENTRAL PARK

Achevé d'imprimer en avril 2014
Par CPI Brodard & Taupin - La Flèche (France)
N° d'impression : 3004610
Dépôt légal : mai 2014
Imprimé en France
81121210-1